el sudario

el sudario

Leonard Foglia
y David Richards

SUMA
de letras

Título original: *The Cloth of Oviedo*

© 2006, Leonard Foglia y David Richards

© 2006, de la traducción, Carlos Schroeder

© De esta edición:

    Santillana Ediciones Generales, SA de CV

    Av. Universidad 767, Col. del Valle

    CP 03100, Teléfono 54 20 75 30

    www.sumadeletras.com.mx

Diseño de cubierta: El Orfanato de Ideas

Diseño de interiores: Raquel Cané

Composición tipográfica: Carolina González Trejo

Corrección: Lilia Granados Sainoz

Cuidado de la edición: Jorge Solís Arenazas

Primera edición: octubre de 2007

ISBN: 978-970-580-511-2

Impreso en México

Siete años atrás

QUÉ AFORTUNADO ERA!
Los últimos cuarenta años de su sacerdocio los había pasado en la catedral, entre las tallas doradas, los elevados arcos y las hermosas esculturas de piedra, que con los siglos habían adquirido apariencia de terciopelo gris. Tanta belleza no dejaba de conmoverle con el transcurrir del tiempo.

Y era precisamente ese día, cada año, cuando don Miguel Álvarez era más consciente de la bendición recibida. La preciosa reliquia era descubierta y exhibida a los fieles. Durante apenas un minuto, el arzobispo la elevaba sobre el altar, para que la multitud que llenaba el templo pudiera verla con sus propios ojos, maravillarse ante su presencia y venerarla por su valor sagrado. Año tras año, durante la mayor parte del oficio religioso, en la inmensa nave resonaba el eco de toses y pasos y el rumor de los fieles que se arrodillaban y se volvían a poner de pie. Pero en el minuto decisivo lo que resonaba era el silencio, un silencio envolvente.

Pensar en ello le hacía estremecerse.

Cuando terminaba la misa, el arzobispo besaba la custodia de plata que guardaba la reliquia y luego se la daba a don Miguel, que la llevaba a la sacristía. Allí la custodiaba hasta que se retiraba la congregación, lo cual era tanto una obligación como un honor para el sacerdote. Pero no era nada en comparación con lo que le esperaba una vez que la congregación se marchaba, se cerraban las pesadas puertas de madera de cedro de la catedral y se extinguían las luces que bañaban el altar con brillo de oro fundido.

Porque entonces don Miguel Álvarez cogía la reliquia y volvía a guardarla en su lugar de reposo, en la Cámara Santa, «uno de los lugares más sagrados de toda la cristiandad», como le gustaba decir a los visitantes. A veces, el orgullo le llevaba más lejos y lo convertía en «el lugar más sagrado», sin más.

Durante cuarenta años, había cumplido en esa fecha con su obligación hacia la más venerable de las reliquias. Podría haberlo hecho con los ojos cerrados, pues conocía a la perfección cada una de las baldosas que pisaban sus pies. El olor a tierra y el aire fresco que venían de abajo eran suficiente para advertirle que estaba frente a las puertas de hierro fundido que daban entrada a la Cámara Santa.

En esta ocasión, al llegar, un guarda, que permanecía de pie junto a la gran verja, abrió el enorme candado, corrió la traba y permitió la entrada a don Miguel. Frente a él aparecía una escalera que giraba hacia la izquierda dos veces antes de descender a la cámara, que era su destino. Millones de peregrinos, entre ellos reyes y papas, habían pasado por allí a lo largo de los siglos, sólo para contemplar el armario que contenía lo que él en ese momento sostenía en sus manos.

Don Miguel tenía cerca de ochenta años y la artritis había hecho presa hacía tiempo en sus articulaciones. Pero la enfermedad nunca se manifestaba en ese lugar. Jamás cuando sus manos tocaban la reliquia. Entraba en una especie de éxtasis y tenía la impresión de flotar sobre los gastados escalones.

Llegó a la segunda reja, tras la cual eran visibles los armarios, estantes y cofres que guardaban los muchos tesoros de la catedral. El guarda abrió también esa puerta y luego se retiró escaleras arriba, para que el sacerdote pudiera hacer su labor en privado.

Como había hecho tantas veces en el pasado, don Miguel colocó la reliquia en el cofre de plata y se arrodilló para rezar. Había que guardarla en el armario dorado, contra la pared; pero el sacerdote siempre se resistía a dejarla tan pronto. Los momentos que procuraba pasar a solas con la más sagrada de las reliquias, contemplándola, pensando en su promesa de redención, en su milagrosa historia, eran probablemente los mejores, los más sublimes de su vida.

Una tibia ráfaga de viento atravesó la amplia plaza sin árboles situada frente a la catedral, y los últimos feligreses se dirigieron a sus casas o a sus cafés preferidos, charlando animadamente mientras se alejaban. Pero la Cámara Santa, fresca y tranquila, permanecía en su habitual quietud, más allá del tiempo, más allá de las vicisitudes, de las turbulencias humanas...

Don Miguel permanecía allí, rodeado por todos los símbolos y los iconos de su fe. La celebrada cruz de los ángeles, una magnífica cruz de oro cuadrada, festoneada de joyas y sostenida por dos ángeles arrodillados, no sólo era el símbolo de la catedral, sino también de la región en la que había nacido y en la que había transcurrido toda su ya larga existencia. El cofre situado a su derecha contenía los huesos de los «discípulos», discípulos de discípulos en realidad, guardados en bolsas de terciopelo. Seis espinas, que se decía que eran de la corona de Cristo, se conservaban en el armario. También la suela de una de las sandalias de san Pedro.

Pero todas esas reliquias palidecían frente a la importancia de la que se le había encomendado. La reliquia de las reliquias. ¿Por qué él, un simple sacerdote, no muy letrado y ahora ya un hombre anciano, había merecido tal honor?

Cerró los ojos.

De pronto, una mano enguantada le tapó la boca. Intentó volverse para ver quién era, pero la mano atenazaba su rostro como una prensa. Olió a cuero, y luego otro olor más penetrante hizo arder sus fosas nasales. Cuando todavía seguía luchando por respirar, otras manos se apoderaron de la reliquia.

—No, no lo toques —intentó gritar—. ¿Estás loco? ¿Cómo se te ocurre que puedes tocarlo? —añadió, medio ahogado por la mano que seguía apretándole.

No podía creer que alguien tratara así la reliquia, que hubiera locos capaces de ello. La mano enguantada ahogó definitivamente sus gritos. Su cuerpo viejo apenas era capaz de ofrecer resistencia y el penetrante olor le estaba mareando. Sólo podía mirar, horrorizado, cómo el segundo intruso sacaba un pequeño escalpelo de su chaqueta. Don Miguel se preparó a recibir su último golpe de dolor, convencido de que iban a cortarle el cuello con aquel instrumento. Pero el asaltante le dio la espalda, se acercó al cofre de plata y se inclinó para examinar la reliquia con más detenimiento.

El sacerdote se maldijo internamente. Tenía que haber cumplido con su obligación, volviendo rápidamente a la catedral. Su deseo egoísta de estar a solas con el tesoro en la Cámara Santa era lo que había permitido que se produjera este horrible sacrilegio. La cruz de los ángeles parecía fundirse frente a sus ojos, las joyas se transformaban en líquidos rojos y verdes que chorreaban sobre las alas de los ángeles situados en la base. Se dio cuenta de que, *privado de oxígeno, su visión se distorsionaba y su mente sufría alucinaciones.*

Apenas pudo pensar en algo que no fuera lo miserablemente que había fracasado. Ningún hombre podía mirar sin veneración lo que Dios había puesto a su cuidado. Pero, por su culpa, la reliquia estaba siendo profanada. El corazón le dolía de vergüenza.

Dios nunca le perdonaría.

DURANTE MUCHOS MESES, HANNAH MANNING había esperado una señal, algo que le dijera lo que tenía que hacer con su vida, que la guiara de una u otra manera.

Miró hacia la estrella dorada colocada en lo alto del árbol de Navidad y pensó en los Reyes Magos que la habían seguido hacía tanto tiempo. No era tan tonta como para creer que su señal sería igual de grande y llamativa, ni su destino tan espectacular como el de los Magos de Oriente. ¿Quién era ella? De momento, sólo una camarera. Pensaba que todo cambiaría cuando viese la señal. Se le ocurrió pensar que ni siquiera hacía falta que fuera un signo rotundo, claro. Apenas bastaría con un empujoncito, un leve guiño del destino. Ella comprendería instintivamente su significado.

Ya había perdido mucho tiempo.

—¿Puedes creerlo? Siete roñosos dólares con veintitrés centavos —en una mesa al fondo del salón, Teri Zito estaba contando sus propinas de esa noche—. Todos han vuelto a su habitual avaricia.

—A mí tampoco me fue muy bien —dijo Hannah.

—¿Qué esperas en este lugar de mala muerte? —Teri se guardó el dinero en el bolsillo derecho del delantal de cuadros blancos y marrones que las camareras del Blue Dawn Diner usaban como parte de su uniforme.

—Las vacaciones son la única época en la que los que vienen aquí dejan propinas decentes. Y estos miserables siete dólares y veintitrés centavos anuncian oficialmente que las vacaciones se han terminado.

Subida a un taburete de madera, Hannah retiraba con cuidado los adornos del escuálido árbol de Navidad del restaurante, que parecía aún más macilento sin las luces y los brillantes adornos, tan útiles para disimular la escasez de ramas. Se puso de puntillas y, de un tirón, quitó la estrella dorada de la copa del árbol. Las luces fluorescentes se reflejaban en las guirnaldas de papel metalizado, salpicando el conjunto con un alegre juego de luces.

Dos circunstancias habían conseguido sacar a Hannah de su letargo. En el otoño, la mayoría de sus amigos del instituto dejaron Fall River para ir a la universidad o para dedicarse a diversos trabajos en Providence y en Boston. Empezó a tener cierta sensación de haberse quedado rezagada, inquietud que se hizo aún más intensa con el paso de los meses. Se dio cuenta de que ellos se habían estado preparando para el futuro durante toda la enseñanza secundaria y ella no se había preocupado gran cosa del asunto.

Cuando en diciembre llegó el aniversario de la muerte de sus padres —ya habían transcurrido siete años desde que habían fallecido—, Hannah notó, sorprendida, que apenas podía ya recordar sus rostros. Por supuesto, guardaba imágenes en su mente, pero todas ellas tenían su origen en fotografías. Ninguno de sus recuerdos parecía de primera mano. Tenía grabadas instantáneas de su madre riendo y de su padre bromeando en el jardín, pero ya no podía escuchar el alegre sonido de la risa de su madre ni sentir el cálido contacto de su padre cuando la levantaba en brazos y la lanzaba, jugando, al aire.

No podía seguir toda la vida siendo la niña que perdió a sus padres. Ahora era una adulta.

De hecho, Hannah Manning había cumplido diecinueve años hacía poco, y parecía notablemente más joven. Tenía una cara bonita, todavía infantil en ciertos rasgos, con nariz respingona y cejas trazando un arco perfecto sobre sus claros ojos azules. Era preciso mirarla detenidamente para ver la cicatriz que cortaba en dos su ceja izquierda, consecuencia de una caída de la bicicleta a los nueve años. Tenía el cabello largo, de color trigueño, y, para exasperación de Teri, naturalmente ondulado.

La altura de Hannah, un metro setenta y tres centímetros, y su figura espigada causaban cierta envidia a Teri, que no había recuperado su peso «de competición», como ella decía, después de dar a luz a sus dos hijos. Teri estaba ahora unos diez kilos por encima de lo considerado ideal para alguien con su complexión y estatura, pero se consolaba con la idea de que también era unos diez años mayor que Hannah. Tampoco ella estaría tan esbelta cuando tuviera veintinueve.

Con apenas un toque de maquillaje que se pusiera en el rostro, solía decir Teri, Hannah sería una verdadera belleza. Pero ésta no parecía tener demasiado interés en buscar novio. Si alguna vez había aparecido por allí algún posible candidato, Teri no lo había visto. Y ella tenía un ojo muy bueno cuando se trataba de hombres.

—¿Recuerdas cuando las Navidades eran algo más que una pura campaña comercial? —Hannah suspiró, envolviendo la estrella en papel de seda y guardándola en una caja de cartón—. No podías ir a dormir porque tenías miedo de que Papá Noel pasara de largo por tu casa. Y te despertabas a las seis, y allí estaban todos aquellos paquetes debajo del árbol, y afuera nevaba. La gente cantaba villancicos y había peleas con bolas de nieve y todo eso. Era maravilloso.

—Me parece que has visto demasiada televisión, querida —replicó Teri—. No creo que la Navidad haya sido nunca así. Quizá en un mundo de fantasía, pero no en mi infancia. Yo no deliro... Oh, lo siento, no quise...

—Está bien. No me has ofendido, no te preocupes —aquello también tenía que terminar, pensó Hannah. Todos la trataban con guantes de seda porque no tenía padres, sopesando con cuidado cuanto le decían, por temor a herir sus sentimientos—. Me parece que se comete un error con esto de los árboles de Navidad —dijo en voz alta, mientras se bajaba del taburete y contemplaba el escuálido y reseco abeto, despojado ya de guirnaldas, luces y figuritas—. Hemos talado un árbol sano y hermoso sólo para poder decorarlo con baratijas durante unas semanas, y cuando terminamos con él lo tiramos a la basura. Es un despilfarro.

No quería decirlo delante de Teri, pero sentía una especie de afinidad con el patético abeto que había sido cortado de raíz y colocado a la entrada del Blue Dawn Diner, donde la mayoría de los clientes lo había ignorado. Sólo le prestaba alguna atención el niño travieso que intentaba desprender alguno de los adornos y se llevaba por ello un golpe en la mano. Parecía tan triste, tan solitario, que se diría que estaba a punto de echarse a llorar. Era como ella.

Las vacaciones siempre eran un momento difícil, un gran juego de apariencias que ella practicaba con su tío y su tía. Fingían que la chica les importaba, cuando no era así. Ella aparentaba ser feliz, cuando no lo era, y todos procuraban comportarse como si hubiera una cercanía que nunca había existido. Cuando llegaba la Navidad, con todas esas apariencias, se sentía aún más triste y solitaria que de costumbre.

He aquí otra situación a la que debía poner fin. Si alguna vez intentaba seguir adelante con su vida, tendría que marcharse de la casa de sus tíos.

—Vamos —dijo Teri—. No voy a permitir que te quedes ahí parada lloriqueando por un estúpido árbol. Démosle un entierro digno.

Teri asió el abeto por el final del tronco, mientras Hannah lo agarraba por el otro extremo, y juntas se encaminaron torpemente hacia la puerta trasera del restaurante, dejando a su paso un reguero de espinas marrones.

La puerta estaba cerrada.

Teri se dirigió hacia la cocina, donde Bobby, cocinero y encargado nocturno del local, estaba aprovechando la ausencia de clientes para comerse una hamburguesa.

—Supongo que no podrás perder un momento para abrir esta puerta —con deliberada parsimonia, Bobby dio otro mordisco a su hamburguesa—. ¿No me has oído, vago de mierda? —El chico se limpió lentamente la grasa de la barbilla con una servilleta de papel.

—No te muevas tan rápido. Te puede dar un paro cardiaco.

—¿Ah, sí? Bueno, ¿así de rápido te parece mejor, Teri? —dijo mientra movía la pelvis compulsiva y lascivamente hacia ella.

La chica retrocedió con fingido horror y respondió con ironía:

—Otro día, hoy no me he depilado.

Cuando les abrió la puerta, las mujeres cargaron el árbol hasta el estacionamiento vacío, rodeado de montones de nieve sucia. El aire era tan frío que cortaba como un cuchillo. Hannah podía ver su aliento.

—No sé cómo pueden relacionarse de esa manera todos los días —dijo.

—Chica, es mi manera de seguir viva. Me estimula saber que cada mañana, cuando me levanto, puedo venir aquí y decirle a ese vago lo que pienso. No necesito gimnasia ni clases de aeróbic para que me circule la sangre. Me basta con ver el escaso pelo de ese hombre, su papada y esa especie de oruga pegada al labio superior que él llama bigote.

Hannah se rió muy a su pesar. El vocabulario de Teri la escandalizaba a veces, pero admiraba su espíritu, probablemente porque ella carecía de él. Nadie intentaba abusar de Teri.

Apoyaron el pino en el contenedor de basura por un instante, mientras recuperaban el aliento.

—A la de tres —dijo Teri—. ¿Lista? Una, dos y treeeeeeees... —El árbol voló por los aires, chocó contra el borde del contenedor y cayó en su interior. Teri se frotó las manos vigorosamente, para que entrasen en calor—. Aquí hace más frío que en el Polo.

Mientras volvían sobre sus pasos por el estacionamiento, Hannah vio el cartel de neón con el nombre «Blue Dawn Diner» en letras de color azul cobalto. Detrás de ellas, unos rayos parpadeantes, en otro tiempo amarillos y hoy descoloridos, de un gris enfermizo, se abrían en semicírculo, imitando el sol naciente. El falso astro parecía anunciar el amanecer en un planeta lejano, y el azul de neón hacía que la nieve se asemejase a una masa radiactiva.

¿No sería aquel cartel la señal que esperaba? ¿El sol naciente y los rayos parpadeantes le anunciaban que había llegado un nuevo día, que se le abrían las puertas de un mundo muy diferente a las largas horas en el restaurante, los clientes amargados en los asientos de plástico rojo, las propinas miserables y Teri y Bobby peleándose como gatos callejeros?

Se contuvo. No, sólo se trataba de un viejo cartel de neón descolorido que ella ya había visto mil veces.

Teri ya la esperaba de pie frente a la puerta del restaurante.

—Adentro, muñeca. O te morirás de frío.

Hannah se sentó en la mesa del rincón, al fondo, que estaba extraoficialmente reservada para el personal y sólo se cedía a los clientes los domingos por la mañana, a la vuelta de los servicios religiosos, el momento en que el Blue Dawn Diner estaba más lleno de gente. Teri solía hacer un crucigrama y, aunque teóricamente lo tenía prohibido, si no había nadie fumaba un cigarrillo. Después de un largo turno, aquel rincón era cálido, ideal para descansar un poco. Hannah dejó que su agotado cuerpo se relajara y que la mente se quedara plácidamente en blanco.

Echó un vistazo al crucigrama del día y vio que estaba a medio terminar. Decidió continuarlo. A Teri no le importaba recibir una pequeña ayuda. Entonces sus ojos pasaron al texto que se leía inmediatamente debajo del crucigrama.

¿Es usted una persona única y servicial?

Intrigada, inclinó el periódico para que le diera mejor la luz.

¡Esto puede ser lo más fantástico que jamás haya hecho!

Haga el regalo que procede directamente del corazón.

Parecía un anuncio para el día de los enamorados, con corazones en cada esquina y en el centro el dibujo de un bebé angelical, ronroneando de placer. Pero faltaba mes y medio para el 14 de febrero. Hannah siguió leyendo.

Con su ayuda podemos crear una familia feliz:
Conviértase en madre sustituta.
Llame para mayor información
Aliados de la Familia
617 923 0546

—Mira esto —dijo, mientras Teri depositaba dos tazas de chocolate caliente sobre la mesa y se deslizaba sobre el asiento opuesto al de Hannah.

—¿Qué?

—En el periódico de hoy. Este anuncio.

—Ah, sí. Les pagan un montón de dinero.

—¿A quiénes?

—A esas mujeres. Madres de alquiler, sustitutas las llaman. Vi algo sobre el asunto en la tele. Lo encuentro un poco raro, la verdad. Si haces el sacrificio de llevar un chico en el vientre durante nueve meses, deberías ser capaz de quedarte después con el pequeño bastardo. No sé cómo pueden darlo en adopción a otras personas. Hacen niños como quien fabrica panes, parecen panaderas. O mejor dicho, hacen el papel de horno. Tú cocinas el pan y alguien se lo lleva a su casa.

—¿Cuánto crees que les pagan?

—Vi en una revista que a una mujer le pagaron 75 mil dólares. En estos tiempos hay mucha gente que desea tener hijos. Algunos se desesperan por ello. La gente rica paga auténticas fortunas. Por supuesto, si supieran cómo son en realidad los niños, no estarían tan dispuestos a pagar por ellos. Si sospecharan que nunca recuperarán el silencio y la tranquilidad y que jamás volverán a tener la casa ordenada, actuarían de otra forma.

De repente se apagaron las luces y sonó una voz procedente de la cocina.

—Basta de cháchara, chicas.

—¿Te importa que me lleve el periódico?

—Quédatelo para siempre. No puedo con ese crucigrama. Jamás acertaré el diez vertical.

En la puerta, Hannah le dio a su amiga un rápido beso en la mejilla y corrió por el estacionamiento hasta su desvencijado Nova. Bobby apagó el cartel del Blue Dawn Diner. Las nubes ocultaban la luna y, sin las luces de neón, el lugar le parecía todavía más desolado.

Hizo sonar la bocina mientras salía a la carretera. Teri respondió con el claxon de su coche y Bobby, que estaba cerrando la puerta de entrada, hizo un leve gesto de despedida.

El periódico permaneció en el asiento, al lado de Hannah, durante todo el trayecto. Aunque la carretera estaba despejada y recién asfaltada, condujo prudentemente. Llegó a la altura de un semáforo, que se puso en rojo. Frenó poco a poco para evitar que el coche derrapara.

Mientras esperaba que se pusiera verde, echó una ojeada al periódico. Las letras no eran legibles en la oscuridad, pero ella recordaba exactamente lo que decía el anuncio. Cuando reanudó la marcha y pasó el cruce, casi podía escuchar una voz murmurándole: «Esto puede ser lo más fantástico que jamás haya hecho».

D E PIE, CUSTODIANDO LA ENTRADA, EL GUARDA
apoyaba su peso alternativamente en uno y
otro pie. Lo hacía con evidente pereza. La catedral no volvería a abrirse hasta muy avanzada la tarde, y sus pensamientos volaban hacia la cerveza helada que se tomaría en unos minutos.

De reojo, creyó ver un movimiento repentino entre las sombras del lado norte del atrio. Pero no tenía la menor intención de indagar. A lo largo de los años había aprendido que las luces que se filtraban por las vidrieras les jugaban malas pasadas a sus ojos. Y hacía mucho que se había acostumbrado a los murmullos y quejidos que emitían la piedra y la madera cuando la iglesia estaba vacía. Su esposa decía que era la conversación de los santos y que la casa de Dios no estaba vacía nunca; pero el guarda pensaba para sus adentros que los ruidos eran simplemente los de un viejo edificio que envejecía aún más.

¿No crujían sus propios huesos de vez en cuando?

Sin embargo, el ruido que ahora escuchaba era diferente. Parecía un murmullo suplicante, como si alguien se quejase en voz baja. Entonces percibió otro fugaz movimiento y se apartó de la puerta para ver mejor. Una mujer estaba rezando, arrodillada, frente al altar de la Inmaculada, uno de los tesoros barrocos de la catedral, que representaba a María, en tamaño mayor que el natural, iluminada por dorados rayos que testimoniaban su santidad.

Los ojos de la mujer se clavaban en el rostro delicadamente tallado, que miraba hacia abajo con gesto de infinita comprensión a los suplicantes que buscaban su merced. Ensimismada, la mujer ignoraba, obviamente, que la catedral hubiera cerrado.

No era la primera vez que sucedía algo así, pensó el guarda, ni sería la última. El elevado número de capillas de la catedral hacía que no fuera difícil olvidarse de avisar a algún pobre fiel de que era la hora de cerrar. Habitualmente hacía su ronda un par de veces, y lo habría hecho también esa tarde si no hubiera tenido que acompañar al sacerdote a la Cámara Santa.

Se acercó a la mujer lentamente, deseoso de no sobresaltarla, esperando que el ruido de las pisadas bastara para llamar su atención. Al acercarse se dio cuenta de que no era española. Su llamativo bolso y su indumentaria sugerían que era una turista. No obstante, los viajeros no se paraban a rezar; sólo hacían algunas fotos y se iban. Y aquella mujer parecía orar con la intensidad de algunas de las ancianas feligresas locales.

—Señora —murmuró.

En lugar de responder, pareció aumentar el fervor de las plegarias:

—Sólo somos tus siervos. Hágase tu voluntad...

El guarda reconoció el idioma en que rezaba. Era inglés. Echó un vistazo a la entrada de la Cámara Santa. No quería que el viejo sacerdote bajara la escalera y se encontrara la puerta sin custodia. Pero era preciso acompañar a la mujer hasta la salida de la iglesia. La tocó levemente en el hombro.

—Señora, la catedral está cerrada.

Ella se volvió y lo miró con aire ausente. Ni siquiera estaba seguro de que le estuviera viendo. Sus pupilas parecían dilatadas, como si se hallara en trance.

La mujer sacudió lentamente la cabeza. Pareció volver en sí.

—¿Qué?

—La catedral está... —buscó en su memoria la palabra inglesa—. Closed, señora. La catedral está cerrada.

La mujer se sonrojó, como si se avergonzara repentinamente.

—¿Cerrada? Oh, no me di cuenta. Debo de haber... perdido la noción del tiempo. Perdón, por favor.

El guarda la ayudó a ponerse de pie, recogió su colorido bolso y la acompañó hasta la salida de la catedral. Mientras caminaban por la nave, ella continuó lanzando miradas hacia atrás, como si quisiera volver a ver a la Virgen.

—Éste es realmente uno de los lugares más sagrados del mundo —le dijo, mientras el guardia abría la puerta. Sus ojos habían recuperado el aspecto normal, ya no parecía ausente. Él sintió que su mano le apretaba con más fuerza el brazo—. Lo noto, lo siento así, y tiene que ser cierto. Quiero decir que ésta es tierra sagrada, ¿no?

Sin entender lo que ella decía, el guarda asintió vigorosamente, antes de cerrar la pesada puerta detrás de ella.

Miró su reloj de bolsillo. ¿Era su imaginación o don Miguel estaba rezando más de lo habitual? Volvió hasta la Cámara Santa lo más rápido que pudo, dispuesto a explicar al anciano el incidente que lo había apartado durante un rato de su puesto. De pronto vio al sacerdote en el suelo, de espaldas. Sus piernas estaban torcidas hacia un lado y las manos parecían aferrarse a las losas de piedra, en un extraño escorzo. Era como si hubiera caído fulminado en mitad de una plegaria.

El pánico se apoderó de él. Inmediatamente pensó en la reliquia. ¿Qué había sucedido con ella?

Enseguida dejó escapar un suspiro de alivio.

¡Nada, no le había sucedido nada! Allí estaba, sobre el cofre de plata, intacta. La cogió con cuidado y la guardó bajo llave en el armario situado al fondo de la cripta. Sólo entonces, cuando prestó atención a don Miguel, se dio cuenta de que el sacerdote estaba muerto.

El guarda hizo la señal de la cruz sobre el pobre cuerpo consumido por los años. Si ya tenía que llevárselo el Señor, qué apropiado era, pensó, que hubiera sucedido allí. El viejo sacerdote amaba profundamente ese lugar. Su devoción no había tenido límites. Y ahora parecía estar en paz.

Sin duda había partido a recibir su justo premio en el reino de los cielos.

¡Qué afortunado era!

BUENO, CIERTAMENTE TE HAS CONVERTIDO EN un pájaro madrugador —murmuró Ruth Ritter, mientras trajinaba por la cocina—. Ésta es la tercera vez en lo que va de semana que te levantas antes que yo. ¿Qué te está ocurriendo?

Hannah levantó la vista de un huevo duro que descansaba sobre la mesa, que había estado contemplando hasta ese momento, absorta.

—Nada, simplemente no duermo bien, eso es todo.

—No estarás enferma, ¿no? —Ruth miró de reojo a su sobrina. Se jactaba de su capacidad de conocer a la gente. Aunque no había ido a la universidad ni tenía la casa llena de libros, le gustaba pensar que estaba dotada de una inteligencia natural. Se percataba de las cosas y podía detectar una mentira a kilómetros de distancia—. Porque eso es lo último que necesitamos, que te pongas mala. Con una persona enferma es suficiente. La úlcera de tu tío está volviendo a dar problemas.

La madre de Hannah solía decir que, de niñas, Ruth era la más bonita de las hermanas Nadler, la más vivaracha, la que se llevaba de calle a todos los chicos. Ahora eso era difícil de creer. Hannah no podía imaginarse a su tía como una mujer distinta de aquella rechoncha e irritable ama de casa, siempre vestida con una bata, que ahora se dirigía a la cafetera para ingerir la dosis de cafeína que la ayudaría a soportar otro día de trabajos y decepciones.

—¿Ya has hecho el café? —preguntó Ruth sorprendida.

—Claro. Estaba levantada.

—¿Estás segura de que no te pasa nada malo?

¿Por qué, en lugar de dar las gracias, respondía siempre con ironías de ese tipo? A Hannah no le gustaba que su tía se resistiera tanto a pronunciar palabras amables y afectuosas. Se diría que en el mundo de Ruth toda buena acción tenía segundas intenciones. O buscaban algo a cambio, o trataban de engañarla. Nadie hacía nada porque sí. Todos hacían cosas por algún motivo.

Ruth alzó la taza de café hasta los labios y dio un sorbo.

—¿A qué hora volviste del restaurante anoche?

—A la misma de siempre. A las doce y cuarto, o una cosa así.

—¿Y te has levantado con las primeras luces? —otra vez volvió a mirarla de reojo—. ¿Por qué no me cuentas de una vez lo que te sucede?

—Porque no me ocurre nada. ¡Nada, tía Ruth! ¡De veras!

En realidad, sí le ocurría algo. Una semana antes había llamado a Aliados de la Familia. Una mujer le dijo que le enviaría de inmediato una carta con toda la información necesaria y, sin pensarlo, Hannah le había dado la dirección de los Ritter. Más tarde se dio cuenta de que tendría que haber hecho que se la enviaran al restaurante.

—Mientras vivas bajo este techo y disfrutes de nuestra hospitalidad —decía Ruth constantemente— no habrá secretos en esta casa.

Si el sobre de Aliados de la Familia llevaba impresos corazones y un bebé, igual que el anuncio, tendría que dar muchas explicaciones. Así que todas las mañanas, durante esa semana, Hannah madrugaba para interceptar el correo antes de que pudieran verlo sus tíos. Hasta ese momento no había llegado ninguna carta.

A su edad, lo normal era pensar en novios y diversiones, y si acaso en crear una familia al cabo del tiempo. ¿Por qué le resultaba de pronto tan seductora la idea de tener un bebé para una pareja sin hijos? Vagamente, Hannah intuía que su madre tenía algo que ver en todo eso, pues había sido una mujer generosa, convencida de que todos tenemos la responsabilidad de ayudar a quienes son menos afortunados. «Cuando te encuentres apesadumbrada por tus propios problemas», le había dicho, «entonces ha llegado el momento de preocuparse por las demás personas». Y aquella lección había quedado grabada intensamente en la memoria de Hannah, por mucho que el sonido de la voz de su madre sonara ya con menos claridad que antaño.

Ruth sacó un plato de pasteles de canela del horno y los examinó cuidadosamente, para seleccionar el que la decepcionaba lo menos posible.

—Pensé que ibas a estar trabajando en el turno de mañana toda esta semana —dijo.

—Sí, era lo previsto, pero las cosas no van muy bien. Después de las vacaciones, todos se quedan en casa, para gastar menos, supongo.

—No seas tonta. No dejes que Teri te quite todos los buenos turnos —Ruth se tomó el pastel y el café y luego sacó de la nevera una docena de huevos—. Espero que este dichoso tío tuyo no se quede dormido hoy. Anda, dile que el desayuno está servido.

Aliviada por aquella oportunidad de escapar de la cocina, Hannah subió las escaleras gritando:

—¡Tío Herb! La tía Ruth dice que el desayuno está listo.

El hombre respondió con un gruñido.

—Ya viene —dijo, traduciendo el mensaje a su tía, y luego miró por la ventana de la sala de estar. Tal como esperaba, el cartero estaba haciendo en ese momento su ronda por la manzana. Tras abrigarse, se deslizó por la puerta y salió a su encuentro en el camino de entrada.

—Me vas a ahorrar unos pasos, ¿eh? —dijo el cartero alegremente. Buscó en su saca y le dio un paquete atado con cordones no muy apretados.

Un rápido vistazo confirmó a Hannah que se trataba del habitual hatillo de facturas, revistas y folletos publicitarios. Justo cuando estaba a punto de alcanzar la puerta, vio el sobre con el membrete de Aliados de la Familia en el borde superior izquierdo. Estaba a punto de guardárselo en el bolsillo, cuando sonó una voz enfadada.

—¿Y ahora qué estás haciendo? ¿Calentando a todo el vecindario? ¿Tienes idea de lo que cuesta el gas de la calefacción? ¿Por qué dejas la puerta abierta para que se escape el calor?

Herb Ritter, en bata y pijama, con su escaso cabello gris todavía despeinado, estaba de pie frente a la puerta.

—Lo siento, sólo fue un segundo.

—Yo me encargo de eso.

Herb le arrebató el paquete y regresó a la cocina, donde se sentó en su lugar habitual, a la cabecera de la mesa.

Hannah puso una taza de café frente a él y esperó, mientras el hombre examinaba el correo, lo cual desde luego no la ponía de buen humor. Su carta estaba al final. Sobresalía lo suficiente como para que ella pudiera leer

«Aliados» en el remite. Alargó la mano sobre el hombro de su tío y la sacó del hatillo.

—¡Eh!, ¿qué estás haciendo?

—Creo que esta carta es para mí. Tiene mi nombre.

—¿Quién te escribe? —preguntó Ruth.

—Nadie.

—¿La carta se escribió sola?

—Es personal, tía Ruth. ¿Te importa?

Las indignadas palabras de Ruth la siguieron escaleras arriba.

—¿Cuántas veces tengo que decírtelo, jovencita? ¡En esta casa no hay secretos!

Hannah no hizo caso. Cerró la puerta de su dormitorio, esperó hasta recuperar el aliento y después, cuidadosamente, abrió el sobre.

𝔄 LOS DOS DÍAS DE LA MUERTE DEL SACERDOTE
llamaron al guarda desde la oficina del arzobispo.
Su eminencia y «varios invitados» iban a visitar la
Cámara Santa esa noche. Se le ordenó colocarse a la entrada del templo cuando estuviera cerrada la catedral, abrir
las puertas en el momento apropiado y montar guardia durante el tiempo que durase la visita.

El guarda supuso que aquello tenía que ver con la
muerte del viejo sacerdote, aunque la policía de Oviedo
ya había examinado el lugar sin encontrar nada extraño
ni sospechoso. Se habían tomado fotografías del cuerpo del
sacerdote antes de retirarlo. Todas las reliquias de la Cámara Santa habían sido meticulosamente examinadas y
recontadas, descartándose el robo.

El guarda contó su historia varias veces a las autoridades. No es que hubiera mucho que decir. El sacerdote
parecía encontrarse muy bien ese día y había subido los escalones sin dificultad aparente. Creía recordar que inter-
cambiaron algún comentario amable, pero nada de importancia. Más tarde, tras esperar un rato —estaba casi
seguro de que habían sido unos veinte minutos—, el guarda

había ido en busca del sacerdote. Y lo encontró muerto. Y eso había sido, más o menos, todo.

Un roce de sotanas y el rumor de varias voces le anunciaron que se acercaban el arzobispo y sus acompañantes. De los tres invitados, el guarda reconoció sólo al más alto. Era de Madrid, y también arzobispo, si la memoria no le fallaba. Los otros dos tenían un aire de similar importancia. Los rostros graves hablaban a las claras de la seriedad de su misión.

Las visitas especiales a la Cámara Santa eran programadas con semanas de anticipación, y siempre le decían de antemano quiénes serían los invitados, para que pudiera tomar las medidas de seguridad apropiadas a cada caso. Esta vez no le habían dado nombres ni mayores instrucciones. Esta visita era evidentemente secreta.

Insertó la gran llave en la cerradura y abrió la pesada puerta. Luego entró por delante de los cuatro hombres, bajó las escaleras y buscó el segundo juego de llaves, las que abrían la verja de la Cámara Santa. Notó en sus espaldas el aliento de los acompañantes.

—Déjenos —murmuró el arzobispo al entrar al sagrado recinto—. Déjenos ya.

Uno de los «invitados» se retorcía las manos con evidente nerviosismo. El guarda se preguntó si se darían cuenta de que estaban justo en el lugar donde había caído el cuerpo del sacerdote.

Tal como mandó el arzobispo, se retiró. Durante unos instantes pudo escuchar aún las voces de los cuatro visitantes, pero cuando llegó a la primera entrada las palabras ya eran inaudibles. Con todo, creyó distinguir claramente una, pronunciada varias veces: «falta…, falta…». ¿Falta? ¿Qué podía faltar? Todo había sido revisado y contabilizado en la Cámara Santa. Todo estaba en orden.

Esperó. Los minutos pasaban con tal lentitud que acabó sacudiendo vigorosamente su reloj de bolsillo, pensando que se había parado.

No había visto motivo para informar de que había dejado su puesto unos minutos para acompañar hasta la salida de la iglesia a una mujer que se había quedado rezagada. No le pareció importante. Ahora, sin embargo, se preguntaba si ese lapso había sido descubierto. Según pasaba el tiempo, la angustia se iba apoderando de su ánimo y de su estómago.

Al cabo de una eterna hora y media, escuchó que pronunciaban su nombre, llamándole, y se apresuró a cerrar la reja de la Cámara Santa. El arzobispo y sus invitados abordaron silenciosamente los escalones, con los rostros aún más serios que antes. En la entrada, el guarda cerró la enorme puerta e hizo girar la llave en la cerradura. Cuando hubo terminado, descubrió que el arzobispo se encontraba detrás de él.

—Las llaves —le ordenó, extendiendo la mano derecha.

El corazón del guarda se detuvo, como si se hubiera vuelto de plomo. Lo estaban expulsando de su puesto. ¿Cómo mantendría ahora a su familia? Era un pensamiento egoísta, lo sabía, dadas las circunstancias, pero no podía evitarlo. Entregó ambos juegos de llaves.

—No, sólo las de la Cámara Santa —dijo el arzobispo—. Me temo que permanecerá cerrada hasta nuevo aviso. Diremos a la prensa que son necesarias ciertas reformas estructurales. Está autorizado a contarles lo mismo a los turistas.

Mientras guardaba las llaves dentro de su sotana, el arzobispo le dirigió un seco «buenas noches» y fue a reunirse con sus invitados.

El guarda notó que sus rodillas flojeaban, tal era el alivio que sentía. Su pan estaba asegurado, después de todo. Por supuesto, su obligación era montar guardia junto al viejo sacerdote, pero también tenía la responsabilidad de proteger la catedral y todos sus tesoros de los visitantes que permanecían dentro más allá de las horas establecidas. De cualquier manera, sólo se había apartado del anciano por un momento. No era para tanto.

Mientras guardara silencio, pensó, nadie tendría por qué saber nada de la mujer extranjera. Como el viejo sacerdote, él se llevaría el secreto de aquellos minutos a la tumba.

CAPÍTULO
VI

DE MI MAYOR DOLOR SURGIÓ MI MAYOR ALEGRÍA. La vida nos sorprende constantemente, ¿no es verdad? —Letitia Greene cogió un pañuelo de papel y se secó delicadamente los ojos humedecidos por las lágrimas—. El día que llevé a Ricky a casa de vuelta del hospital fue el más feliz de mi vida. Una vida que casi se había hecho pedazos. Mi marido y yo estábamos al borde del divorcio. No pensé que sobreviviríamos. No creí que *yo* sobreviviría. Y el niño fue nuestra salvación.

Hannah esperó, mientras la mujer sentada detrás del antiguo escritorio de palo de rosa se daba un respiro para recuperar la compostura. Aparentaba cuarenta años largos. Vestía ropas caras y empleaba un tono cordial que tranquilizaba a Hannah.

—¿Te lo puedes imaginar? Después de quince años creyendo que nunca sería madre, este... este ángel llegó a nuestras vidas. Su nombre es Isabel y fue quien nos devolvió la vida. ¡Sí, una perfecta desconocida! Quería ayudarnos, pero no creo que ni siquiera ella fuese consciente de los maravillosos efectos de su acción. Nos unió y nos convirtió en una familia feliz. Nunca olvidaré el día que llevé a Ricky de la maternidad a casa. Ése de ahí es Ricky —en un lugar destacado del escritorio, dentro de un marco dorado, se veía la fotografía de un chico pelirrojo y pecoso, de unos siete años. La movió para que Hannah pudiera verla mejor—. Pensé que iba a morir de alegría. Era casi más de lo que podía soportar. Y la felicidad parecía aumentar con el paso de los días. Solía decirle a Hal, mi marido: «¿Qué voy a hacer con tanta alegría?». Estoy segura de que él no tenía ni idea, en esa época, del profundo efecto que su respuesta tendría en mí. Pero se volvió... —Letitia Greene se inclinó hacia delante, como si no quisiera que nadie más la oyera. El valioso colgante de plata que pendía de su cuello se balanceó, reflejando la luz—. Y ¿sabes lo que me dijo? —dejó que el silencio se prolongara dramáticamente.

—No —respondió Hannah—. ¿Qué dijo?

—Dijo: «Compártela. ¡Comparte tu alegría, Letitia!». Bueno, fue como si me hubiera alcanzado un rayo —las palabras parecían escaparse, desbordantes, de la boca de la mujer—. ¿Qué iba a hacer con toda esa alegría? Debía compartirla, por supuesto. Por eso, cuatro años después, aquí estoy, ayudando a otras parejas sin hijos a reunirse con personas muy especiales para sembrar más felicidad.

Señaló con orgullo varias fotografías colgadas en la pared, detrás de su escritorio. Mostraban a parejas sonrientes, con adorables bebés en brazos. Al lado de alguna de las fotografías había cartas enmarcadas, rebosantes de gratitud por la maravillosa labor de Letitia Greene.

Hannah las miró con respeto. ¡Y pensar que había estado a punto de no ir! Había dudado hasta el último instante, incluso cuando vio que no encontraba la calle y que llegaba con retraso a la cita porque, una vez localizada, no había manera de estacionarse. Las oficinas de Aliados de

la Familia estaban en el segundo piso de un edificio de ladrillo del siglo XIX, y la escalera que conducía a él desde
la calle estaba tan sucia y pobremente iluminada que
Hannah tuvo miedo y consideró la posibilidad de dar
media vuelta y volver a su casa.

Sin embargo, en cuanto entró cambió de opinión.
La oficina era luminosa y atractiva, más parecida a un salón
que a un despacho. El piso estaba cubierto por una elegante alfombra beis. Dos sofás floreados, separados por
una bonita y pequeña mesa, daban calor a la estancia.
En una hermosa estantería se veían delicados objetos ar-
tísticos. Un bello centro de flores, situado sobre un pedestal, remataba el agradable conjunto. El escritorio de
madera de la señora Greene y la silla dorada situada frente
a él, en la cual se encontraba sentada Hannah, parecían ser
los únicos muebles funcionales, y, con todo, no podían
catalogarse como muebles de oficina.

—Denominé a nuestro grupo «Aliados de la Familia»
porque así es como lo veo, como un grupo de amistad y
apoyo —dijo Letitia Greene—. La gente se acerca y comparte sus respectivas esperanzas y sus cualidades para
aliarse en la creación de una nueva vida. Lo que hay que
comprender, señorita Manning, es que nuestras madres
sustitutas dan vida en varios sentidos. El más evidente,
por supuesto, es el bebé. Pero también estarán renovando
la vida de un hombre y una mujer, quienes con frecuencia
se sienten frustrados e incompletos. También les están
dando un futuro. Ustedes se convierten en sus salvadoras.

Escuchando a Letitia Greene, Hannah se sintió des-
bordada por las emociones. La pasión con que aquella
mujer hablaba de su labor hacía que pareciese una persona
profundamente viva. Pensó en su tía y en su tío, aislados
uno del otro, y en las inútiles peleas que ocupaban sus días.

Y recordó a los grises clientes del restaurante, yendo de la comida a su trabajo y de su trabajo a la comida, un día tras otro. Incluso Teri, siempre alegre y bien dispuesta, estaba tan atrapada por el trabajo que su único alivio parecía ser el intercambio de insultos con Bobby. Todos llevaban unas vidas pequeñas, limitadas.

Entonces Hannah revisó también la suya, que le pareció la más pequeña y limitada de todas. No se parecía nada a la de aquella mujer llena de idealismo y entusiasmo.

—Perdone que hable tanto, pero, como puede ver, amo lo que hago —Letitia Greene rió al disculparse. Se puso las gafas y revisó el formulario que había rellenado Hannah—. Supongo que tendríamos que ponernos a trabajar. Usted no tiene toda la tarde para escucharme. Como le dije, cada situación es diferente y cada madre sustituta es especial. Intentamos alcanzar un acuerdo que sea bueno para usted. Buscaremos la más adecuada de las familias y concretaremos cuánto contacto quiere tener con ella. ¿Quiere que estén presentes durante el nacimiento? ¿Le gustaría que le enviaran fotos del niño a medida que crece? Ese tipo de cosas hay que hablarlas y acordarlas. Es lo mejor para todos. La remuneración... Bueno, estoy segura de que le parecerá generosa —Letitia Greene repasó la solicitud con un rápido vistazo—. Parece haber respondido a todas nuestras preguntas satisfactoriamente —dijo, dando su aprobación—. Y queremos darle todas las oportunidades para que pregunte lo que haga falta, ahora o más adelante. Por supuesto, es consciente de que habrá que hacer algunas pruebas médicas. Nada preocupante. Es sólo para confirmar que está tan sana como parece.

—Sí, por supuesto. Lo que haga falta.

—Ya que está aquí en la oficina, me gustaría hacerle una serie de preguntas personales, si es posible. Puede parecer un asalto a la intimidad, pero estamos hablando de un compromiso muy personal e íntimo. Es importante que todos nos conozcamos tanto como sea posible. Espero que lo comprenda. ¿Puedo tutearte?

—Claro. Por favor. Pregúntame lo que quieras.

Letitia Greene se acomodó en la silla, con el colgante de plata reposando sobre su esternón.

—En el formulario dice que eres soltera.

—Sí.

—¿Qué piensa tu novio de todo esto?

—No tengo novio.

—¿Cuándo tuviste la última relación?

Hannah se ruborizó.

—Yo, nunca... Salgo de vez en cuando con amigos..., lo que quiero decir..., nunca estuve con nadie tan seriamente como para decir que he tenido una relación, supongo.

—Ya entiendo. ¿Eres lesbiana?

—¿Qué? Oh, no. Me gustan los chicos. Es que no he encontrado a ninguno que, bueno... —no le salían las palabras. Trataba de pensar en los chicos que conocía. Estaba Eddie Ryan, que vivía en su misma manzana y a veces la llevaba al cine. En el instituto había tenido enamoramientos platónicos, aunque nunca había hecho nada para ir más allá. Teri decía que a veces era la mujer quien tenía que dar el primer paso, pero Hannah nunca se sentía capaz de hacerlo.

—¿Vives todavía con tus padres?

—No, vivo con mi tía y mi tío.

—¿Sí? —Letitia Greene la miró, curiosa, por encima de las gafas.

—Mis padres murieron cuando tenía doce años. Un accidente de coche.

—Lo lamento mucho. Debió de ser muy duro para ti. Aún debe de serlo.

—Sí —murmuró Hannah.

—¿Quieres contarme algo del accidente? —Hacía tanto tiempo que no hablaba de aquella tragedia, que Hannah se emocionó inesperadamente. Todo el mundo evitaba el tema o simplemente daba por supuesto que ya había superado el trauma y continuaba con su vida. Por el contrario, aquella mujer buena y vital, Letitia Greene, parecía verdaderamente interesada.

—Fue en Nochebuena —comenzó Hannah, dubitativa—. Volvíamos de casa de mi tía Ruth. Allí es donde vivo ahora. Solíamos pasar cada Nochebuena juntos, porque eran... bueno, son... mi única familia. Entonces residíamos en Duxbury. Me quedé dormida en el asiento trasero y lo siguiente que recuerdo es que caí al firme de la carretera y escuché a mi madre gritar. Me preguntó si estaba bien y me dijo que me quedara quieta, que ya venían a ayudarnos. Por su voz me di cuenta de que estaba sufriendo mucho. Cuando intenté moverme para poder verla, me gritó: «No, quédate donde estás. No mires» —Hannah sintió un nudo en la garganta, hizo una pausa y respiró hondo.

—Tómate tu tiempo, querida —le aconsejó en voz baja Letitia Greene.

—Es que fue todo tan terrible, ahí tirada, esperando que viniera la ambulancia y sin atreverme a moverme. Más tarde me di cuenta de que ella lo que no quería era que viera a mi padre. Él murió instantáneamente. Chocamos contra un camión que invadió nuestro carril. Estaba nevando, y el conductor se había quedado dormido y...

Se sorprendió de lo vivos que estaban los detalles en su memoria. Era como si el accidente hubiera ocurrido hacía siete días, no siete años. Ruth y Herb nunca habían hablado del accidente con ella, así que se había guardado sus espantosos recuerdos para sí durante todo ese tiempo. Ahora tenía la inquietante impresión de que contaba la historia por primera vez, y además a una extraña a quien apenas conocía.

—El camión se estrelló contra el lado del conductor de nuestro coche, por eso mi padre murió tan rápidamente. Aplastado. Dicen que no sufrió. Milagrosamente, a mí no me pasó nada. Pero mi madre entró en coma camino del hospital. Murió una semana después por las heridas internas que había sufrido. «Lo siento, preciosa» fue lo último que me dijo. «Lo siento mucho».

—Tus padres debieron de quererte mucho.

—Sí, creo que sí —otra vez notó cómo crecía el nudo en la garganta.

Durante largo tiempo Hannah no había pensado en el amor. Tal sentimiento era algo que pertenecía a la remota época de su vida anterior al accidente. Ahora recordaba paseos otoñales por las alamedas, entre las hojas caídas, de la mano de su madre. No quería soltarla, porque era feliz junto a ella bajo la tibia luz del sol.

—¡Ustedes dos! —decía su padre, fingiendo estar celoso—. ¡Sepárense de una vez!

Hannah se dio cuenta de que se había hecho un pesado silencio en la oficina, al dejarse llevar por la corriente de sus recuerdos. Letitia Greene la miraba con gesto de comprensión, la cabeza inclinada levemente hacia un lado. Aquella mujer no se parecía a tantas otras personas que salían huyendo a la menor demostración de sentimientos. Era tan receptiva, parecía entenderlo todo tan bien, que Hannah no tenía vergüenza en absoluto.

Letitia alargó su mano hacia ella sobre el escritorio; Hannah la cogió. Ese simple contacto desencadenó otra oleada de emociones inesperadas. Por un momento, las dos mujeres, de la mano, se miraron en silencio.

Pero no estaban solas.

Al otro lado del espejo, en un pequeño cuarto ubicado detrás del escritorio de Letitia Greene, dos personas observaban. Miraban y escuchaban, mientras Hannah relataba su vida. Aunque el vidrio coloreado les permitía ver y no ser vistos, no se habían atrevido a hacer el más mínimo movimiento, y sus miradas no se habían apartado del rostro de Hannah ni un segundo. Sólo había cambiado el ritmo de su respiración. Mesurada al principio, ahora era más agitada, más rápida y breve. Evidentemente, aumentaba la ansiedad de ambos.

—Espero no haber hablado más de la cuenta —dijo Hannah.

Letitia sacudió la cabeza con gentileza.

—Lo que me has contado no es para ponerlo en el formulario. Gracias por compartirlo conmigo —soltó la mano de Hannah—. A esa sinceridad me refiero cuando cuando digo que los Aliados de la Familia somos gente que se acerca para conocerse. Personas que van a emprender juntas un viaje muy íntimo. Dime, Hannah, ¿por qué quieres emprender este viaje?

Hannah había estado pensando su respuesta durante días. No podía decirle que sentía en lo más hondo que el anuncio del periódico se dirigía específicamente a ella. Por comprensiva que fuera, aquella mujer podría encontrar el comentario un poco descabellado. Podría decirle que llevaba meses y meses esperando una señal del destino y que justo en el momento de mayor desolación le había llegado su folleto por correo. Pero en realidad había mucho más.

—Llevo tiempo trabajando en un restaurante y tengo la sensación de estar desperdiciando mi vida. No encontraba la manera de cambiarla, pero cuando vi el anuncio y luego leí el folleto, me pareció que tal vez esto era lo que debía hacer. Quizá pudiera brindar a otros ese don del que usted hablaba, hacer feliz a alguien. Creo..., yo quiero ser útil.

Letitia se puso de pie, dio la vuelta al escritorio y abrazó a Hannah.

—Yo también lo quiero. Por supuesto, todavía no podemos dar nada por seguro. Toda la información que me has dado tiene que ser revisada, y puede que volvamos a llamarte para que te entrevistes con un psicólogo, para que te asegures de que es la decisión correcta para ti. Y también están los exámenes médicos que mencionamos.

Acompañó a Hannah a la salida, con su mano sobre el hombro de la muchacha. Por un instante, Hannah evocó los inolvidables paseos que daba con su madre.

—Ah, una cosa más —dijo Hannah cuando Letitia abría la puerta—. El número de teléfono que puse en el formulario es del restaurante donde trabajo. Si tienen que contactar conmigo, es mejor que me llamen allí.

—Comprendo. Ahora ve a casa y piensa en todo lo que hemos hablado. No es un asunto que se deba decidir a la ligera. Quiero que sea una decisión absolutamente meditada y buena para ti. Para todos nosotros.

Cuando Hannah dejó la oficina, Letitia Greene esperó hasta que se desvaneció el sonido de sus pasos en la escalera, luego cerró la puerta con llave y echó el cerrojo. Se tomó un instante para recomponerse y se frotó las manos, como si haciéndolo descargase cierta tensión acumulada.

Se abrió una puerta situada en un rincón de la sala y apareció una pareja de edad mediana. La colorista vestimenta de aire sudamericano de la mujer y su abundante maquillaje daban a entender que era la más extravertida de los dos. Con su pelo canoso y su arrugada chaqueta de espiguilla, el hombre parecía un serio profesor de alguna de las muchas universidades del área de Boston. Durante largo rato ninguno habló.

Finalmente, una sonrisa cambió el rostro del hombre y dijo lo que todos estaban pensando.

—Creo que hemos encontrado a nuestra muchacha.

—Estoy segura de que todos se alegrarán cuando escuchen la buena noticia —agregó Letitia.

—Por fin —dijo la mujer del alegre vestido— . Ahora puede comenzar todo.

ANNAH SE ESTUVO HACIENDO REPROCHES todo el viaje de regreso desde Boston. ¿Por qué había tenido que hablar tanto de la muerte de sus padres? Al fin y al cabo, lo único que Letitia Greene quería saber era si vivía en su casa. No era casualidad que la mujer hubiese acabado mencionando la posibilidad de hablar con un psicólogo. Debía de pensar que estaba ante un caso clínico. Y no la culpaba por ello.

Tendría que haber pensado un poco más cómo iba a presentarse. Pero tenía tan poco mundo, tan poca experiencia en entrevistas de trabajo, reuniones o citas. El único trabajo que había tenido era el del Blue Dawn Diner, y no tuvo que buscarlo, le vino como caído del cielo. Había ido a comer allí frecuentemente, con sus tíos, desde los doce años; y el dueño, Hill Hatcher, casi la consideraba de la familia.

¿Creyó que las cosas iban a ser igual de fáciles en Aliados de la Familia, que bastaría con entrar a la oficina y responder algunas preguntas? En fin, más le valía olvidarse de aquella historia. Había quedado como una tonta y no merecía la pena darle más vueltas.

Mientras su Nova traqueteaba hacia el sur por la autopista 93, pasando junto a los tristes depósitos de la ESSO y
las grises fábricas de la zona, con aquellos feos letreros visibles a medio kilómetro de distancia que parecían salpicar
de manchas el cielo, su ánimo se iba ennegreciendo.

Si no mediaba algún milagro, cualquier cambio ra-
dical, un día seguiría al otro, un año se convertiría en el
siguiente y ella jamás sería capaz de separarse de sus tíos.
Ésta había sido su gran oportunidad de salir de Fall River
y la había echado a perder por su estupidez.

Al entrar al aparcamiento del Blue Dawn Diner miró
al reloj del tablero y vio que llegaba con treinta y cinco
minutos de retraso. Por lo menos no había demasiados coches estacionados, así que, teniendo pocos clientes, Bobby
tal vez no estuviera demasiado irritado por su tardanza.

Ya se había quitado el abrigo cuando aún no se había
cerrado la puerta del restaurante tras de sí.

—Bien, bien, bien —gritó Teri, que estaba rellenando
los azucareros de las mesas con sobrecitos rosas y azules
de edulcorantes—. Miren lo que nos trae el viento.

—Lo siento, Teri. ¿Tuviste que prepararlo todo sola?
Te devolveré el favor.

—Venga ya, al carajo con los preparativos. Esto lo
puedo hacer hasta dormida. ¿Estás bien? Se te ve sofocada.

—No es nada. Los apuros para no llegar tarde.

—Cuéntame. ¿qué has estado haciendo?

—Nada, unas simples gestiones.

Teri terminó con el último de los azucareros y luego
dijo:

—Llamé a tu casa hace diez minutos, para recordarte
que hoy te toca la noche. Tu tía dijo que habías salido todo
el día. Dime la verdad, ¿qué está pasando?

—Nada. No está pasando nada. Fui a Boston de compras, nada más.

Las cejas de la camarera se alzaron.

—De compras a Boston, ¿eh? Creía que eran sólo unas gestiones. Eres una terrible mentirosa, Hannah Manning. Vamos, a mí puedes contarme lo que sea.

—No hay nada que contar, créeme.

—Está bien, está bien. Como quieras. Sólo dos preguntas más.

—¿Qué preguntas?

—¿Lo conozco? ¿Está casado? —Teri dejó escapar una carcajada tan fuerte que Bobby asomó la cabeza por la puerta de la cocina, para ver a qué se debía semejante alboroto. El delantal limpio que se había puesto para el turno de la noche sólo conseguía resaltar la pegajosa suciedad de su camiseta.

—Ah. Ya estás aquí —gruñó a Hannah—. Ya era hora. Empezaba a temer que tendría que pasar toda la noche a solas con ésta.

—No sabrías qué hacer si tuvieras que pasar toda la noche a solas conmigo, cariño.

—Para empezar, lavarte con una manguera, y luego ponerte una bolsa en la cabeza.

—Puede ser. No tendrías más remedio que matarme; de lo contrario me moriría solita, de risa.

Desde bien pronto empezaban los dos con sus disputas, pensó Hannah para sí mientras se dirigía a ponerse el uniforme junto al vestidor oxidado que había en un rincón. Detrás de las cajas con latas de chícharos y puré de manzana se quitó el vestido y se preguntó si Teri creía verdaderamente que estaba viéndose con un hombre. Si lo pensaba era porque su imaginación siempre seguía ese curso. Para ella, detrás de cada puerta, debajo de cada cama, en el centro de toda ensoñación secreta, acechaba un apuesto galán con pantalones vaqueros bien ajustados.

Hannah se ató el delantal por la espalda y cuando volvió al salón se alegró de ver que había más clientes. A veces pasaba. Nadie durante horas y de repente el lugar se llenaba hasta los topes. Eso quería decir que Teri no tendría tiempo en toda la tarde de perseguirla y acosarla con preguntas sobre sus actividades. Era inofensiva y muy buena persona, pero a veces no sabía cómo parar, resultaba pesada. Algo parecido a sus peleas con Bobby.

A los pocos minutos Hannah ya estaba absorta en el trabajo, predecible y ahora extrañamente reconfortante. Dos raciones de carne con mucha salsa, para los camioneros de la mesa lateral. Pollo frito —«pechugas, no muslos, por favor»— para el señor y la señora Kingsley, la anciana pareja de jubilados que siempre pedía pollo frito y que nunca dejaba de darle las mismas indicaciones. Los clientes pedían en voz alta una taza de café, más bebidas o la cuenta. Hannah agradecía el trabajo, porque hacía que el tiempo transcurriera más rápido.

Teri se cruzó con ella, cargada con una bandeja de hamburguesas dobles y aros de cebolla.

—No sé tú —alcanzó a murmurar—, pero mis piececillos piden a gritos una semana de vacaciones en la playa, en Lauderdale. Tal vez podamos ir los tres: tú, yo y tu hombre misterioso.

Hasta eso de las nueve no volvió a hacerse la calma en el local. La siguiente oleada de parroquianos llegaría en unos cuarenta y cinco minutos, cuando terminaran las películas en el Cineplex. Hannah escuchó su nombre y miró alrededor para ver quién la llamaba. No era ningún cliente. Bobby estaba junto a la caja registradora, sacudiendo el auricular del teléfono.

—Para ti —gritó, señalándola.

Hannah se limpió las manos en el delantal y cogió el auricular.

—¿Hablo con Hannah Manning?

—Sí.

—Soy la señora Greene, de Aliados de la Familia ¿Es mal momento para hablar?

—No, las cosas se han calmado un poco. Podemos hablar.

—Bueno. La verdad es que quería decirte que he quedado encantada contigo.

—También para mí ha sido agradable conocerla, señora Greene.

—Escucha, quiero que sepas que pienso que eres una muchacha muy especial. El tipo de mujer a quien recibimos con los brazos abiertos en nuestro grupo.

Hannah se sintió muy aliviada.

—Me alegra mucho lo que dice. No tenía intención de hablar tanto sobre mis padres. No sé por qué lo he hecho.

—Has hecho muy bien —la interrumpió la señora Greene—. Nos estábamos conociendo, ¿recuerdas? Sea como sea, déjame ir al grano. En cuanto te has ido, me he quedado sentada un rato, sola, pensando y examinando los documentos de las parejas con las que he estado trabajando. Me baso mucho en la intuición, ¿sabes?, y algo me dijo que había una que podía ser perfecta.

Hannah tragó saliva y se preguntó si escuchaba bien. Apenas habían pasado cuatro horas desde que había regresado de Boston. Una parte de ella, la que siempre se fijaba en las amas de casa deprimidas del supermercado, la que pasaba con su coche por la puerta de sus casas tristes, pensaba que aquellas noticias eran demasiado buenas para ser ciertas. No se solucionaría nada, porque nunca sucedía nada bueno en Fall River. Pero he aquí que la señora Greene la estaba llamando para decirle que tenía una pareja en mente. No una pareja cualquiera, sino la pareja perfecta.

—¿Estás ahí, Hannah?

—Sí, señora —respondió, saliendo de sus meditaciones. Se dio cuenta de que Teri limpiaba una mesa cercana que ya estaba limpia, con el evidente propósito de escuchar la conversación.

—¿Te resulta difícil hablar ahí? —adivinó la señora Greene.

—Un poquito.

—Entonces seré lo más breve posible. Quiero que conozcas a esta pareja, Hannah. Te puedo contar cosas de ellos más adelante. Por ahora, déjame decirte que han sido muy quisquillosos respecto a la madre sustituta que andan buscando. Pero son gente buena y sincera, que se toman esta relación muy en serio. Y no puedo pasar por alto mi intuición... Bueno, ¿te interesaría conocerlos?

—¿Y qué hay de las otras cosas que hablamos?

—¿Qué otras cosas?

—Mmm... —miró hacia Teri, que ahora se había decidido a limpiar los asientos de plástico rojo, también relucientes, la muy chismosa—. Los otros... pasos.

—Ah, las pruebas médicas y todo eso.

—Sí.

—Habrá que hacerlos, claro. A menos que hayas cambiado de idea por algún motivo.

—No, no he cambiado de idea.

—¡Bien! No esperaba menos, porque acabo de hablar con ellos. Para resumir lo que ha sido una larga conversación, déjame decirte que arden en deseos de conocerte. «Cuanto antes, mejor», han dicho. ¿Qué tal te viene mañana?

—Mañana trabajo a la hora de la comida.

—Después del trabajo, entonces. Dime la hora.

—Es que tengo doble turno.

—¿Perdón?

—Dos turnos. Comida y cena. Llego a las once y no terminaré hasta pasada la medianoche.

—Ya veo. Bueno, ¡al menos sabemos que eres resistente! —Letitia Greene rió con ganas—. ¿Por qué no me dices cuándo es un buen día para ti?

—El viernes es posible.

—Entonces, ¿a las dos de la tarde?

—A las dos de la tarde, el viernes. Muy bien.

—Perfecto. Nos encontraremos aquí en la oficina, en la calle Revere. Esta vez no te perderás, ¿no?

—No, recuerdo el camino.

No había terminado de colgar el auricular cuando ya sintió a Teri plantada detrás de ella. Se dio la vuelta y vio a la camarera moviendo, socarrona, la cabeza.

—¿Así que no pudo esperar ni siquiera veinticuatro horas para volver a verte?

Hannah estuvo a punto de corregirla, pero luego lo pensó mejor. La única forma de mantener a Teri tranquila era decirle lo que quería escuchar. Además, si las cosas funcionaban bien con Aliados de la Familia, iba a tener que habituarse a decir algunas mentiras aquí y allá.

—Tienes razón —le respondió, apartando la vista—. Me dijo que no puede pasar un día sin mí.

—Bien hecho, muñeca —la animó Teri—. Ya era hora.

ARA HANNAH EL TIEMPO PASÓ MUY DESPACIO, el viernes tardó mucho en llegar. Las horas parecían arrastrarse. Hizo su trabajo en el Blue Dawn Diner como si estuviera en trance. Teri, a la vista de su vasta experiencia personal, adjudicó la preocupación de Hannah al incipiente amorío que imaginaba y le daba constantes consejos sobre los hombres. Una y otra vez aleccionaba a su amiga para que fuera capaz de mantenerlos interesados sin «entregarse». Hannah le seguía la corriente.

El viernes por la mañana lo dedicó a elegir la ropa que se pondría. Al final se decidió por una falda de lana, una blusa blanca y una chaqueta de punto de color tostado. Un frente polar había invadido la región durante la noche. Le habrían venido mejor unos pantalones y un suéter gordo, sobre todo porque la calefacción del coche estaba medio estropeada. Pero la falda y la chaqueta eran más adecuadas.

Se puso un poco de colorete en las mejillas y se oscureció ligeramente las pestañas. A eso de las doce y cuarto consideró al fin satisfactorios los resultados que veía en el espejo del tocador. Aún tenía una hora para llegar a Boston.

Le sobraban, pues, cuarenta y cinco minutos, por si había atascos o era difícil estacionarse.

Por el camino, Hannah trató de concentrarse en las preguntas que quería hacerle a la señora Greene. ¿Cuánto tiempo llevaría el procedimiento in vitro? ¿Era doloroso? ¿Se hacía en una sesión o en varias? ¿Qué documentos legales había que firmar? Seguramente, un montón. ¿Y cuándo comenzarían los pagos mensuales que recibiría a cambio de su sacrificio?

Aunque pareciera mentira, no tenía temores respecto al embarazo. Confiaba ciegamente en la buena respuesta de su cuerpo. De todos modos, habría médicos controlando el proceso, esforzándose por que todo saliera bien. Sólo una cuestión la desazonaba. No tenía demasiada experiencia en asuntos sexuales. Mientras su automóvil circulaba entre el intenso tráfico, se preguntaba si esa ignorancia sería importante.

¿Qué sucedería si en Aliados de la Familia querían a una mujer más... experimentada? Tuvo un momento de pánico. Tal vez la señora Greene lo consideraría un peligro demasiado grande si supiera la verdad.

Poco a poco aumentó su miedo, de modo que al llegar ante la puerta se sintió poco menos que paralizada. Por un instante, observó la placa de bronce en la que estaban inscritas las iniciales ADF con un tipo de letra muy floreado. Incapaz de entrar, miró a su alrededor y respiró hondo, intentando armarse de valor. Había otra puerta, que daba acceso a un despacho de abogados. Era de vidrio, de estilo antiguo, reforzado con alambre para evitar roturas o asaltos. «Gene P. Rosenblatt, abogado», anunciaban las letras negras, grabadas con plantilla sobre el vidrio; pero la pintura estaba tan descascarillada que uno dudaba que el abogado estuviera vivo o por lo menos que siguiera ejerciendo.

Se volvió hacia la placa de Aliados de la Familia, suspiró y abrió la puerta.

Letitia Greene estaba sentada en su escritorio, revisando varias carpetas de colores.

—Estoy ultimando unos detalles —le dijo, con una sonrisa amable—. Déjame archivar estos papeles. Estaba a punto de hacerme un té. ¿Te apetece una taza? Debes de estar helada, con el frío que hace —se puso de pie y desapareció por una puerta que había en un rincón y parecía dar a otro cuarto. Hannah no recordaba haberla visto en su visita anterior.

La joven se quitó el abrigo y lo colgó en un perchero de metal, cerca de la entrada. Luego se miró en el espejo. Su pelo estaba un poco alborotado por el viento, pero la ropa le pareció adecuada. Le daba aspecto de estudiante universitaria.

—Aquí estamos —la señora Greene entró de espaldas por la puerta, con una taza de té en cada mano. Hannah se sentó frente al escritorio de palo de rosa, cogió la taza que le ofrecía y la posó delicadamente sobre su regazo—. Les dije a los Whitfield que vinieran a las dos y media. Pensé que eso nos daría un poco de tiempo para charlar y repasar algunas cosas antes de que los conozcas.

Hannah comenzó a llevarse la taza a los labios, pero notó cierto temblor y, temerosa de derramar el contenido, volvió a dejarla en su regazo.

—Me parece que estoy un poquito nerviosa.

—No hay razón para ello. Los Whitfield son una pareja muy agradable. Llevan casados veinte años. Probaron todos los procedimientos conocidos por la ciencia y, en fin, nada. Lamentablemente ella ha tenido fibromas —la expresión sorprendida de Hannah dio pie a una explicación—. Ya sabes, tumores completamente benignos, pero la primera vez que se los quitaron sufrió daños en la pared del útero. Desde entonces, se le interrumpen los embarazos a las cinco o seis semanas, pobrecita. No suelo dar tantos detalles, pero en el caso de la señora Whitfield conviene hacerlo, porque ella es reacia a contar su desgracia. Tú eres su última esperanza —Letitia Greene sopló sobre su té para enfriarlo y luego dio un sorbo con evidente placer—. Creo que te gustarán. Su situación es algo delicada, y por eso quería hablar contigo de antemano. Lo que hay que tener en cuenta, como madre sustituta potencial, es que estás brindando un gran servicio a quienes lo necesitan. No sé si antes has contactado con otras organizaciones...

—Sólo con ustedes.

—Bueno, las hay de muchos tipos. Algunas enfocan la sustitución como un contrato, una especie de alquiler. Así de simple. Estás para suministrar un bebé y eso es todo. No hay ningún contacto con la familia. Otras organizaciones se preocupan más por las necesidades emocionales y psicológicas de la madre sustituta. Es complicado lograr el equilibrio justo. Eso es lo que intento, encontrar el equilibrio. Creo que el contacto con la familia es necesario, para que también los padres puedan disfrutar de los placeres del embarazo. Por supuesto, existe el peligro de que tú, madre sustituta, te encariñes con la familia. Podrías esperar que continuara la relación después del parto, cuando en realidad eso no es posible. Cada cual debe seguir adelante con su vida. Por separado. ¿Entiendes lo que digo?

—Por supuesto.

—Es fácil decir eso ahora, Hannah, porque no has pasado meses y meses llevando en tu vientre el hijo de otros.

—¿Teme que me quiera quedar con el bebé?

—No me refiero a ti, hablo en general. Ha habido casos. Por fortuna, ninguno en nuestra agencia.

—Esa situación sería horrible.

La señora Greene suspiró, subrayando su acuerdo con Hannah.

—Sí, lo sería. Horrible y cruel. Especialmente en el caso de los Whitfield —Hannah enarcó las cejas y esperó a que la señora Greene se explayara—. Ellos están pensando en una fertilización in vitro y un transplante de embrión. Se usarían óvulos de la señora Whitfield, pues ella todavía ovula, y serían fecundados con el esperma de su marido en el laboratorio. Los embriones resultantes te serían implantados. Por tanto, ya ves que el niño no estaría vinculado a ti. Sería de los Whitfield desde el comienzo. Tú serías sólo la incubadora. ¿Entiendes?

—Sí.

La señora Greene hizo una pausa para asegurarse de que Hannah entendiera lo que estaba diciendo.

—¡Bien! Bueno, fíjate, yo aquí, hablando y hablando como una cotorra, sin considerar que tal vez tú tengas preguntas que hacerme.

Hannah dejó la taza de té en el borde del escritorio y se acomodó en la silla. No tenía claro cómo empezar, pero tampoco podía ocultarle la verdad a la señora Greene por mucho más tiempo.

—No pensé que fuera tan sencillo —dijo, con una risita dubitativa.

—¿Qué quieres decir, querida?

—Puesto que me llamó, debe considerar que estoy cualificada para esto...

—Claro. Si todas las pruebas médicas salen bien, y no tengo razón para pensar que no sea así.

—Pensé que tendría que pasar un examen o algo parecido.

La señora Greene sonrió comprensiva.

—Por Dios, no. Tener un bebé es uno de los actos de la vida que no requiere entrenamiento alguno. Si tienes buena salud, tu cuerpo lo hace todo por ti. Siempre he pensado que había una razón por la que Dios ponía a los bebés a salvo dentro de las barrigas de las mamás. De ese modo, no podemos mangonear y estropearlo todo, como hacemos con tantas cosas en este mundo. Nos ayudamos con tecnología médica, pero el nacimiento sigue siendo principalmente un milagro exclusivo de la naturaleza.

—Entonces, no importa si no he tenido ninguna...

—¿Ninguna qué, querida?

—Experiencia —de repente, las palabras se acumulaban en su boca—. La última vez, me preguntó si había tenido relaciones. Y yo dije que sí. En realidad, las he tenido, pero no ese tipo de relaciones. No sé si entiende lo que quiero decir. No hubo relaciones sexuales. Probablemente debería habérselo dicho de inmediato, señora Greene. Yo todavía soy...

—Sí, continúa...

—Todavía soy virgen.

Letitia Greene suspiró ruidosamente. Un pesado silencio invadió la oficina. Las yemas de los dedos de la mujer juguetearon con el colgante de plata. La joya que colgaba del collar era como el reloj de un hipnotizador. Para no ver la decepción pintada en el rostro de la señora Greene, Hannah se concentró en el adorno. Era peculiar, una cruz cuadrada sostenida en su base por dos ángeles alados, de rodillas.

—Ay, ay, ay —exclamó finalmente la señora Greene—. Me alegra mucho que me lo hayas contado, Hannah.

Ahora déjame decirte algo. Que hayas tenido relaciones sexuales o no no es importante. El sexo es un asunto genital externo. El embarazo y la ovulación son asuntos internos. No hay que confundirlos. El hecho de que seas sexualmente inexperta no dice nada de tu capacidad para llevar adelante una gestación.

—¿Entonces no va a descartarme?

La mujer pareció sorprendida, pero de inmediato dejó escapar una carcajada. Era una risa amistosa, no burlona. Tras unos instantes, la chica también rió.

—¡Por favor! —dijo la mujer, secándose los ojos con un pañuelo—. ¿Has estado preocupada todo este tiempo por eso? Pues verás, pensándolo bien, yo diría todo lo contrario, la virginidad te vuelve muy deseable. No tendremos que preocuparnos de todas esas enfermedades de transmisión sexual, ¿verdad? Mi querida, mi dulce muchacha, confía en mí. Esto va a salir espléndidamente. ¡Recuerda! ¡Mi instinto no falla!

Se oyó un ruido en la puerta y Letitia Greene se enderezó de súbito en su silla, como si una descarga eléctrica hubiera atravesado su cuerpo. Alzó los brazos y cruzó los dedos en un gesto de complicidad con Hannah.

—El primer encuentro —susurró— siempre es excitante.

CAPÍTULO

IX

HANNAH VIO ENTRAR PRIMERO A LA MUJER Y DE inmediato juzgó que andaba por la cuarentena. Su falda y su blusa eran una explosión de colores: rojos, naranjas y azules profundos. Un chal púrpura, con estampados amarillos, colgaba de sus hombros. Pendientes de oro, que más bien parecían pequeñas campanillas, le adornaban las orejas. Su cabello era oscuro. Los labios estaban pintados de rojo ladrillo, y no había escatimado rímel. En principio, el efecto debería haber sido llamativo y vulgar, pero la mujer llevaba la sobrecarga de arreglos con buen gusto. Hannah la encontró un poco dramática, exagerada.

El hombre, por su parte, parecía unos diez años mayor e iba vestido de modo más clásico, con traje oscuro a rayas y corbata roja. Parecía un directivo de empresa o un banquero. Sus facciones eran agradables, pero no había en ellas nada fuera de lo común, excepción hecha de su abundante cabellera canosa, que le daba un aire distinguido. Hannah pensó que el caballero valdría para protagonizar anuncios de champú.

No se parecían a ninguno de sus conocidos de Fall River. Éstos tenían buena posición, con estilo, formaban el tipo de pareja que su tía, con el desdén que la clase media baja reserva para quienes están más arriba en la escala social, llamaba «gente bien».

La señora Greene se puso en pie de un salto y les dio la bienvenida extendiendo los brazos.

—¿No es excitante? —dijo, y sin esperar respuesta retrocedió un paso y señaló con orgullo a la joven—. Jolene y Marshall Whitfield, me gustaría presentarles a Hannah Manning.

Ésta se puso de pie y tendió la mano. Jolen la cogió con gentileza entre las suyas, como si fuera un objeto muy delicado.

—Encantada. Esto es casi como una cita a ciegas, ¿no? Marshall, saluda a Hannah Manning.

El saludo del hombre fue más ceremonioso, menos vigoroso, pero sonrió con calidez, descubriendo una hilera de dientes regulares y bien cuidados. Con un metro noventa de estatura, era una cabeza más alto que su esposa, que parecía compensar con carácter lo que le faltaba de altura. Como un perro pastor guiando a las ovejas, la señora Greene condujo a todos hacia los sofás y les invitó a sentarse: los Whitfield a un lado de la mesita de café y ella y Hannah al otro.

—Así que eres de Fall River —dijo Jolene Whitfield, comenzando la conversación de inmediato.

—Sí, señora.

—¿Señora? Eso no es correcto. Llámame Jolene, por favor. Y a él, Marshall. Me han dicho que la zona es muy agradable. Nosotros nos hemos mudado hace poco a East Acton. ¿Conoces East Acton?

—No, no lo conozco..., Jolene.

—Es encantador. Tiene muchos árboles. Un poquito aburrido, si te digo la verdad. Todo el mundo apaga la luz a las diez de la noche. Pero está cerca de donde trabaja Marshall, aquí en Boston. Y tenemos un jardín precioso.

La señora Greene terció:

—¿Te conté que la señora Whitfield es artista? He visto sus trabajos. Son maravillosos. Los vende en Newberry.

—Alguna vez, de Pascuas a Ramos. Cuando se muere un obispo. Casi siempre hago cosas en casa, en el estudio. Me mantiene ocupada.

—Es muy modesta. Ella tiene una visión tan... característica. ¡No te imaginas lo original que es!

Sorprendentemente, Hannah pensó que sí podía imaginárselo.

Luego se habló del señor Whitfield, que era de Maryland y trabajaba en el mundo de los seguros. Hubo puntos muertos en la conversación. Hablaron un poco del tiempo y de las rutas más bonitas de los alrededores, y la señora Whitfield elogió la chaqueta de Hannah, de la que dijo que hacía juego con su cabello.

—Bueno, ahora si les parece... —intervino la señora Greene, presintiendo que era el momento de dirigir la conversación hacia el tema que les había reunido—. Le he explicado a Hannah el servicio que prestamos aquí, en Aliados de la Familia. Y ya les conté a ustedes por teléfono la buena impresión que me había causado Hannah.

¿Qué habría hecho, en realidad, se preguntó Hannah, para impresionar a la señora Greene?

—Tal vez —continuó la señora Greene— sería útil que ella escuchara la historia de vuestros propios labios. ¿Jolene?

—Es muy sencilla. Esperamos demasiado. Teníamos otras prioridades. Antes de que nos diéramos cuenta ya era demasiado tarde —un velo de tristeza cubrió el rostro de la mujer.

—No sabemos si eso es así, Jolene —intervino su esposo—. A lo mejor, aunque hubiéramos comenzado a los veinte las cosas habrían salido igual.

—Pero lo cierto es que no comenzamos a los veinte. Es muy posible que entonces yo hubiese podido tener un hijo. Me lo dijo el médico. Lo comentaron dos, en realidad. Pero dejamos pasar el tiempo. Y un buen día, bueno, el mal estaba hecho. Sabes que ésa es la verdad. Sabes que esperamos demasiado.

Marshall Whitfield acarició el hombro de su mujer, consolándola.

—Eso ya no tiene importancia, querida. Ya pasó. Hemos hablado de ello miles de veces.

Jolene ignoró el gesto de su esposo.

—Lo hicimos mal. Esperamos más de lo debido. Marshall estaba ascendiendo en la empresa, cada año le iba mejor. Y a ambos nos encantaba viajar. Nuestro plan era recorrer el mundo mientras éramos todavía jóvenes y relativamente libres, antes de ponernos a formar una familia. Sabíamos que, una vez que tuviéramos hijos, estaríamos atados y viajar se volvería más difícil.

—Han estado en todas partes, Hannah —comentó la señora Greene—. China, India, Turquía, España, el norte de África. Les envidio mucho.

—No me arrepiento de esos viajes —dijo Jolene—. Vimos lugares extraordinarios. Pero siempre quedaba un país que visitar. ¿No fue así, Marshall? Durante diez años, pospusimos los planes familiares. Cuando llegó el momento, pensamos que sería sencillo, más o menos como cuando proyectábamos un viaje. Elegir la fecha, comprar el billete y salir. Una tontería, supongo. El año en que por fin nos decidimos a tener un bebé dejé de tomar las pastillas anticonceptivas y... ¡nada! El médico nos dijo que tuviéramos paciencia, que nos diéramos tiempo. Pero nada. Un año después descubrí por qué no podía mantener el embarazo: unos fibromas impedían que el óvulo se implantara en la pared uterina. Me operaron. Y me volvieron a operar. Una vez creí que estaba embarazada definitivamente, pero aborté al tercer mes. Eso fue hace siete años.

—Pensamos adoptar un niño —dijo Marshall—. ¡Hay tantos bebés que necesitan un hogar! Todavía no lo hemos descartado.

—Pero no es lo mismo —le interrumpió Jolene—. Siento que nos estamos privando de algo muy importante en nuestras vidas. Algo nos falta.

—Estoy segura de que ella te comprende, Jolene. No tienes que explicar tu necesidad de tener un hijo propio. Es el deseo natural de todos los hombres y mujeres.

Jolene se dirigió directamente a Hannah.

—Yo ovulo. Soy fértil, como cualquier otra mujer. Y el conteo de esperma de Marshall es normal. Sólo que no puedo llevar la gestación a buen término. Por lo demás, no hay nada anormal. Soy capaz de todo lo demás. Créeme, lo soy.

La señora Greene se incorporó sobre la mesa para acariciar la mano de Jolene, del mismo modo que lo había hecho con Hannah en su primer encuentro.

—Por supuesto que lo eres. Puedes amar a tus hijos y acunarles en tus brazos, y mimarles y verles dar sus primeros pasos, y ayudarles a que se hagan adultos. Puedes hacer todo eso.

Las palabras de la señora Greene y el contacto de su mano parecieron hacer efecto en Jolene Whitfield, reconfortándola y calmándola. Ésta sacó un pañuelo y se sonó la nariz.

—Bueno —dijo Marshall, rompiendo el incómodo silencio que siguió—, ya lo sabes todo sobre nosotros. Cuéntanos algo de ti.

Había tan poco que contar, pensó Hannah. Había terminado hacía poco los estudios secundarios, trabajaba en un restaurante y vivía con parientes que se tomaron la tarea de criarla como una obligación ingrata. Su mundo era muy reducido. Sin embargo, no siempre había sido así. Hubo un tiempo, cuando sus padres aún vivían, en el que ella tenía un gran entusiasmo por la vida, los libros y los viajes.

Cuando todavía era un bebé, su madre la llevaba a la biblioteca en la que trabajaba y ella se pasaba las horas y los días en la cuna que habían colocado en una de las oficinas. A medida que fue creciendo, la sección de libros infantiles se convirtió en su segundo hogar. Allí pasaba el tiempo, leyendo todo lo que caía en sus manitas. Libros sobre delfines, sobre indios, sobre una casa mágica, sobre viajes prodigiosos a exóticos y remotos lugares. Siempre que levantaba la vista de las páginas, allí estaba su madre, detrás del mostrador, revisando las tarjetas de los usuarios de la biblioteca y respondiendo a sus preguntas. En el camino de regreso a casa, Hannah le contaba todo lo que había aprendido ese día.

Pero después del accidente su interés por los libros se había extinguido. Los asociaba a su madre y leer le traía demasiados recuerdos dolorosos. El rendimiento escolar sufrió como consecuencia de ello, aunque sus maestros decían que era una etapa que tenía que atravesar, una fase perfectamente comprensible, dado el trauma que había sufrido. Ya saldría adelante. Pero nunca salió. Cuando aprobó la secundaria, entre las últimas de la clase, pocos de sus profesores recordaban, si es que alguna vez lo habían sabido, que ella fue una vez una niña inteligente y estudiosa, llena de curiosidad. Para los maestros, era una chica silenciosa, desmotivada, que miraba por la ventana, soñando, sin duda, con el día en que no tuviera que asistir a las aburridas clases y pudiera buscarse al fin un trabajo.

Miró a los Whitfield, viajeros universales, personas educadas y de buena posición. Allí estaban, esperando su relato.

—Me temo que mi vida no ha sido tan excitante como la suya —dijo, disculpándose—. No he salido mucho de Fall River. Trabajo en un restaurante, el Blue Dawn Diner.

—¡Qué nombre tan poético! —exclamó Jolene Whitfield—. ¿Te gusta tu trabajo?

Al principio, Hannah pensó que la mujer sólo trataba de ser educada. ¿A quién le importaba un estúpido viejo restaurante en un pueblo que había vivido mejores tiempos? Pero notó que Jolene se inclinaba hacia delante, con las manos apretadas sobre su regazo, sus oscuros ojos concentrados en ella. Marshall Whitfield mostraba un similar interés. Entonces Hannah se dio cuenta de lo que estaba pasando: la necesitaban casi tanto como ella los necesitaba a ellos. Jamás hubiera creído que tenía el poder de hacer que personas como los Whitfield fueran más felices. Pero las miradas, incluso los cuerpos de aquella pareja, proclamaban un apasionado interés por su vida y sus circunstancias.

La invadió un sentimiento de bienestar. Ella, que nunca tomaba nada más fuerte que una gaseosa, se sintió como quien se relaja con una copa muy cargada. De pronto le parecía saber a dónde ir y qué hacer. El anuncio del periódico había sido, sin duda, la señal que esperaba, la estrella de Oriente que la había llevado hasta los Whitfield.

Los ojos de todos estaban clavados en ella. Incluso la radiante y habladora señora Greene parecía feliz simplemente con su papel de elemento catalizador del encuentro.

Sus rostros hablaban tan a las claras que Hannah pensó que iba a explotar de orgullo.

—Verdaderamente, quiero ayudarles —dijo—. Espero que me dejen ser quien geste a su bebé.

ESPUÉS DEL EMOTIVO ENCUENTRO CON LOS
Whitfield, la cita con el doctor Eric Johanson
fue un jarro de agua fría. Poseía una pequeña clínica cerca
de Beacon Hill, lo que significaba que, una vez más, tendría que desplazarse en su coche hasta Boston. El viajecillo se estaba convirtiendo en una rutina.

Por su nombre, Hannah se imaginó al doctor Johanson como un nórdico alto y atractivo, de cabello rubio
y ensortijado y ojos color azul marino. Por eso se sorprendió un poco al encontrar a un hombre bajo, calvo,
cincuentón, de piel oscura, gafas de gruesos cristales y una
barba cerrada y oscura que daba gran fuerza al mentón.

Tenía la voz suave y hablaba con un acento que ella no
pudo identificar. Sonaba a centroeuropeo. Definitivamente, pensó, no era sueco. Sus modales eran corteses y algo
anticuados, y cuando la saludó, le hizo una breve reverencia,
lo que a la chica le resultó divertido, por infrecuente..

—Puedo decir por anticipado, sólo con verla tan hermosa y saludable, que no hay nada de qué preocuparse
—se rió—. ¿Cómo dicen ustedes, los jóvenes? ¿«Está regalado»?

71

El doctor Johanson le hizo las preguntas habituales: ¿Tenía diabetes? ¿Hipertensión? ¿Fumaba? Rellenaba las casillas del formulario médico casi anticipándose a sus respuestas, como si adivinara lo que iba a decirle.

Hannah sólo dudó cuando le preguntó si alguna mujer de su familia había tenido problemas durante el embarazo. Su madre, alguna tía o una abuela, por ejemplo.

—Nos preocupa tu salud —explicó el doctor—. Pero también tenemos que preocuparnos por el bebé. Después de todo, eres la incubadora.

Ésta era la segunda vez que alguien usaba esa palabra que la desazonaba. Hacía que ella pareciera una mera máquina, apenas un manojo de tubos y cables, con su botón de encendido y apagado. «Madre sustituta» era una denominación mucho más agradable. Pero la mirada bonachona del doctor Johanson le indicó que no era su intención ofenderla. Tal vez fuera el término técnico.

—Puede que mi tía sepa algo sobre esos antecedentes. Ella es mi única pariente viva. Ella y mi tío. Podría preguntarles, si usted quiere.

—Tal vez eso no sea necesario —el doctor señaló la puerta situada a la derecha de su escritorio, que daba acceso a una pequeña y aséptica sala médica—. ¿Por qué no pasamos directamente al reconocimiento? Si no te importa, quítate la ropa. Encontrarás una bata colgada al otro lado de la puerta. Estaré contigo en un segundo —volvió a concentrarse en sus papeles e hizo algunas anotaciones en ellos.

La camilla de cuero negro estaba cubierta de un papel que crujió cuando Hannah se recostó, ladeada, con sus pies descalzos colgando a un costado. La habitación era fría y olía a desinfectante y alcohol. El delgado camisón no la protegía del ambiente fresco. Sobre la pared, un cartel turístico que anunciaba los encantos de la Costa del Sol mostraba a un grupo de personas disfrutando felizmente de las olas. Hannah, nerviosa, procuró distraerse con el cartel. Quiso pensar en lugares lejanos, sin agujas, guantes quirúrgicos ni desagradables instrumentos clínicos.

No le dio tiempo a pensar mucho en viajes, pues enseguida se abrió la puerta. El doctor Johanson se había quitado la chaqueta y ahora llevaba una bata blanca que le llegaba más abajo de las rodillas y le daba una cómica apariencia. Pensó que parecía un pingüino. Fue hacia el lavabo, se lavó las manos y se las secó con una toalla.

—Remanguémonos y pongámonos a trabajar, ¿vale? —dijo animadamente, mirándola a los ojos—. Necesitamos tomarte la tensión, hacerte un análisis de sangre y realizar un chequeo cardiaco. También te pesaremos. Luego un examen pélvico y una citología. No es que crea que exista el menor motivo de preocupación. Sólo queremos estar seguros de que no existen infecciones —le buscó el pulso en su muñeca izquierda—. ¡Por todos los santos, tu corazón está desbocado! Pum, pum, pum. Como un conejito saltarín. No estarás asustada, ¿verdad?

—Sólo un poquito nerviosa, creo.

—No hay motivo, jovencita —le posó una mano sobre el brazo, para confortarla—. Ninguna necesidad. ¿Cómo era esa expresión? Ah, sí, «está regalado». Y volvió a reír.

Y así fue. Estaba «regalado».

Dos días después, el doctor Johanson la llamó por teléfono al restaurante para decirle que los resultados de los análisis no mostraban nada fuera de lo normal. Su salud era perfecta.

—Felicidades —le dijo—. Ahora tenemos que elegir el gran día, ¿no?

—Me adaptaré a lo que usted piense que sea lo mejor, doctor. Me gustaría planear algunas cosas, pero si usted tiene prisa, bueno...

—¡No hay nada de qué preocuparse! Los Whitfield están ansiosos por poner las cosas en marcha. Pero no podemos forzar a la naturaleza, ¿verdad? Las prisas no son buenas consejeras, dicen. Déjame ver. Tengo tu ficha y mi calendario frente a mí. El momento ideal sería la primera semana después de tu periodo, así que de acuerdo con mis cálculos... a principios de marzo estaría bien. Y veo que la clínica está libre el 3 de marzo. Es un martes. ¿A las diez de la mañana? ¿Qué te parece?

El corazón de Hannah se aceleró. Faltaban menos de tres semanas para el 3 de marzo.

—¿Podré seguir trabajando?

—Claro que podrás, querida, siempre que no hagas grandes esfuerzos ni levantes objetos pesados y esas cosas. El procedimiento de implantación no lleva nada de tiempo. No hace falta anestesia. No sentirás nada. Como te dije, «está regalado».

—Entonces, el 3 de marzo. Ah, doctor, tengo una nueva dirección adonde puede enviar desde ahora mi correspondencia.

Era simplemente un apartado de correos que había alquilado. No quería que Ruth y Herb, sus tíos, curiosearan las cartas de Aliados de la Familia. Ya eran de por sí bastante curiosos como para darles más motivos de interés.

—cc 127 —repitió el doctor, para confirmar que anotaba correctamente la dirección—. Suena muy bien. Una buena dirección, mucho mejor, me han dicho, que la 126.

Se rió, y Hannah celebró la broma con él.

Su primera carta llegó dos días después. Una elegante tarjeta de felicitación que mostraba un arcoiris sobre un bucólico paisaje inglés. La tinta violeta le dijo a Hannah quién la había escrito incluso antes de ver las firmas.

Al final del arcoiris yace una vida de sueños.
Jolene y Marshall.

El futuro, que durante tanto tiempo le pareció aterradoramente vacío, había dejado de asustarla. Ahora su vida tenía un sentido y otras personas se preocupaban por su bienestar. Lo que había sido un sueño difuso ya no era tal. Estaba a punto de convertirse en realidad.

Empezó a llevar su trabajo con una alegría proporcional a su estado de ánimo. Ya no le afectaban las largas horas de actividad ni las interminables disputas entre Teri y Bobby. Tampoco se enfadaba por las miserables propinas. Además, éstas comenzaron a mejorar notablemente. Un camionero que sólo había pedido un café le dejó diez dólares debajo del plato. Cuando le preguntó si no se había equivocado, le respondió:

—No, preciosa, tú haces que este maldito lugar sea un sitio de lo más agradable.

Teri también notó que había cambiado, y atribuía su actitud más relajada y alegre a las propiedades terapéuticas del sexo. Incluso Ruth se dio cuenta de que algo sucedía.

—¿Qué pasa que estás tan feliz todo el tiempo? —le gruñó una mañana durante el desayuno.

—Nada, eso mismo, que estoy feliz —le contestó Hannah.

La mujer limitó su escéptica respuesta a un somero «¡hmm!». Estaba convencida de que la gente no tenía motivos para sentirse bien consigo misma y que cuando parecía contenta era porque, probablemente, había violado la ley.

La noche anterior al gran día, Hannah hizo lo que llevaba años sin hacer. Se sentó en el borde de la cama, cerró los ojos y le rezó a su madre, pidiéndole que le diera fuerzas. Después se metió debajo de las sábanas y cayó en un sueño profundo. Cuando despertó, se notó más descansada de lo que había estado en años. Casi parecía que nadie hubiera dormido en su cama. La almohada prácticamente no tenía marca alguna. Se diría que había pasado la noche levitando.

La calma que empezó a experimentar durante su primer encuentro con los Whitfield había crecido hasta transformarse en una profunda serenidad, un halo de bienestar que envolvía todo su cuerpo y la protegía de cualquier angustia. Una hora después, cuando se subió a su coche, se dispuso a poner la radio en un gesto rutinario, pero se detuvo. Prefería prolongar su estado de ánimo sereno. Cuando estaba a medio camino de Boston, ya le parecía que Fall River se encontraba en realidad a años luz.

Encontró sitio para estacionarse muy cerca de la clínica. Decididamente, era un día mágico. Cuando entró a la sala de espera del doctor Johanson tuvo una placentera sensación de paz. Reinaba un silencio libre de cualquier impureza. La recepcionista la recibió con una inclinación de cabeza. Al principio, Hannah no había visto a los Whitfield, que estaban sentados en un rincón, juntos, algo rígidos, con las manos cruzadas sobre el regazo.

Jolene había cambiado sus habituales ropas llamativas por un sencillo traje sastre de color gris. La saludó con un leve gesto de la mano, como si un saludo más expresivo pudiera perturbar aquella mañana tan especial. Con voz apenas más alta que un susurro, Marshall dijo:

—Te apoyamos en todo —parecían unos padres nerviosos en una reunión escolar.

La puerta de la oficina del doctor Johanson se abrió
y salió Letitia Greene. En cuanto vio a Hannah, su rostro
se iluminó y alzó la mano con el puño cerrado, en un
gesto que la joven interpretó como de victoria o solida-
ridad. Hannah sentía que allí la consideraban de un modo
diferente al habitual. Para ellos no era una adolescente que
casi había fracasado en la enseñanza secundaria, sino una
mujer adulta, una igual, una camarada.

El doctor Johanson estaba en la puerta, algo ensi-
mismado, esperando a que le prestaran atención. Llevaba
la misma bata blanca que le había hecho parecer cómico
unas semanas antes, pero que ahora daba a sus movimientos una seriedad que sorprendió a Hannah.

—¿Cómo te encuentras esta mañana, querida? ¿Estás
lista? —le preguntó, mientras la ayudaba con su bata.

Hannah se sintió reconfortada al ver que el médico
no había perdido su encantadora cortesía.

—Sí, estoy lista —Hannah creyó ver a la señora Whitfield contener las lágrimas. Todos parecían solemnes. Le
extrañó un poco, pues suponía que se trataba, más bien,
de una ocasión alegre.

El doctor la condujo amablemente a su oficina, cerrando la puerta detrás de él.

—Es un día importante para todos nosotros —le dijo,
como si estuviera leyendo sus pensamientos. Hizo un gesto
indicándole que se sentara—. Estamos creando una nueva
vida y eso siempre es una responsabilidad seria que no se
debe tomar a la ligera, por mucho que lo que hoy vamos a
hacer sea en realidad muy sencillo. Pudimos obtener seis
óvulos de la señora Whitfield y los hemos fertilizado en el
laboratorio con el semen de su marido. En un momento,
los colocaré en tu útero y veremos si arraigan. Los instrumentos que uso son mínimos, básicamente un catéter

microscópico inserto en una jeringa, y tú no sentirás casi nada. Pero el implante no es una ciencia exacta, por eso es importante que estés relajada y tranquila. Así es como puedes ayudar, Hannah, confiando en mí y pensando sólo en el bien que estás haciendo. ¿Alguna pregunta?

—¿Cuánto tiempo durará la operación? —preguntó, notando una fuerte sensación de sequedad en su garganta.

—Por favor, no es una operación, es un procedimiento. No más de diez o quince minutos. Después te pediremos que comas algo y que descanses un par de horas, para que tu organismo pueda estabilizarse. Pasado ese tiempo, misión cumplida, y entonces, bueno... entonces todo estará en manos de Dios.

CAPÍTULO
XI

ANNAH VOLVIÓ A EXPERIMENTAR AQUELLA
sensación. Una vaga náusea, una especie de
acidez creciente que subía desde la boca del estómago hasta
la garganta, donde se quedaba atravesada como un trozo de
comida sin masticar. La primera vez que le sucedió corrió
al baño, pensando que iba a vomitar. Pero no lo hizo. Ahora
sabía que si se quedaba quieta, respiraba profundamente y
esperaba, la sensación acabaría pasando. Por eso estaba sentada en el borde de la cama a las diez y media de la mañana,
con los ojos semicerrados, agarrada al respaldo de una silla.

Le faltaba media hora para entrar a trabajar. Pensó
en llamar y decir que estaba enferma. Pero no estaba propiamente enferma, sino sólo temporalmente indispuesta.
Cuando fue a su consulta, dos semanas después de la inter-
vención, el doctor Johanson le había dicho que se trataba
de un síntoma normal. El test hormonal había confirmado
lo que todos esperaban y que Hannah había sabido antes
de que le extrajeran sangre: que el implante había arrai-
gado. Estaba embarazada.

Apenas podía creer las palabras del médico, tal fue
la alegría que le produjeron. Y seguía muy contenta, pese

a que no era particularmente feliz en ese preciso momento. Estaba mareada y pensar en ello le hacía sentirse peor. Su imagen en el espejo de la cómoda no la ayudaba.

Bueno, no había lugar para las quejas, alguna incomodidad era inevitable. No la estaban pagando por nada. Su primer cheque de Aliados de la Familia había llegado precisamente un par de días después de que el doctor Johanson le hiciera el anuncio oficial de su embarazo. Vino con una carta en la que además se especificaban las vitaminas prenatales que debía comenzar a tomar inmediatamente. La recibió justo después de un alegre folleto titulado *Ejercicios para las futuras mamás.* Ahora le llegaba correspondencia de Aliados de la Familia casi a diario. El apartado de correos 127 se estaba convirtiendo en un sitio concurrido.

Le gustaba ir a mirar el casillero antes de entrar al restaurante. Si se daba prisa, se dijo, todavía tendría tiempo de hacerlo. Un par de respiraciones profundas más y la sensación de ardor y náusea pareció disminuir. Ahora sólo quedaba la mala cara.

En el casillero del apartado de correos esperaba otra de las elegantes tarjetas que Jolene Whitfield usaba en su correspondencia. Era una reproducción de un paisaje de El Greco, un pueblo español iluminado por relámpagos en una noche espectral. La triste imagen no estaba en consonancia con el alegre mensaje que Jolene había escrito, con su habitual tinta violeta. La mujer reiteraba la felicidad que sentían ella y Marshall y la invitaba a almorzar.

«Sólo nosotras dos. ¡Charla de mujeres! Por favor, llámame cuando puedas», concluía la nota. Jolene había subrayado tres veces las palabras finales, sugiriendo que debía darse prisa.

Los Whitfield vivían en East Acton, una zona residencial del noroeste, en las afueras de Boston, lo cual significaba un viaje aún más largo que a la propia ciudad, pensó Hannah. El viejo Nova nunca había recorrido tantos kilómetros como en esos últimos meses. El mecánico de su gasolinera habitual le venía diciendo que ya era hora de revisarlo, así que si continuaban estos viajes, era probable que tuviera que hacer un gran gasto. Entonces Hannah recordó lo que la señora Greene le había dicho: cuánto deseaban los Whitfield «compartir» su embarazo. Lo que había hasta ese momento, las náuseas ocasionales, no se podían compartir, pero si querían que les hablase del asunto, no tenía inconveniente. Y a lo mejor también podían compartir el gasto extra.

Las indicaciones que le hizo Jolene eran claras y East Acton no era tan difícil de encontrar como temía. Tampoco había allí mucho que ver: una sola calle principal, de tres manzanas, con unos cuantos comercios caros, típicos de los barrios prósperos que rodeaban Boston. Una simpática estación de ferrocarril victoriana, en pleno centro, sugería que algunos de sus habitantes iban a la ciudad en tren habitualmente.

Hannah mantuvo los ojos abiertos en busca de la iglesia católica de ladrillos rojos.

«No te la pases de largo», le había dicho Jolene. «Es la más moderna. Todas las demás tienen torres blancas y lo menos doscientos años».

Diminuyó la velocidad y se preparó para doblar a la derecha en Alcott Drive.

«Unas cuatro manzanas más allá, por Alcott, el número 214, a mano izquierda. Guíate por el buzón rojo».

Alcott Drive, en consonancia con lo que prometía la calle principal, era, claramente, una zona de gente bien. Las casas, cuando eran visibles, aparecían con sus estructuras de varios pisos. Todas databan de comienzos de siglo. Algunas tenían un porche y en otras se veían pequeñas torres. Incluso había hamacas, aquí y allá, aunque su función era ahora más decorativa que práctica.

El buzón rojo se destacaba vivamente contra un seto de tres metros de altura. Hannah condujo por un sendero de grava, flanqueado por rododendros en flor. Lo primero que vio fue un granero tan rojo como el buzón. Una de las dos puertas estaba abierta, y había una camioneta beis aparcada en su interior. Una pérgola, cubierta con glicinias, iba desde un lado del granero hasta la parte trasera de la casa.

Al ver la mansión, Hannah se quedó sin aliento. Podría haber pertenecido a un granjero hacía cien años, pero en las décadas posteriores había crecido hacia fuera y hacia arriba, así que ahora fácilmente podía pasar por la residencia de un potentado. Construida en piedra gris, estaba orientada para recibir el sol de la tarde, el cual se reflejaba en los grandes ventanales de los dos primeros pisos. Una serie de ventanas más pequeñas se asomaban debajo de los aleros. Dos enormes chimeneas, una de la cuales emitía un perezoso hilo de humo, completaban la impresión de majestuosa solidez.

El camino de entrada trazaba un círculo en torno a un reloj de sol fabricado en bronce. Aunque había reducido la velocidad al mínimo, Hannah podía escuchar el paso del coche sobre la grava. Había un silencio extraordinario. De repente se abrió la puerta principal y allí estaba Jolene Whitfield, saludando entusiasmada con una toalla azul brillante en la mano. La agitaba como si dirigiese la maniobra de aterrizaje de una avioneta. Parecía feliz.

—¡Has llegado! —le dijo—. Muy oportuna. La sopa está lista.

La sopa era casera, de crema de champiñones. La comieron en el jardín de invierno, repleto de plantas, helechos y muebles de hierro forjado.

—He pensado que aquí sería más agradable —explicó la anfitriona.

Desde la casa la vista abarcaba un gran jardín que terminaba en un bosque de pinos. A medio camino había un bebedero de pájaros. Alguien había trabajado mucho en las parcelitas sembradas de flores reparando los daños causados por el invierno y preparándolas para los calores de la primavera. Hannah se imaginó qué alegre estaría todo una vez que hubiera florecido.

—Toma tu sopa, querida —le aconsejó Jolene entre sorbos. Es la favorita de Marshall. Baja en sodio. Y sin productos químicos por los que preocuparse. Tenemos suerte de contar con un mercado de productos orgánicos aquí en el barrio. Puedes estar tranquila al respecto.

—¿Perdón? No entiendo bien.

—Lo digo por tu dieta. No hay nada que pueda hacerle daño al bebé. Vigilas tu dieta, ¿no?

—He comenzado a tomar vitaminas prenatales. Me temo que todavía bebo una taza de café por las mañanas.

—Mientras sea sólo una. En fin, no me hagas caso. Ya estoy dando consejos —se rió Jolene—. Seguro que has hablado de todo esto con el doctor Johanson, así que no le prestes atención a mis pesadas sugerencias. Soy así. «Doña Preocupona» me llama Marshall.

La comida era excelente y sabrosa, y Hannah comió con apetito.

—¿Te apetece postre? He preparado un pastel de zanahorias cubierto de vainilla, especialmente pensado para la ocasión. No te preocupes, está hecho con ingredientes naturales.

Después de que Hannah tomara obedientemente el postre y lo calificara, no sin algo de diplomacia, de «muy interesante», la anfitriona le enseñó la casa. Los Whitfield se habían mudado hacía menos de un año, pero las habitaciones daban testimonio de todos sus viajes por el mundo, e incluso de la exuberante personalidad de Jolene. Como en el vestir, en la decoración interior su gusto se inclinaba por lo llamativo y espectacular. Ciertamente, no estaba del todo de acuerdo con la arquitectura conservadora de la casa, pero era un estilo «único». Eso fue lo que pensó Hannah nada más verlo. Se preguntó si el colorido sofá era tan incómodo como parecía.

En el segundo piso, Jolene hizo una pausa en el salón, delante de una puerta cerrada.

—No puedo esperar más para enseñártelo —abrió la puerta y dio un paso atrás, mientras hacía un gesto con la mano, invitando a la joven a contemplar el espectáculo. El cuarto estaba pintado de color celeste, mientras que los muebles, una cómoda, una cuna y una mecedora, eran blancos. El suelo estaba cubierto por una delicada alfombra tejida a mano, y en una canasta de mimbre, también blanca, una colección de animales de peluche, un burro, una oveja y, por supuesto, el típico oso, esperaba a su futuro dueño—. La terminamos la semana pasada.

—Es preciosa —dijo Hannah, mientras pensaba que Jolene estaba empezando a moverse a toda velocidad.

—Sabía que te gustaría. Y mira —un juego de estrellas colgando de hilos de plata pendía sobre la cuna. Jolene pulsó un interruptor y las estrellas comenzaron a girar lentamente al compás de la famosa canción *Brilla, brilla, pequeña estrella*. Jolene la tarareó y luego comentó, orgullosa—: El techo está pintado con estrellas. Muchas, muchísimas. Oh, no puedes verlas ahora. Son fosforescentes y se iluminan por la noche. Fue idea mía. Es como mirar el cielo.

La habitación infantil estaba comunicada directamente con el dormitorio principal, por el que Jolene pasó
rápidamente, apenas deteniéndose para señalar los abun-
dantes roperos o la sauna instalada junto al baño. Al llegar
al tercer piso su entusiasmo volvió a crecer.

—Y ahora, el plato fuerte —anunció. Parte del tercer
piso hacía funciones de almacén y cuarto trastero, pero
las que antes fueron las habitaciones de dos sirvientas se
habían transformado en un espacioso dormitorio. Curio-
samente, el gusto exuberante de Jolene se detenía en la
puerta, dando paso a una decoración más tradicional y
austera: una cama con baldaquín, cortinas blancas, una
mesa de alerce y un sillón tapizado en tela—. ¿Qué te parece? —preguntó—. Es para invitados.

—Es preciosa.

—¿No lo dices por simple educación?

—En absoluto.

—Porque si no te gusta, no debes tener problema en
decírmelo.

—No, en serio, es muy agradable.

Jolene lanzó un suspiro de alivio.

—Bueno, ciertamente me alegra. La de veces que le
dije a Marshall: «¿Y si no le gusta?». Me dijo que estaba
diciendo bobadas. «¿Qué hay que no pueda gustarle?»,
comentó. Pero yo sé lo quisquillosa que es la gente con lo
que la rodea. Personalmente, siempre me he sentido como
prisionera en una cama con baldaquín. Pero es cosa mía.
Y, de todos modos, dijo que si no te gustan los muebles,
los cambiamos.

—No entiendo.

—Es tuya —Jolene se llevó las manos a la boca, nerviosa, esperando la reacción de Hannah.

—¿Mía?

—No digo que te mudes ahora mismo. Pero cuando quieras, es tuya. Ésta es nuestra suite de invitados, y, francamente, Marshall y yo no podemos pensar en una invitada mejor. Nos sentiríamos tan... bueno, tan privilegiados si vivieras con nosotros.

—Es una propuesta muy amable, Jolene, pero...

—Shh —chistó la mujer—. No tienes que decidir nada ahora. Sólo queríamos que supieras que cuentas con ella, eso es todo. No vuelvas a pensar en esto. Ya llegará el momento. No hay más que hablar —con un gesto exagerado, fingió echar el cerrojo a sus labios y empezó a bajar las escaleras.

ANNAH SE QUITÓ EL DELANTAL DE CUADROS marrones y blancos y se miró en el espejo del lavabo de señoras. Se puso de perfil. Durante el reconocimiento del primer mes, el doctor Johanson le había dicho que lo normal era engordar medio kilo por semana. Ahora las cuentas salían: ocho semanas, cuatro kilos. Pero el aumento de peso no se veía en el espejo. Si algo había cambiado era el rostro, que estaba más demacrado. Era por la fatiga.

Antes, el turno de comida en Blue Dawn Diner apenas la cansaba. Pero ahora, después de poco más de una hora de faena, el dolor de espalda se hacía sentir. Luego se cargaban los pies y su único deseo era dejarse caer en la mesa del fondo y poner los pies en alto. Las vitaminas no parecían ayudarla tanto como esperaba.

Mientras ella perdía energías, el negocio del restaurante se incrementaba. A lo largo de los meses invernales, la clientela había disminuido hasta quedarse en unos pocos parroquianos fieles. Pero ahora que los árboles volvían a tener hojas, la gente salía de nuevo a la calle y había una renovada demanda de la carne asada y demás especialidades de Bobby. Aumentaron las propinas, pese a lo cual

Hannah, muy cansada, ya no recibía con agrado la noticia de que le tocaba turno de noche, aquel en el que los clientes solían mostrarse más generosos.

—Diga lo que diga la gente, la vida de una camarera no es fácil —proclamó Teri—. Pareces agotada.

—Lo estoy. Creo que me voy a ir a casa a dormir una siesta antes del turno de noche. ¿Te molesta?

—Por favor, no. Yo me hago cargo de los preparativos. Tómate quince minutos extra —Teri vio cómo la joven arrastraba su cuerpo hasta el coche. Alguien, pensó, debería decirle que no se pueden hacer demasiadas cosas a la vez.

Mientras se encaminaba a su casa, Hannah sólo podía pensar en lo agradable que sería meterse bajo las sábanas y viajar al país de los sueños durante noventa preciosos e ininterrumpidos minutos. Escuchó el sonido de la televisión en la sala, y después la voz de Ruth, que la llamaba.

—¿Eres tú, Hannah? ¿Qué haces en casa tan temprano?

—Hola, tía Ruth. Me voy a mi habitación —sin querer entablar conversación, comenzó a subir las escaleras.

—¿Vas a quedarte mucho tiempo?

—Voy a echarme un rato antes de volver al restaurante.

—Últimamente estás muy cansada, Hannah. No irás a enfermar, ¿verdad?

—No, tía Ruth. Hemos estado muy ocupados en el restaurante, eso es todo.

La tía apagó la televisión.

—No es normal que las muchachas de diecinueve años estén cansadas todo el tiempo —dijo la voz desde la sala.

—No me pasa sólo a mí. Teri y Bobby también están agotados. El señor Hatcher piensa contratar a otra camarera.

—Bueno, eso lo explica todo. Supongo que entonces no tengo motivos para preocuparme.

Hannah reconoció el tono de voz, levemente acusador y quejoso. Ruth se había levantado con mal pie, lo que era un motivo más para subir rápidamente y cerrar bajo siete llaves la puerta de su cuarto. Pero cometió el error de quedarse unos segundos más y preguntar.

—¿Estás bien? ¿Necesitas algo?

—Oh, estoy muy bien. Al menos tan bien como podría esperarse, dadas las circunstancias.

Hannah vio, desolada, que se esfumaba su siesta. Le gustara o no, iba a verse sometida a la última serie de quejas de Ruth. Con un suspiro de resignación, dio media vuelta y bajó las escaleras.

—¿Qué sucede, tía Ruth?

Su tía estaba sentada en el sofá. Miraba hacia delante, muy tiesa. Su boca cerrada era apenas una delgada línea.

—Tal vez tú puedas decírmelo, jovencita —recibió a su sobrina con una mirada helada, y luego sus ojos se detuvieron en la mesa de café, frente al sofá.

Allí, sobre la madera pulida, estaba el folleto *Ejercicios para futuras mamás* que Letitia Greene le había enviado hacía dos meses. Hannah tardó sólo un momento en comprender lo que había sucedido. ¡Con el cuidado que había procurado tener durante todo aquel tiempo! Recibía las llamadas de Aliados de la Familia en el restaurante, y el correo en el apartado 127. Todo el material relativo a su secreto, que era muy poco, lo mantenía bien oculto en el fondo de su armario.

—Sigo esperando una explicación, jovencita.

—Es información que pedí —murmuró Hannah, después de un largo silencio.

—Ya, ¿y qué hay de esto? —dijo, mostrando un bote de plástico con pastillas y depositándolo con un golpe sobre la mesa—. ¿También las pediste? ¡Medicación para embarazadas! ¿De qué se trata? ¿A qué se debe todo esto?

—¿Qué has estado haciendo, tía Ruth? ¿Registrando mis cosas? —cuanto más indefensa estaba, más aumentaba su furia. Su reacción era como la rabieta de una niña sorprendida mintiendo.

—No importa lo que he estado haciendo. Ésta es mi casa. Puedo hacer lo que quiera. ¿Qué has estado haciendo tú? Eso es lo que hay que saber —la mujer sacudió el folleto frente a la cara de la joven—. ¡Toda esa cháchara sobre la sobrecarga de trabajo! ¡Trabajo extra, y un cuerno! Por eso estás cansada todo el tiempo, ¿no es así? Bueno, ¿no es así? Adelante, ¡admítelo!

—No se te ha perdido nada en mi habitación —fue todo lo que Hannah pudo balbucear en su defensa.

—Y yo, tonta de mí, venga a pensar: «Pobrecita, metida en el restaurante día y noche, sin novio, sin diversiones». Qué bien me has engañado, ¿verdad?

—No es lo que tú piensas.

—¿No lo es? ¿Y entonces qué ocurre en realidad? ¡Dímelo!

Después de tantos años en casa de los Ritter, los gritos seguían siendo lo que más molestaba a Hannah. Despertaban en ella miedos infantiles, un gran temor de que el mundo que la rodeaba se hundiese en un instante. Los malos modos y los gritos atacaban directamente su íntimo anhelo de protección y seguridad. Se echó a llorar.

—¡Eso, ahora a llorar! Era lo que faltaba, no sabes lo bien que te van a sentar unos pucheritos en este momento —Hannah retrocedió hasta el vestíbulo. Detestaba que su tía la viera en aquel estado. Cualquier demostración de debilidad sólo servía para aumentar sus vituperios y alentar su mal carácter—. ¡Igual que tu madre! —gritó

Ruth—. Era doña Perfecta. Siempre hacía todo lo que nuestros padres querían. Era el ojito derecho de los maestros. Corría a la iglesia todos los domingos. Nunca hablaba con la boca llena. En fin, yo sé la verdad. Menuda tramposa. ¡Una pequeña golfa tramposa!

—No digas eso de mi madre. ¡No tienes derecho! No es verdad, y lo sabes.

—Tu madre era una falsa que sólo pensaba en sí misma.

—Y tú... no eres más que una vieja amargada —Hannah no pudo contener las palabras que brotaban de su boca—. Amargada y resentida porque Dios te castigó por haber abortado, y después no pudiste tener hijos. Estás furiosa contra todo el mundo, aunque todo fuera por tu culpa. Siempre has sido envidiosa y odiosa...

Las lágrimas que velaban sus ojos le impidieron ver la mano alzada de su tía, que se acercaba amenazante. Hannah sintió el golpe de la palma sobre su mejilla. La fuerza del bofetón la hizo caer sobre las escaleras, dejándola sin aliento. La tía nunca había llegado a tanto. Algo parecía haberse roto en Ruth.

Hannah se puso de pie y salió corriendo por la puerta. Una vez fuera, sus pies se hundieron en el césped, esponjoso después de las lluvias primaverales. Los zapatos de la chica se mojaron, y luego se le humedecieron los pies. Fue hacia su coche y abrió la puerta.

Mientras ponía su automóvil en marcha, Ruth siguió gritando desde la entrada, para que la oyera todo el vecindario.

—Y si piensas que vas a tener a ese pequeño bastardo en esta casa, estás completamente equivocada.

NTONCES, ¿NO HAY NOVIO?

—No, me temo que no.

—Pues me he lucido con mi perspicacia —Teri suspiró ruidosamente—. Cariño, si llegas a decirme que piensas cambiar de sexo, dudo que me hubiera sorprendido más. ¿Quién sabe algo de este asunto?

—En Falls River, nadie. Eres la primera persona a quien se lo digo.

—¿Y se te ocurrió hacerlo a ti solita? ¿Sueles tener ideas de ese tipo?

—Fue cosa mía, sí.

—Eso demuestra lo poco que en realidad conocemos a la gente. Eres más complicada de lo que pensaba. Todos lo somos, claro. Habitualmente no nos molestamos en buscar lo que hay bajo la superficie de las personas. ¿Puedes creer que Nick tiene un trabajo extra como bailarín exótico?

Hannah no pareció entender la broma.

Las dos estaban tomando té en casa de Teri, en la cocina. Como el resto de la vivienda, no estaba especialmente limpia ni ordenada, lo cual era lógico, teniendo en cuenta que allí vivían dos niños hiperactivos y un gigantesco marido camionero, que siempre estaba en la carretera, pero cada semana descansaba cuarenta y ocho horas seguidas, haraganeando por la casa. Pero era una vivienda alegre y familiar. Desde la pila de ropa esperando para ser doblada hasta los dibujos infantiles pegados a la puerta del congelador, todos los detalles daban a la casa cierto aire cálido, hogareño.

—¿Qué crees que debo hacer?

—Ah, chica, es una pregunta difícil. Creo que sólo tienes una salida: contar la verdad a tus tíos. Decirles lo que me has dicho a mí. No puedes dejarles creer que te has revolcado con cualquier muchacho vulgar en una habitación de hotel barato.

—¿Te parece que hice mal?

—No, cariño. Es que eres tan joven y vulnerable... Bueno, mierda, nada de eso importa ahora. Lo hecho, hecho está. ¿De verdad quieres tener ese bebé?

—Sí, lo quiero.

—Pues adelante. Tampoco vas a tener que criarlo. Es de otras personas. Estás en una situación temporal. Todo pasará, pero lo importante es lo que suceda ahora. Cómo lidiar con tu tía y tu tío. ¿Quieres que te dé un consejo? Dales otra oportunidad. Estoy segura de que cambiarán de opinión si les explicas todo a ellos como me lo has explicado a mí. Si quieres apoyo moral, te acompaño.

Hannah apartó la taza.

—Gracias. Pero tía Ruth consideraría tu presencia una intolerable intromisión. Es un asunto familiar.

—Déjate de familias. Se trata de tu vida, tu cuerpo. Eres adulta. Bueno, casi adulta. No vivimos en la Edad Media. Ahora que las cosas están claras, déjame que te confiese una cosa: estás haciendo algo muy valiente. Infrecuente, pero valeroso.

—No creo que Ruth lo vea de ese modo.

Teri se llevó las tazas y pasó velozmente un trapo por la mesa de la cocina.

—Tengo que recoger y limpiar, cariño. Estás en tu casa. Ah, si quieres usar la bañera, deja el submarino inflable de los chicos en el suelo.

A la mañana siguiente, Hannah echó una mano a Teri en algunas de las aburridas tareas domésticas. Eso la ayudó a contemplar las cosas con más perspectiva. Para la mayoría de la gente, descubrió Hannah, la vida se reducía a ir de una comida a la siguiente, trabajar y ganarle la carrera al siempre creciente montón de ropa sucia. Los dramas quedaban para las películas.

Meditó sobre el consejo de Teri durante todo el turno de noche. Cuando llegó la hora de cerrar y Bobby apagó el cartel del Blue Dawn, había tomado una decisión.

Herb estaba solo, viendo la televisión, cuando Hannah entró por la puerta principal

—¿Dónde está tía Ruth? —preguntó.

El hombre hizo un gesto señalando la cocina. La chica vio el brillo rojo de un cigarrillo y se dio cuenta de que su tía estaba sentada a la mesa de la cocina, fumando en la oscuridad. Cuando Herb se puso de pie para apagar el televisor, un lejano recuerdo volvió a la memoria de Hannah. Había ocurrido exactamente igual el día del funeral de sus padres: Herb en una habitación, Ruth en la otra, la televisión a todo volumen y nadie intentando consolar a nadie. Una vez apagada la televisión, un opresivo silencio se extendió por toda la casa, subrayando la distancia que había entre sus habitantes.

Ahora pasaba lo mismo.

—Anoche no viniste a dormir.

—Me quedé en casa de Teri.

—¿No te parece que tendrías que haberle dicho algo a tu tía? Estaba preocupada. Eso no está bien.

—Ya soy mayor. Puedo hacer lo que quiera.

—Desde luego —el hombre se movió, incómodo, en el sillón—. ¿Es verdad lo que me dijo tu tía?

—No es lo que crees, tío Herb.

—Entonces, ¿no estás embarazada?

—Sí, lo estoy, pero... —la frase se perdió en el aire.

—¿Pero? No hay peros sobre algo así, al menos que yo sepa. O estás embarazada o no lo estás. ¿Sabes quién es el padre?

Hannah miró a su tío directamente a los ojos. Su frente era una completa red de profundas arrugas, y la blanca luz de la lámpara situada junto al sillón parecía dibujarlas aún más profundamente.

—Sí, lo sé, por supuesto que sé quién es el padre. También sé quién es la madre.

—¿Te estás haciendo la lista?

—No. Soy una madre sustituta.

—¿Qué demonios es eso?

—Lo que otros llaman madre de alquiler. Estoy gestando este bebé para otra pareja. Un matrimonio que no puede tener hijos por sí mismo.

—¡Por el amor de Dios! —Herb echó hacia atrás la cabeza y cerró los ojos, como si sufriera un mareo repentino.

—Fui a una agencia. Me pusieron en contacto con una pareja que ha estado intentando tener un hijo durante años. Es un procedimiento de inseminación artificial. Todo tuvo lugar en el consultorio de un médico.

—¿Te pagan por hacerlo?

Hannah asintió.

—¿Cuánto?

—Treinta mil dólares. Más gastos.

Herb abrió los ojos y lanzó un silbido.

—¿Por qué no se lo dijiste a tu tía?

—No me dio la oportunidad.

—Estaba muy enfadada. Sacaste el tema del aborto después de todos estos años y... ¿De verdad crees que Dios la castigó?

—Lo siento, tío Herb. No debería haberlo dicho, pero yo también estaba enfadada.

—Bueno, nunca ha sido un secreto que tu tía y yo no fuimos capaces de tener hijos después de aquello. El aborto hizo que ella..., que nosotros... sufriéramos mucho. Y a veces yo mismo dije cosas que probablemente no tendría que haber dicho. Pero hemos intentado dejarlo todo en el pasado y ahora nos encontramos en esta situación. Tu situación. Y bueno... —parecía que se le habían acabado las palabras—. ¿Puedes venir, Ruth?

Ésta apagó el cigarrillo y se puso en pie. Habitualmente, ella era quien hablaba, pero esa noche parecía preferir que Herb se hiciera cargo de la charla. Se acercó sólo hasta la entrada del salón y se detuvo allí, con los ojos enrojecidos por un llanto reciente.

—¿De verdad estás haciendo esto para otra pareja? —le preguntó a su sobrina.

—Te lo juro. No me quedé embarazada por mantener relaciones sexuales. Apenas conozco a esa gente. Le puedes preguntar al doctor, si quieres. O a la señora Greene...

—Da igual, no me interesa. No lo quiero en mi casa. Éste es el último insulto. ¿Alguna vez pensaste cómo me sentiría? ¿Lo pensaste? ¡Contéstame! —la voz de Ruth se fue alzando hasta convertirse en un grito.

—¿Qué quieres decir?

—¿Esperas que yo te mire día a día, engordando, pasando por todo, no sé, por todo lo que una pasa cuando está embarazada... y para una gente a quien casi no conoces? No lo haré, ¿me oyes? No lo haré.

Dejó de hablar y se retiró a la protectora oscuridad de la cocina.

Al instante, Hannah entendió por qué Ruth se había indignado tanto el día anterior, por qué el ambiente en la casa era tan tenso. Su tía y su tío no estaban preocupados por ella ni por su bienestar. Ni siquiera por lo que pudieran decir los vecinos. No, lo cierto era que Ruth no podía tolerar la idea de verla embarazada. Era un recuerdo de lo que ella había sido incapaz de hacer, un recuerdo del terrible error que envenenó su vida años atrás. El difícil equilibrio que ella y Herb habían conseguido se veía ahora amenazado por el embarazo de Hannah.

Herb carraspeó antes de hablar.

—Tienes que entender lo difícil que es esto para tu tía. Después de todo lo que pasó, después de todo lo que pasamos... —parecía abrumado por el desaliento.

—No puedo hacer nada al respecto, tío Herb. He tomado una decisión.

—Bueno, entonces yo también tendré que tomar una decisión. Creo que es el momento de que busques otro lugar para vivir. Dijiste que eres adulta. Has tomado una decisión adulta. Por lo que dijiste, te pagan bien. Así que en los próximos días..., en cuanto te sea posible..., bueno, creo que será lo mejor para todos.

El hombre fue hasta la cocina e intentó acariciar el hombro de su mujer, pero ésta lo esquivó.

Hannah pasó en vela buena parte de la noche. Siempre había imaginado que un día u otro decidiría levantar el vuelo, separarse de sus parientes, y no al revés. La habían echado, en lugar de marcharse ella, y eso la hacía sentirse débil y vulnerable. Elaboró una lista mental de sus limitadas posibilidades, decidida a evitar que la dominara el pánico. La casa de Teri no era posible, no había sitio. Un apartamento reduciría seriamente sus ahorros.

Sólo tenía un lugar adonde ir, un sitio en el que verdaderamente la querían.

CAPÍTULO
XIV

ESDE LA VENTANA DEL TERCER PISO, HANNAH
miró hacia el jardín de los Whitfield y se maravilló por el cambio que se había producido. Las lilas, las nomeolvides y los girasoles brotaban por todas partes, creando un festival de tonos violetas y azules. El jardín estaba, además, parcialmente cubierto por el intenso verdor de nuevas plantas. El agua del bebedero de los pájaros, vacío hasta el mes pasado, brillaba al sol.

Hannah contó doce pájaros, todos piando ruidosamente en el agua, y cuando apareció de repente un cardenal entre ellos, con su penacho de plumas rojas, lanzó un pequeño grito de alegría.

Se escuchó un ligero golpe en la puerta del cuarto.

—Hannah, ¿estás levantada? —preguntó Jolene con un susurro algo teatral.

Hannah la dejó entrar.

—Buenos días. Tienes que disculparme, todavía estoy en camisón.

—No hacen falta excusas. Necesitas dormir lo más posible.

—Estaba mirando los pájaros.

Jolene sonrió, casi brilló, con aprobación.

—¿No son maravillosos? Tengo una lista, ¿sabes?, de las distintas especies. Conté cuarenta y dos —se acercaron a la ventana. El cardenal, desdeñoso de los gorriones marrones, estaba acicalándose en el centro del bebedero—. Me encantaría llenar este lugar de animales —suspiró—. Pero Marshall dice que esto no es el Arca de Noé. El bebé exigirá dedicación completa. No prodremos ocuparnos además de cuidar una granja. Así que, a falta de bichos domésticos, pensé transformar nuestra pequeña propiedad en un refugio para la vida silvestre. Dar a entender a los animales que aquí son bienvenidos, por decirlo de algún modo. Y ellos vienen. Hay incluso un mapache que nos visita de vez en cuando. Alguna gente cree que los mapaches son malos, pero yo creo que si los respetas, no te molestan —hizo una pausa para tomar aire—. Ya he vuelto a irme por las ramas. En realidad subía a preguntarte si querías unas torrijas. Las hice para Marshall esta mañana y estaba a punto de hacer más para mí. ¿Te apetecen?

—Claro. Pero déjame que me vista.

—Por favor, no es necesario. Ponte una bata.

Dos semanas después de que Ruth y Herb le dieran el ultimátum, Hannah se marchó de Fall River. Lo habría hecho antes, pero no le parecía correcto irse del Blue Dawn Diner hasta que la chica que la iba a sustituir estuviera al tanto del trabajo. En su último día, Teri y Bobby la invitaron a la mesa del fondo, donde tenían preparada una tarta de despedida. Teri lloró, y también Hannah, y hasta Bobby fue incapaz de contener las lágrimas. Teri dijo que siempre había sabido que en el fondo era «un viejo sentimental».

La salida de casa de los Ritter había sido menos triste, aunque Ruth se avino a un cortés abrazo y Herb habló sin mucho énfasis de seguir en contacto. Cuando Hannah conducía su coche calle abajo, tuvo la sensación de que su vida allí había terminado. Ahora, después de sólo tres días en casa de los Whitfield, se preguntaba por qué había dudado siquiera un momento de ir allí.

Las torrijas de Jolene, cubiertas con mantequilla y empapadas en auténtica mermelada de Vermont, eran una delicia. Hannah devoró su plato y sin dudarlo pidió otro.

—Eso es lo que quería oír —dijo la anfitriona, mientras sumergía otra rodaja de pan en el bol de la mermelada—. Esto es bueno para ti. Vitaminas, leche, calcio —la mujer dejó caer el pan rebozado en la sartén y éste empezó a freírse ruidosamente—. ¿Quieres un poco más de zumo de naranja? Luz de sol guardada en un vaso, ¿no es eso lo que dicen del zumo?

Hannah observó cómo volteaba hábilmente la torrija con una espátula. Viajera del mundo, jardinera, artista y cocinera. La chica se preguntaba si la curiosidad y la actividad de Jolene tenían límite. La cocina estaba equipada con los electrodomésticos más modernos, pero era acogedora, decorada a la vieja usanza. Hannah estaba contenta por poder sentarse allí, al calor, y tener a alguien que se preocupara por ella. Jugueteó con los dedos de sus pies dentro de las medias y escuchó el freír de la sartén.

—*Voilà*. La señorita está servida —Jolene puso un plato frente a Hannah. La torrija era de un dorado perfecto. Incluso la mantequilla derretida parecía oro fundido—. Un apetito saludable, el tuyo. Nada me podría hacer más feliz esta mañana. Come, querida, antes de que se enfríe. Después quiero enseñarte mi estudio.

***

Minutos más tarde, Hannah la siguió fuera de la cocina, bajo la pérgola que iba hasta el granero por detrás de la casa.

—Y ahora, tachán, tachán... aquí está, mi estudio.

Tiempo atrás había sido, probablemente, un taller, pero una remodelación completa borró el rastro de sus orígenes. Se eliminaron muros y columnas, y parte de la vieja pared exterior se había reemplazado por paneles de vidrio que dejaban entrar toda la luz posible.

Pese al desorden reinante, podía verse que el suelo estaba cubierto por baldosas de piedra. Como los estudios de todos los artistas, daba cierta impresión de caos incipiente. Varios de los cuadros de Jolene colgaban de las paredes y un gran lienzo inacabado, de por lo menos un metro por metro y medio, reposaba en un atril en el centro de la estancia. Una mirada bastó a la joven para comprender que estaba fuera de su elemento y que no entendería gran cosa de todo aquello.

Jolene era una pintora abstracta, pero sus «cuadros» parecían otra cosa. Más bien una abigarrada mezcla de telas y pinturas, tiras de cuero y periódicos, pegados unos junto a otros, y en algunos casos cosidos con hilo, o tal vez con cables. La espesa pintura corría y chorreaba como si fuera sangre, y en algunos lugares parecía que la mujer había acuchillado las telas repetidas veces con un instrumento muy afilado. Hannah se preguntó si la palabra «pintura» era la más adecuada para designar aquellos trabajos. Parecía rodearlos un aura de... dolor. Ésa era la única palabra que le venía a la mente.

Buscó algo inteligente que decir, pero no se le ocurrió nada y recurrió a un lugar común.

—No sé mucho de arte moderno.

Jolene notó la expresión confundida de su rostro.

—No es tan complicado. Simplemente déjate llevar, intenta sentirlo.

Hannah intentó seguir su consejo.

—¿Quieren decir algo?

—Quieren decir lo que quieras que digan.

—¿Por ejemplo? —preguntó, deseosa de que le diera alguna pista.

—Me pones en un compromiso, se supone que un artista nunca habla de su trabajo. Es la regla número uno. Pero supongo que no hablo mucho si digo que todos estos cuadros se pueden ver como heridas.

—¿Heridas?

—Sí, heridas. Los lienzos han sido lastimados, asaltados, traumatizados de una u otra forma. Están heridos y sangran. Entonces yo trato de curarlos, por así decirlo. Les coso las heridas y cauterizo las llagas. Como un médico que trata a quien ha sufrido un accidente grave. De ese modo, quien los observa puede ver tanto la herida como la curación. Me gusta considerar mi arte como un modo de curación.

—Ya veo —dijo la chica; pero no lo veía.

—Los lienzos están enfermos. Y yo los curo.

L TIEMPO A FINALES DE MAYO ERA DEMASIADO bueno como para desperdiciarlo, y el desayuno le había dado fuerzas. Decidió pasear. Esa tarde, al pasar junto al granero, vio a Jolene trabajando denodadamente en el estudio.

—¿Nunca te tomas un descanso? —le preguntó.

—¿No te lo he contado? —respondió Jolene—. Voy a tener mi propia exposición. En una famosa galería, en Boston.

—¡Felicidades! Espero poder ir.

—Cuento contigo para que dirijas a mis admiradores.

—Eso está hecho. Tenía intención de darme ahora un buen paseo.

—Disfrútalo. Ten cuidado con el tráfico.

Parece una típica madre, pensó Hannah, que apreciaba las atenciones de la mujer.

La calle Alcotet era tranquila. Sólo el ruido de una máquina cortacésped perturbaba su paz. Las casas eran imponentes, edificadas sobre terrenos que parecían extenderse hasta el infinito. En su viejo barrio, habrían cabido diez inmuebles en el lugar que aquí ocupaba uno.

Pero lo que más contribuía a darle cierto aire atemporal eran los árboles: cedros, alerces y pinos que ya habían visto pasar a varias generaciones.

Cuando llegó a la esquina vio un cartel que identificaba la iglesia católica de ladrillos rojos como Nuestra Señora de la Luz Divina. En el jardín, enfrente, había una gran imagen de la Virgen con los brazos abiertos en señal de bienvenida. En torno al pedestal lucían unos cuantos rosales.

Se detuvo a observar. Un grupo de gente bien vestida salía de la iglesia y se congregaba debajo del pórtico. Hablaban animadamente, y Hannah esperaba ver de un momento a otro a una pareja de novios salir deprisa y desatar una tormenta de arroz. En cambio, apareció un sacerdote vestido con una sotana de ribetes dorados. Le seguía una pareja radiante. La mujer acunaba a un bebé vestido de blanco, el hombre llevaba a su esposa, gentilmente, agarrada de la mano. Al ver a la familia, todos lanzaron exclamaciones de alegría y alguien sacó varias fotos con flash.

Hannah se dio cuenta de que se trataba de un bautizo.

Se sintió como una intrusa y quiso seguir su camino, pero por un segundo sus pies parecieron pegados al suelo. El sacerdote miraba hacia ella y le dio la impresión de que le había sonreído antes de volver a concentrar su atención en los padres. Parecía muy joven para ser sacerdote, apenas aparentaba veintitantos años. Llevaba el pelo corto y peinado hacia delante, lo cual acentuaba su juventud. Se sintió aún más incómoda, así que se obligó a dar la espalda a la feliz escena y continuar hacia el pueblo.

Los comercios eran demasiado caros para su gusto y sus posibilidades, así que se limitó a mirar escaparates. Así como Fall River daba la sensación de barrio en decadencia, sin iniciativa, East Acton parecía rezumar optimismo y prosperidad. Cada rincón estaba limpio y cuidado. A

tramos regulares había bancos de madera para los transe-
úntes cansados, y jardineras con pensamientos, iguales a
los de la estación de ferrocarril.

Se detuvo un rato ante un comercio llamado Puña-
ditos de Cielo, dudando si entrar o no. Una parte de sí le
decía que no debía. Varios maniquíes de bebés mostraban en el escaparate sus ropas color pastel para el verano.
No había precios a la vista, lo que sólo podía significar una
cosa: la mercancía estaba fuera de su alcance. Así y todo,
pensó, por mirar no perdía nada.

Llamó su atención un par de diminutas zapatillas que
había sobre el mostrador. Apenas medían poco más de
siete centímetros; tenían brillantes cordones rojos y tiras
de color a cada lado. Estaba a punto de tocarlas, cuando
una voz alegre le dijo:

—¡Para el futuro deportista! Preciosas, ¿no es verdad?

Hannah retiró la mano.

—Sí.

—¿Busca algo en especial? —continuó la vendedora—. Acabamos de recibir unas preciosas gorritas.

—Simplemente estaba mirando, eso es todo.

—¿Para un niño suyo o para el bebé de otros?

—No, no, para el mío.

—Bueno, si tiene alguna pregunta no dude en ha-
cérmela —pero Hannah ya estaba saliendo de la tienda.

En su camino de regreso, vio que había cesado toda
actividad en Nuestra Señora de la Luz Divina. Se tomó su
tiempo paseando por la calle Alcotet, tratando de apartar
de su mente la imagen del par de pequeñas zapatillas.
Cuando llegó al jardín, Jolene estaba descargando cajas de
una camioneta.

—Te vi en el pueblo, mirando escaparates —le dijo—.
Hace un día perfecto para eso. Iba a acercarme, pero me

pareció que estabas muy metida en tu propio mundo y no quise molestarte. ¿Cuenta nuestro pueblo con tu aprobación?

—Es bonito.

—Lo poco que hay de pueblo, ¿no? Nadie se pierde en East Acton —emitiendo un fuerte gruñido, levantó una caja de cartón llena de disolventes y pinturas.

—¿Puedo echarte una mano? —se ofreció Hannah.

—No te molestes. Son sólo unos materiales de pintura que fui a buscar. No quiero que hagas esfuerzos excesivos ni que te hagas daño.

—Por favor, no soy una inválida. Al menos todavía.

—Está bien, si insistes. Coge la caja pequeña. No pesa mucho —de una patada abrió la puerta del estudio, y luego le advirtió—: Ten cuidado.

La caja no pesaba casi nada. La chica hubiera dicho que contenía plumas. Curiosa, Hannah levantó la tapa y echó un vistazo.

Había, sobre todo, material médico: paquetes de gasa esterilizada, guantes quirúrgicos, bastoncillos de algodón, apósitos, vendas. También se veía un trozo grande de tela que parecía muselina y lo que una etiqueta identificaba como «máscaras para el procedimiento auricular».

O Jolene era una mujer increíblemente predispuesta a los accidentes o le gustaba estar preparada para cualquier emergencia, pensó Hannah. Después cayó en la cuenta: eran los materiales para sus cuadros.

Sonrió por su propia inocencia y se preguntó qué era lo que Jolene pensaba «pintar» con otro instrumento que ahora veía: el «aparato de tracción y sostenedor de cabeza».

OS MESES DESPUÉS, YA EN JULIO, JOLENE SE HABÍA convertido en la madre adoptiva que Ruth Ritter nunca había sido para la joven. A veces se entrometía demasiado, pero era una buena compañía. Hannah y ella compraban juntas, preparaban las comidas e incluso hacían parte de la limpieza, aunque Jolene siempre diferenciaba trabajo pesado de trabajo liviano y se reservaba el primero para sí.

Hannah volvía a tener una familia.

Marshall cogía todos los días el tren de las ocho de la mañana a Boston, y le esperaban con la cena preparada y servida cuando regresaba a las siete menos cuarto de la tarde. En la sobremesa charlaban y discutían sobre los grandes asuntos del mundo o los pequeños acontecimientos del hogar. Las opiniones de Hannah eran consideradas y respetadas como las demás. Era una diferencia de trato tan enorme con el que había recibido de los Ritter, donde la confrontación o el silencio obstinado eran los únicos modos de comunicación, que Hannah se sentía cada vez más libre de expresar sus opiniones.

Jolene y Marshall eran buenos lectores, lo que ayudó a que la joven volviera a los libros, como cuando era pequeña. Empezó a visitar la biblioteca de East Acton, creada por las mujeres de los fundadores del pueblo en 1832. Salvo durante algunos breves periodos de grandes crisis, había permanecido abierta desde entonces.

Hannah empezaba a pensar mucho en la vida de «después», el futuro indeterminado que esperaba más allá del nacimiento de su..., del bebé de los Whitfield.

El cambio más importante se estaba produciendo en su cuerpo. Nueve kilos más en veinte semanas, más o menos lo previsto. Su vientre comenzaba a hincharse. Se había «destapado», en palabras del doctor Johanson. Su rostro era más redondo, su color más rosado y sus rubios cabellos más brillantes. Para quien toda la vida había tenido pechos pequeños, su nuevo tamaño la avergonzaba hasta tal punto que al principio utilizaba camisetas XL para disimularlos.

—Ésa es la mejor parte del embarazo, preciosa —dijo Teri cuando Hannah admitió su vergüenza en una conversación telefónica—. Si los tienes grandes, presume de ellos, porque no te van a durar para siempre. Las dos veces que estuve embarazada, el apodo que Nick me puso fue Pamela. Ya sabes, por la loca de la serie de televisión, la de los grandes pechos. No me podía quitar sus manos de encima. Era casi una razón en sí misma para tener un bebé.

Teri telefoneaba regularmente y la mantenía al tanto de las últimas noticias del restaurante. Pero Hannah se daba cuenta de que, con el paso de los meses, las historias sobre largos turnos y propinas escasas ya significaban poco para ella. Era bueno, sin embargo, oír la voz de Teri.

—Con Brian me salieron manchas. ¡Tetona y con manchas! ¡Qué mezcla! Aunque eso no detuvo a Nick. Estoy segura de que estás preciosa. Me encantaría verte un día de éstos.

—A mí también me gustaría, Teri.

—Entonces ven con tu coche. O, si lo prefieres, voy yo.

Llamar a Ruth y Herb era menos satisfactorio. Sus respuestas monosilábicas confirmaban la total falta de interés de los tíos por su vida. Parecía inconcebible que hubiera pasado siete años conviviendo con ellos. En cuanto colgaba el teléfono, Fall River desaparecía de su memoria como el humo. Olvidaba de inmediato sus calles grises e invernales, tan distintas de las verdes y bañadas por el sol de East Acton. El mundo era muy diferente aquí, tan lleno de esperanzas y posibilidades. Le encantaban sus caminatas diarias. El visto bueno que les daba el doctor Johanson aumentaba su placer.

Aquella mañana de miércoles se sentía especialmente bien. Los libros de la biblioteca, apilados sobre su mesa, le daban un buen pretexto para salir. Se puso una de las viejas camisas de Marshall que Jolene le había dado. Una mirada al espejo confirmó que la prenda ocultaba suficientemente su embarazo, y se apresuró a bajar las escaleras. Jolene estaba en su estudio «traumatizando» una pieza de metal con un par de pinzas.

La joven se paró a observarla. El metal parecía ser originalmente una bandeja de horno, y Jolene estaba cortando un pedazo en forma de «V». El metal se resistía a las pinzas y la mujer gruñía por el esfuerzo. Hannah iba a hacer un comentario alentador, pero se contuvo. No quería distraer a Jolene. Su arte era, obviamente, una tarea intensamente personal.

El metal se dio al fin por vencido y la pieza cayó al suelo. Los hombros de Jolene se relajaron y acarició con los dedos el metal cortado, murmurando algo en voz baja mientras lo hacía. Luego llevó la maltratada pieza a sus labios, cerró los ojos y la besó.

Sorprendida por aquel gesto extrañamente íntimo, Hannah se retiró tan pronto como le fue posible. Como una niña que sorprende a sus padres manteniendo relaciones sexuales en el dormitorio, tenía la sensación de haber visto algo que no debía.

Se detuvo frente a Nuestra Señora de la Luz Divina y la miró por unos momentos. El suelo en torno a la base de la imagen de la Santa Madre estaba cubierto de pétalos rojos y blancos que habían caído de los rosales. Pasaba frente a la iglesia casi a diario, y esta vez entró.

No estaba segura de qué la había incitado a hacerlo. Tal vez fuera el clima agradable, que hacía que todo el pueblo pareciera más atrevido de lo habitual. O quizá se tratara de la nueva vida que sentía agitarse en su interior y que parecía empujarla a comunicarse más con los seres humanos. Aliviada al ver que la iglesia estaba vacía, se sentó en el último banco y puso los libros de la biblioteca a su lado.

El sol, reflejado en las vidrieras, se fragmentaba en haces de color que cubrían el suelo igual que los pétalos de rosa cubrían la tierra fuera. Hileras de velas votivas emitían su parpadeante brillo rojo, como luciérnagas al anochecer, cerca de los confesionarios. Nuestra Señora de la Luz Divina, pensó, era un nombre adecuado. Tenía intención de quedarse sólo un momento, pero la quietud y los colores suaves despertaron sus recuerdos. La iglesia había sido para ella, en su día, un lugar de misterioso sosiego.

El interior de Nuestra Señora de la Luz Divina no se parecía nada al de San Antonio, en Duxbury, pero en su imaginación se encontraba allí. Otra vez era una niña caminando hacia casa con su madre, desde la biblioteca, cogidas de la mano, hasta que llegaban a la iglesia de piedra. Nunca dejaban de hacer una breve visita, aunque sólo fuera para encender una vela o elevar una oración por los menos afortunados. A veces su madre conversaba con el sacerdote o desaparecía en el confesionario. Después de un rato breve, estaban nuevamente en la calle, seguras de que Dios cuidaba de ellas y las protegía.

«Dios actúa de modo misterioso», decía su madre cada vez que algo triste o alegre, o simplemente inesperado, les sucedía. Hannah también lo creía, hasta que llegó aquella Nochebuena, cuando un camión invadió su carril y cambió sus vidas para siempre. El misterio era demasiado abrumador, un sinsentido excesivo, para que cualquiera pudiera explicarlo. En el funeral, en San Antonio, ella se sentó con los Ritter en uno de los bancos laterales, no en la nave central, y escuchó las monótonas palabras del sacerdote a través de los altavoces. Hannah nunca quiso volver a la iglesia, y los Ritter nunca insistieron en que lo hiciera.

Si ahora cerraba los ojos, todo volvía a su mente: el agudo olor a polvo y a incienso que cosquilleaba en su nariz cuando era pequeña; las notas musicales que flotaban desde el fondo de la iglesia y que luego regresaban como ecos, apagadas y aterciopeladas.

Las lágrimas comenzaron a brotar de manera imperceptible, y muy pronto se encontró llorando abiertamente, sin saber por qué. ¿Lloraba por el consuelo que nunca recibió de pequeña, o por el que conscientemente había rechazado como adulta? ¿O, quizá, por la milagrosa oportunidad de empezar de nuevo que había recibido? Hurgó en sus bolsillos en busca de un pañuelo.

En la sacristía, el joven sacerdote escuchó los sollozos y se preguntó si debería ir en busca de monseñor. A los dos años de haber dejado el seminario, éste era su primer destino parroquial. Hasta ahora, sus deberes se habían limitado en buena medida a conducir el grupo de jóvenes y a oficiar las misas tempranas, porque a monseñor le gustaba dormir hasta tarde. No había aconsejado a nadie seriamente y no estaba seguro de saber cómo hacerlo.

De momento, la próspera congregación había demostrado que no tenía problemas que contar o que era reticente a revelar sus aflicciones a un novicio.

La mujer llorando en el banco del fondo era una novedad. La había visto una o dos veces desde lejos, y le pareció relativamente despreocupada. Pero ahora parecía en verdad angustiada e incapaz de dominarse.

—No quisiera molestarla —le dijo tras acercarse, dudoso—. ¿Puedo serle útil en algo?

Hannah alzó la vista, sorprendida.

—Lo siento. Ya me iba.

—Por favor, no se vaya —dijo el sacerdote con un entusiasmo levemente impropio de la situación—. La dejo tranquila, si usted lo prefiere. Pensé que querría hablar, o algo así —mientras Hannah se secaba los ojos con el dorso de la mano, observó su rostro. Tenía el cabello de color negro azabache, en contraste con una piel blanca, inmaculada, que hacía juego con las estatuas de mármol de los nichos de la pared. Era una cara irlandesa, frecuente en el área de Boston, con vivos ojos oscuros. Se apretaba nerviosamente las alargadas manos—. Ya nos hemos visto antes. Soy el padre Jimmy.

—¿Jimmy?

El cura se rió, como disculpándose.

—En realidad, James. Pero todos me llaman padre Jimmy. O Jimmy a secas. Todavía no me acostumbro a la parte de padre.

—Me gusta padre Jimmy. Suena simpático —se sonó la nariz y volvió a secarse los ojos.

—¿Vive por aquí? —preguntó el cura, otra vez con demasiado entusiasmo—. Lo que quiero decir es que la he visto caminando por ahí fuera, así que imaginé que vivía en el vecindario.

—Aquí mismo, en la calle Alcott. Me apetecía venir. Me gusta esta iglesia. Es tan luminosa y amplia. No es oscura, como la de mi niñez.

—¿Dónde era eso?

—Duxbury, en South Shore.

Los ojos del clérigo mostraban interés.

—¿Se ha mudado aquí con sus padres?

—No, yo vivo con..., con unos amigos.

El sacerdote dudó antes de preguntar.

—¿Un novio?

—No, sólo amigos. Mis padres murieron en un accidente de coche cuando tenía doce años. La última vez que fui a una iglesia fue durante su funeral. No había vuelto a ninguna.

—Siento... que haya estado apartada tanto tiempo.

—Pensé que, puesto que Dios me había castigado quitándomelos, yo le castigaría no volviendo nunca a la iglesia —apartó la mirada, avergonzada por su comentario—. Una idea infantil, ¿no cree? Dudo que el Señor se haya dado cuenta de mi represalia.

La respuesta fue veloz y firme.

—Estoy seguro de que se dio cuenta.

—Mi madre solía decir que Dios siempre nos tiene presentes, pero es evidente que no estaba prestando atención la noche del accidente. De niña, no pude entender por qué. Quería que alguien me lo explicara. Tal vez uno nunca sepa el porqué de estas cosas.

—¿Ha rezado pidiendo ser capaz de comprender? ¿Le ha pedido a Dios que la ayude en eso?

—No. Siempre estuve muy enfadada con él.

—Si no le importa que se lo pregunte, ¿en qué estaba pensando cuando entró en la iglesia?

Ella dejó caer la cabeza, como si ya no quisiera confesarse más. Pero siguió hablando.

—En parte... sentía pena por mí misma, pena por haber estado alejada todo este tiempo. No lo sé. Tuve toda clase de pensamientos.

—¿Hannah? —la voz familiar resonó en el silencio de la iglesia. Jolene estaba de pie a la entrada, sofocada, respirando con agitación—. ¡Aquí estás! He estado buscándote por todas partes. ¿Te has olvidado de tu cita con el doctor Johanson?

—Lo siento. Debo de haber perdido la noción del tiempo. —agarró los libros de la biblioteca y se dirigió al sacerdote—. Ah, padre Jimmy, le presento a mi amiga Jolene Whitfield.

—Encantada de conocerle, padre. Discúlpeme por interrumpir de este modo, pero tenemos una cita en Boston dentro de una hora y usted sabe cómo está el tráfico.

—Es verdad, lo sé —respondió amablemente—. Ven cuando quieras, Hannah —miró a las dos mujeres, que se dirigían hacia la puerta. La luz del sol las transformaba en siluetas. Sólo cuando Hannah hizo una pausa en la entrada y se dio la vuelta para saludarle notó el grosor de su figura. Se quedó pensativo.

—Pensé que ibas a la biblioteca. ¿Por qué te detuviste en la iglesia?

—No lo sé. Paso al lado muchas veces. Tenía curiosidad por ver cómo era por dentro.

Jolene conducía la camioneta con habilidad. Giró en la rotonda, sobre el puente, en dirección a Storrow Drive, aliviada porque el tráfico estaba menos congestionado de lo que esperaba. A su izquierda, el río Charles brillaba como papel de aluminio.

—¿No habías entrado nunca?

—Eché un vistazo un domingo por la mañana, a la hora de la misa, pero no me quedé.

—Es bonita, ¿no? No está tan llena de cosas, tan recargada como tantas otras... Parece muy joven para ser sacerdote... Pero es atractivo.

—Eso fue lo que yo pensé.

—¡Seguro que sí! ¿De qué hablaron?

—Nada especial. De mis padres. De cuando iba a la iglesia de niña. Le comenté que hacía muchos, muchos años que no entraba a un templo.

—Seguro que eso no le gustó.

—Si no le gustó, no hizo comentario alguno que lo indicara.

Jolene se puso seria.

—No les gusta que los fieles sean demasiado independientes. Por eso hay tantas reglas. ¡Reglas, reglas, reglas! Lo que más les interesa es construir iglesias más y más grandes... ¿Le comentaste algo... sobre... ya sabes?

—No. No hablamos mucho tiempo. No salió el tema.

—Se está empezando a notar tu embarazo, por eso lo digo, y la gente va a comenzar a hacer preguntas.

—¿Quién va a hacer preguntas?

—La gente. En la biblioteca, en el mercado. Conocidos y desconocidos se te acercarán y te felicitarán. Te preguntarán cuándo nacerá el bebé. Ese tipo de cosas.

—¿Los desconocidos? ¿En serio?

Un poco más adelante, la carretera estaba siendo pavimentada y un operario con una bandera roja indicaba a los conductores que disminuyeran la velocidad. Jolene puso el intermitente y miró por su espejo retrovisor, para ver cuándo podía pasarse al carril izquierdo. Una camioneta le dio paso y ella saludó, agradeciendo la cortesía.

—Entonces, ¿qué es lo que vas a decir?

—La verdad, supongo, ¿qué otra cosa puedo hacer?

Marcharon en silencio durante un minuto, la conversación ahogada por el sonido de los taladros que destruían el pavimento. Jolene parecía ensimismada. Cuando el ruido disminuyó, le dijo:

—La verdad es un poco complicada, ¿no te parece?

—Supongo que sí. No he pensado mucho al respecto.

—Tal vez debieras hacerlo —replicó la mujer. Viendo lo sorprendida que se quedaba Hannah por su respuesta, agregó—: Nosotras debiéramos pensarlo, es lo que quise decir. Nosotras dos. También es asunto mío. Y de Marshall. Porque es de nuestra vida de lo que estarías hablando. Contándole al mundo que soy incapaz de llevar un embarazo a término. Haciéndoles saber a todos que Marshall y yo esperamos demasiado tiempo para fundar una familia.

—Jamás haría algo así.

—¿Cuántos detalles darías? ¿Les explicarías nuestro acuerdo? ¿O dirías cuánto te pagamos? La mayoría de la gente no entiende de estas cosas. Chismorrean y se ríen a tus espaldas. Créeme, en un pueblo como East Acton ¡eso es lo que hacen! Detestaría que nos convirtiéramos en el hazmerreír de la gente.

Sus manos apretaron el volante y los músculos de su cuello se pusieron visiblemente tensos.

—Cuidado —advirtió Hannah—. Estás muy cerca de la orilla.

Jolene llevó bruscamente el vehículo al centro del carril. Las lágrimas se le acumulaban en los ojos y estaba esforzándose por concentrarse en el camino. Hannah se arrimó y le acarició el hombro.

—Tranquilízate, Jolene. Vas a tener un accidente. No es importante. No tenemos que decirle nada a nadie si no quieres. A mí no me importa.

—¿En serio? ¿No te importaría?

—Nadie tiene por qué saberlo. Lo que quieras hacer me parece bien. Lo que quieras.

Con un suspiro de alivio, Jolene aflojó la presión sobre el volante y parpadeó para deshacerse de las lágrimas.

—Gracias, Hannah. Gracias por ser tan comprensiva.

Al ver que se aproximaba el desvío hacia Beacon Hill, se echó súbitamente al carril derecho, cortándole el paso a otro vehículo, que hizo sonar la bocina con irritación. Finalmente enfilaron, triunfales, la salida de la carretera.

 L DOCTOR JOHANSON SIEMPRE LE HACÍA
sonreír.

—¿Cómo está hoy nuestra encantadora joven? —le
dijo, acariciándose la barbilla. Sus ojos brillaban con una
picardía más propia de un gnomo que de un obstetra de
Boston.

—¿Qué tal me ve? —replicó Hannah, coqueta.

—Como una rosa. Una hermosa rosa. Una flor ex-
quisita —el doctor tenía ánimo conversador—. La primera vez que la vi me dije: no tendremos ningún problema
con esta muchacha. Y es verdad, ¿no? Hasta ahora, ningún
problema. Ni habrá problemas en el futuro. No suelo equi-
vocarme en estas cosas.

Jolene asintió vigorosamente, en consonancia con el
doctor, y la recepcionista se unió al coro sonriendo afir-
mativamente. Hannah sospechaba que había escuchado a
su jefe hablar de ese modo en más de una oportunidad.

El médico alzó el dedo índice en señal de advertencia.

—Pero no debemos hacer tonterías. Seguiremos
con las revisiones, haremos todas las pruebas. Así que
ahora, si nos disculpan —hizo una reverencia a la señora

Whitfield y acompañó a Hannah al consultorio, cerrando la puerta tras ella para que pudiera ponerse la bata.

El espejo que cubría el reverso de la puerta reflejó su cuerpo desnudo. En casa ya había examinado el creciente abdomen, pero ahora se daba cuenta de lo mucho que se le habían ensanchado las caderas. Sus nalgas eran más grandes y redondas. Sin embargo, no estaba gorda. Los cambios eran más notables en sus pechos. Siempre había pensado en sí misma como una chica delgada, pero lo que veía en el espejo era una mujer voluptuosa. Parecía una madre.

Intentaba evitar esa palabra todo lo que podía, incluso en sus pensamientos. Jolene era la madre. Se trataba del óvulo de Jolene y el esperma de Marshall. Ella era la incubadora, como había dicho el doctor Johanson. Pero no parecía una incubadora. La mujer del espejo, rebosante de vida nueva que crecía en su interior, parecía una madre. No había otra palabra.

Se pasó las manos amorosamente por el estómago.

—¿Qué tal ahí dentro? —murmuró.

El golpecito que Johanson dio a la puerta cortó la escena.

—¿Estás lista, Hannah?

—En un segundo —se echó un último vistazo y guardó la sensual imagen en su memoria, antes de colocarse el camisón—. Ya puede entrar.

El reconocimiento era rutinario. El doctor Johanson la pesaba, le tomaba la tensión arterial, escuchaba su corazón y le sacaba algo de sangre. Después le preguntaba si tenía alguna molestia.

—Ya no duermo toda la noche seguida —respondió Hannah—. Me resulta difícil ponerme cómoda. En general, me despierto porque tengo que ir al baño. Tres, cuatro veces cada noche.

El médico tomó notas en su libreta.

—No hay nada anormal en eso. Es importante que bebas mucha agua. ¿Y quién no estaría incómodo con lo que llevas dentro? —se rió—. Ahora recuéstate. Vamos a medir, ¿de acuerdo?

Hannah se acomodó sobre la camilla de reconocimiento. El doctor sacó un metro de su bolsillo y, poniendo un extremo sobre el hueso pélvico, lo extendió sobre su ombligo.

—¡Veintiún centímetros! —anunció—. ¡Perfecto! Ni demasiado, ni demasiado poco. Estás creciendo al ritmo exacto. Pero para asegurarnos...

Acercó una pesada máquina hasta el borde de la camilla. Antes de que la colocara donde Hannah no pudiera verla, la joven alcanzó a atisbar un monitor de televisión y varias hileras de teclas y botones sobre una futurista consola.

Con suavidad, le aplicó un líquido lubricante sobre el vientre.

—Está frío, ¿no?

—Un poquito. ¿Para qué es? —preguntó la chica.

—No hay que preocuparse. Vamos a sacar unas imágenes para asegurarnos de que todo se está desarrollando normalmente. Se hace con ondas sonoras, así que no sentirás nada. ¿Sabías que durante la Segunda Guerra Mundial la Marina desarrolló esta tecnología para determinar la posición de los submarinos en el océano? Ahora la utilizamos para ver la posición del bebé en el fluido amniótico. Eso es progreso, ¿verdad? —encendió la máquina y comenzó a mover sobre su estómago un pequeño aparato de plástico que Hannah encontró similar al ratón de un ordenador. Le hacía cosquillas—. ¿Cómo te están tratando los Whitfield? —preguntó, mientras miraba el monitor.

—¡Demasiado bien!

—¿Te alimentan bien? Es muy importante. Queremos un bebé sano, fuerte.

—Como demasiado.

El ratón se detuvo y el doctor Johanson se inclinó sobre el monitor. Después comenzó a moverlo otra vez, explorando sistemáticamente el vientre de Hannah.

—Éste no es el momento para preocuparse por la silueta. Tendrás mucho tiempo para ello después. Ahora disfruta de la comida. Recuerda, mucho hierro, carnes rojas, espinacas —emitió una serie de gruñidos de aprobación y finalmente apagó la máquina y limpió el aceite del vientre de Hannah con un paño húmedo—. Ya te puedes vestir.

Jolene estaba hojeando una revista de decoración cuando Hannah y Johanson salieron a la sala de espera.

—Sin problemas —proclamó el doctor—. Tal como le había dicho. Antes de que nos demos cuenta, ¡pum! Tendremos a nuestro bebé. ¿Las veo en otras dos semanas?

Entregó a la recepcionista varios papeles, y estaba a punto de retirarse cuando Jolene se dirigió a él.

—Ya que estoy aquí, doctor, ¿le importa que le haga unas preguntas? Sólo le entretendré uno o dos minutos.

El doctor Johanson miró su reloj y luego a Hannah, con un gesto que sugería que peticiones de esa clase eran muy frecuentes. Todo el mundo tenía un dolor o una molestia que ocuparía sólo un minuto de su tiempo. En realidad querían una consulta gratis. Era un riesgo de la profesión.

—Por supuesto, señora Whitfield —suspiró—, venga por aquí.

Hannah agarró un ejemplar de la revista *People* e intentó interesarse por la historia de la portada, que hablaba de una actriz de dieciséis años que había protagonizado una exitosa serie televisiva en la que hacía de guardabosques.

La fotografía la mostraba en bikini sobre una moto de nieve, «calentando el parque», como decía el titular.

La puerta de la sala de espera se abrió y entró una mujer de unos treinta años. Saludó con un movimiento de cabeza a la recepcionista y, con un sonoro «¡uf!», se derrumbó sobre una silla frente a Hannah. La chica alzó la vista: la mujer era enorme y su frente brillaba por el sudor.

—Dios, ¡qué gusto poner los pies en alto! —exclamó la recién llegada a modo de explicación—. ¿Es el primero?

—Sí.

—Bueno, ¡éste es mi tercer y último embarazo! Le dije a mi marido que mis trompas iban a quedar atadas con un precioso lazo después del parto. Él quería un varón. ¿Qué le podía decir? Va a tener un chico para llevarlo a los partidos de los Red Sox de aquí a diez años, si no me caigo muerta de agotamiento en la próxima hora. ¿Sabes qué va a ser el tuyo?

—No, no lo sé.

—Algunas personas prefieren no saberlo. A mí las sorpresas no me gustan mucho. De este modo, me parece que todos pueden hacernos el regalo apropiado. Aprendí esa lección duramente. Mi esposo fue y compró camisetas deportivas, pantalones, gorras de béisbol y no me acuerdo cuántas cosas más para el primero. Incluso le compró botas. No me preguntes por qué. Naturalmente, resultó ser una niña y todo eso todavía está guardado en algún cajón. ¿No tienen tú y tu esposo la más mínima curiosidad?

—Niña o niño, me parecerá bien.

Esto es lo que Jolene había querido decir al hablarle de las conversaciones con extraños. Al verte embarazada, dejan de lado todas las formalidades y comienzan a disparar preguntas. Hannah no podía imaginar a la gente aproximándose a una mujer no embarazada y preguntándole si le dolían los tobillos o de qué humor estaba su novio.

Pero el embarazo parecía ser una invitación abierta a todas las preguntas.

Deseosa de cortar la charla, ¡y nuevamente con ganas de orinar!, Hannah se excusó y le dijo a la recepcionista que necesitaba ir al baño.

—Ya sabes dónde es. La penúltima puerta a la derecha.

Hannah caminó por el pasillo, pasando el despacho del doctor Johanson, el consultorio que ya conocía y una sala de rayos X. Estaba a punto de entrar al baño cuando escuchó las voces de Jolene y el doctor, procedentes de un cuarto situado al final del corredor. No podía escuchar lo que decían, pero estaba claro que Jolene parecía excitada. ¿Trataba de calmarla el médico?

Curiosa, se acercó de puntillas. La puerta estaba parcialmente abierta y la habitación no tenía más luz que el brillo ocasional de una bombilla. Jolene y Johanson se encontraban de espaldas a la puerta, de pie, mirando juntos la pantalla de un monitor.

—Estoy a punto de explotar —dijo Jolene—. Es lo que había esperado tanto tiempo. Lo que queríamos.

El doctor Johanson le señaló a Jolene algo en la pantalla.

—Está sonriendo.

Se movió mientras tocaba unos botones y Hannah entrevió que miraban una imagen en blanco y negro en el monitor. No podía ver claramente de qué se trataba. Parecía un capullo, algo metido en una especie de cápsula. Entonces vio movimientos y la imagen se aclaró, tomó forma. Era un feto. Se distinguían la cabeza y las piernas, recogidas sobre el cuerpo en forma de media luna. Esforzándose, Hannah pudo distinguir una pequeña mano descansando sobre la mejilla. Estaba hechizada.

El doctor Johanson se puso de pie y volvió a fijar su atención en la pantalla. Ahora Hannah volvía a estar tapada. El médico pasó el brazo por el hombro de Jolene, acercándola y susurrándole algo que la joven no pudo oír. El gesto le pareció sorprendentemente íntimo. Como no quería que la descubrieran fisgoneando, se apartó rápidamente.

De pronto, se dio cuenta de lo que había visto. Fue como si experimentase una gran sacudida. ¡El feto de la pantalla era el suyo! Un verdadero ser humano, con pequeñas manos y pies, y un corazón que latía. ¡Y la mano se había movido! Ella lo había visto. ¡Era una madre auténtica!

Las emociones se agolparon en su ánimo hasta producirle vértigo, casi mareos. Tenía que volver a la sala de espera antes de que fuera demasiado tarde. Estaba a punto de desmayarse...

—No te pasa nada, ¿verdad? —preguntó la mujer embarazada mientras Hannah se dejaba caer en una silla—. Estás blanca como la leche.

—Estoy bien. Tengo un poco de hambre, eso es todo.

—Qué me vas a contar —dijo la mujer—. Comer y hacer pis, hacer pis y comer. Es todo lo que hacemos. —Hannah hizo un esfuerzo para sonreír—. Pero déjame que comparta un secreto contigo —continuó—. El día que ponen el bebé en tus brazos es el más feliz de tu vida. ¿Y sabes lo que es todavía mejor?

—¿Qué?

—El segundo día, el tercero, el cuarto y el quinto.

Una Jolene feliz irrumpió en la sala de espera, seguida de Johanson.

—Gracias, doctor, por su paciencia —le dijo, y luego se dirigió a Hannah—: ¿Qué te parece si nos vamos a comer a un buen restaurante? Conozco uno muy elegante en la calle Newbury.

—Como quieras.

—Eso es lo que me gusta oír —dijo el doctor Johanson—. ¡Buenas comidas, buenos alimentos, cantidades saludables! —luego saludó a la otra paciente—. ¿Y cómo está usted hoy, señora McCarthy?

—Estaré mucho mejor, doctor, cuando deje caer este peso.

—Ya no falta mucho, se le prometo, señora McCarthy.

—Diez minutos son demasiado tiempo. O sea que falta muchísimo.

—Vamos, vamos. Una semana más, es todo. Por aquí, por favor.

La señora McCarthy se puso en pie y siguió al doctor. Justo cuando estaba a punto de desaparecer, se dio la vuelta hacia Hannah.

—¡Recuerda! Vale la pena cada segundo. Es maravilloso.

En el vestíbulo, saliendo de la clínica, Hannah le preguntó a Jolene si todo estaba bien.

—Estuviste mucho rato con el doctor.

Jolene quitó importancia a su encuentro con el médico.

—Ya sabes cuánto me preocupo. Soy muy pesada. Me obsesiono con cualquier tontería. Pero el doctor Johanson dice que estoy bien. No era nada. Nada de nada. Afirma que no puedo estar mejor.

CAPÍTULO
XVIII

L A IMAGEN DE LA PEQUEÑA MANO APOYADA EN LA cabecita perseguía a Hannah. También la idea de que un día sostendría la manita y acariciaría la pequeña cabeza. Quería hacerlo, aunque sólo fuera una vez, unos instantes.

¿Por qué no le habían mostrado lo que ahora ella sabía que eran ecografías de su bebé? Le molestaba el comportamiento secreto de Jolene y el doctor Johanson, agazapados sobre el monitor de televisión examinando las imágenes del niño en su vientre. Le parecía una violación de su intimidad. El niño era de Jolene, cierto, y ella tenía todo el derecho del mundo a verlo. ¿Pero no lo tenía también Hannah? Se suponía que iban a recorrer juntas el camino. Y las primeras imágenes del bebé le habían sido ocultadas deliberadamente.

Hannah recordó que estaba allí para realizar un trabajo muy especial, que hacía su cuerpo. ¿Cómo era posible que los Whitfield, a quienes consideraba bondadosos, esperaran que se olvidara de las sensaciones que estaba experimentando?

Todas las noches se iba a dormir con el bebé en los pensamientos, y cada mañana, incluso antes de ponerse la bata y las zapatillas, su corazón volaba otra vez hacia la criatura que pronto nacería. Le hablaba cuando creía estar a solas o cuando Jolene se encontraba lejos. Y pronto comenzó a imaginar que el pequeño le respondía. Se cruzaban mensajes todo el día. «Te quiero mucho». «También yo te quiero». «Lo eres todo para mí». «Y tú para mí».

Jolene no volvió a hablar de su visita al doctor. Por contra, se preocupaba cada vez más por las «apariencias».

Ese fin de semana, durante la cena, sacó a colación el tema de las conversaciones con la gente y de lo que debían decir cuando les preguntaran.

—No hay nada de qué avergonzarse —insistió Marshall—. Es nuestro hijo. Hannah nos está brindando un servicio y una asistencia especial y afectiva. No tiene por qué negarlo.

—No digo que deba negar nada. Lo que me pregunto es por qué cualquier desconocido tiene que estar al tanto de nuestros asuntos. Tú sabes de sobra lo chismosa que es la gente en este pueblo. Con los amigos íntimos, bueno, es otra cosa.

—Estás dando demasiada importancia a este asunto —insistió el marido—. La gente que diga lo que quiera. Y, al fin y al cabo, ¿no te parece que todos tienen derecho a saber que este servicio está disponible?

«¿Servicio?», pensó Hannah. La expresión la inquietaba.

Jolene no estaba convencida.

—Entonces, ¿qué dirá en la biblioteca cuando esté buscando libros y la bibliotecaria le pregunte cuándo nacerá el niño? ¿O qué contará en la galería? Piensa en toda la gente que estará en la inauguración. ¿Qué les dirá?

—Les dirá que en diciembre, que nacerá en diciembre. Es muy sencillo.

—¿Y qué sucederá si alguien le pregunta por el padre? ¿Dirá «es el simpático señor Whitfield, que vive en la calle Alcott»? ¡Imagínate!

—Me rindo, Jolene, tú ganas. ¿Qué es lo que sugieres? —la irritación de Marshall era visible.

La mujer puso sobre la mesa un pequeño estuche y lo abrió. Sobre un fondo de terciopelo negro se destacaba un anillo de compromiso.

—Esto responderá a muchísimas preguntas, créeme. Ella puede decir que su esposo está en el extranjero y que vive provisionalmente con nosotros. ¿No es una buena explicación?

—No quiero que Hannah haga nada con lo que no se sienta cómoda.

—Tomémoslo como un juego en el que Hannah será la protagonista. Es sólo un anillo, Marshall.

El hombre se reclinó en la silla, reacio a continuar con la discusión.

—¿Qué te parece, Hannah?

—No sé. ¿Crees que es verdaderamente necesario?

—¡Otra igual! —exclamó Jolene—. ¿Qué daño puede hacer una mentira tan inocente? ¡Un anillito de nada! Y si mantiene a raya a los indiscretos... Pruébatelo, Hannah. Hazlo por mí. Una pequeña prueba, nada más.

La joven cogió el anillo del estuche y lo deslizó en su dedo.

—¡Le queda bien! —gritó Jolene, tan alegre que Hannah no se atrevió a quitárselo.

ANNAH CONTINUÓ SOÑANDO CON LA CABE-
cita que un día descansaría contra su pecho,
con la pequeña mano que cogería la suya y con esos piececillos que ahora empezaban a dar patadas dentro de ella
y pronto las darían fuera, hasta destaparse en la cuna azul.
Se inclinaría y le haría cosquillas, y luego acomodaría la
blanca manta sobre el diminuto cuerpo y...

Pero no. Sería Jolene quien acomodaría la manta y
haría las cosquillas a los piececitos. Hannah se esforzó en
pensar en otra cosa. No ganaba nada entregándose a se-
mejantes ensoñaciones.

Se puso a dar vueltas sin rumbo por la casa. El coche
de Jolene no estaba en el garaje. No había nadie. Fue al piso
superior, cogió un suéter de su cómoda y se lo puso sobre
los hombros. Quince minutos más tarde estaba sentada en
el último banco de Nuestra Señora de la Luz Divina.

Había unos pocos fieles, en su mayoría mujeres mayores, cerca del confesionario. Las devotas desaparecían
en él una tras otra, para emerger minutos más tarde y arro-
dillarse frente al altar, donde recitaban quedamente los
avemarías que el sacerdote les había encomendado como

penitencia. No permanecían mucho tiempo arrodilladas, de modo que sus pecados, supuso Hannah, no podían ser graves. Al menos no tanto como el que ella no podía apartar de sus pensamientos.

Y pensar en un pecado era casi tan malo como cometerlo. Eso le habían enseñado las monjas en la clase de catecismo.

Vio que la última mujer dejaba el confesionario y se arrodillaba frente al altar. Ahora saldría el padre Jimmy. Pero no fue él quien apareció. Era un sacerdote de mayor edad, unos sesenta años, fornido, de facciones curtidas y pelo cano enmarañado. Se detuvo brevemente a conversar con una de las parroquianas.

Intentando superar su decepción, Hannah se acercó y esperó en silencio a que terminara la conversación y pudiera prestarle atención. De cerca, su rostro parecía autoritario, las rudas facciones daban impresión de rigor y fortaleza. Sus nutridas cejas también eran canas, lo que destacaba aún más sus llamativos ojos oscuros.

—Discúlpeme, ¿no está el padre Jimmy?

—¿Para confesarse?

—No, sólo quería hablar con él.

—Creo que está en la rectoría. ¿Puedo ayudarla en algo? —su voz profunda y sonora parecía surgir de la tierra.

—No, no. No quiero molestarle. Volveré en otro momento.

—No le molestará. Es su trabajo. ¿Por qué no viene conmigo, señora...?

Hannah tuvo un momento de confusión, hasta que se dio cuenta de que el cura había visto su alianza.

—Manning. Hannah Manning.

—Encantado de conocerla, señora Manning. Es nueva aquí, ¿verdad? Yo soy monseñor Gallagher.

La rectoría, una casa de dos pisos con celosías blancas y un amplio porche, estaba a tono con el resto del barrio, aunque no era tan grandiosa como la mayoría de los edificios. Monseñor Gallagher la hizo pasar a la recepción. Los muebles no eran de gran calidad, pero la habitación estaba inmaculada. La madera, muy bien pulida, brillaba intensamente. La ausencia de adornos y elementos domésticos indicaba que la habitación se reservaba para actos y encuentros oficiales. Una señora de edad apareció para preguntarle a Hannah si quería una taza de té y, al recibir una respuesta negativa, volvió a la cocina.

—Si toma asiento, señora Manning —dijo monseñor Gallagher—, iré a buscar al padre James. O padre Jimmy, como lo llama usted. Usted y todos los demás —a mitad de la escalera se detuvo y agregó—: Espero verla con frecuencia en el futuro. Naturalmente, la invitación es extensiva a su esposo, si él lo desea.

—Gracias, se lo haré saber —respondió Hannah ruborizándose levemente.

Cuando hizo su aparición minutos después, el padre Jimmy pareció sorprendido y a la vez contento de ver a la chica.

—¿Cómo estás? ¿Todo va bien?

—Bien, bien. Le pregunté a monseñor si estabas, y antes de que pudiera darme cuenta, me condujo hasta aquí.

—Le gusta hacerse cargo de todo. Es una buena cualidad para manejar una parroquia.

—No quiero quitarte tiempo. Sólo deseaba conversar. No estoy interrumpiendo nada importante, ¿no?

—No, estaba con mi ordenador, navegando en internet. Podemos hablar fuera, si lo prefieres. Hace un día precioso.

Una corriente de aire frío del norte había suavizado el agobiante calor que suele apoderarse de Massachusetts a finales de agosto, y los jardines, que ya deberían llevar tiempo quemados por el sol, permanecían verdes y frescos. A medio camino entre la rectoría y la iglesia, la sombra de un par de arces caía sobre un banco de piedra. Hannah se sentó en un extremo, el sacerdote en el otro, como si ambos conocieran una regla no escrita sobre la proximidad adecuada entre un religioso y una feligresa cuando ésta es joven y atractiva.

—He tenido algunos pensamientos perturbadores, eso es todo —dijo Hannah—. Pensé que me ayudaría poder comentarlos con alguien —el sacerdote esperó a que continuara hablando—. Pensamientos que no debería tener. Pensamientos equivocados.

—Entonces haces bien en querer hablar con alguien.

—El problema es que prometí no hacerlo. No quiero romper esa promesa. Es tan complicado... Vas a pensar que soy una persona horrible.

—No, no lo haré —se quedó sorprendido por la confusión en que pareció sumirse Hannah repentinamente—. Temes traicionar la confianza depositada en ti, ¿verdad?

—Algo así.

—¿Te han hecho alguna confidencia perturbadora? ¿Quizá un encargo inquietante?

—Sí —respondió. El ceño fruncido dejaba clara su resistencia a entrar en detalles. El sacerdote era consciente de su poca experiencia en charlas con jóvenes. Las mujeres mayores y los niños se le acercaban pidiendo la absolución, pero la diferencia de edad le hacía menos consciente de su papel. Los pecados de las ancianas y los niños eran, inevitablemente, triviales. Hannah Manning pertenecía a su generación. El padre acusaba profundamente su inexperiencia.

—Si quieres hablar conmigo bajo el amparo de la confesión, lo que digas no saldrá de allí —le sugirió, señalando hacia la iglesia—. Tengo la sagrada obligación de no revelar nada de lo que digas. Así que no traicionarías a nadie. Tal vez de ese modo pueda ayudarte a encontrar la..., la paz que mereces.

Sus palabras sonaron rimbombantes, casi pomposas, incluso para él. Las decía sinceramente, pero se dio cuenta de que debía hablar con sencillez, desde el corazón, no desde la cabeza. ¿Cómo se hacía eso?

Hannah observó signos de perplejidad en su agradable rostro.

—¿Tenemos que regresar a la iglesia para confesar?

—No necesariamente, podemos hacerlo aquí.

—Pero yo pensé...

—El confesionario aporta intimidad y anonimato a la gente, eso es todo. Si quieres, vamos.

—Creo que preferiría hacerlo aquí.

—Ahora mismo vuelvo.

Entró por la puerta lateral de la iglesia y volvió con una estola púrpura, que se colocó en el cuello mientras se volvía a sentar en el banco. Evitando los ojos de Hannah, hizo la señal de la cruz y la bendijo.

—En el nombre del Padre, y del Hijo, y del Espíritu Santo, amén.

La respuesta, archivada en la memoria de Hannah desde la infancia, brotó de manera automática.

—Bendígame, padre, porque he pecado. Han pasado siete años desde mi última confesión. Éstos son mis pecados —dudó—. Yo..., yo quiero algo que no me pertenece.

—¿De qué se trata?

—De este bebé. Quiero quedarme con este bebé.

El padre Jimmy logró ocultar su sorpresa a duras penas. ¿Por qué no iba a poder quedárselo? ¿Estaba enferma? ¿Corría peligro el bebé? Nadie se le había acercado antes para hablar con él de un aborto.

—¿Alguien te dice que no puedes quedártelo? —preguntó.

—No me pertenece. No es mío.

—Lo siento, no te entiendo.

—La mujer que te presenté, la señora Whitfield... Es su bebé, yo soy una madre sustituta. Estoy gestando el bebé para ella y su esposo.

—¿Y qué hay de tu propio esposo?

Hannah agachó la cabeza.

—No estoy casada. Me dieron este anillo para que disimule.

—Ya veo —pero no veía. ¿Qué se suponía que tenía que decir ahora? ¿Cuál es la doctrina de la Iglesia sobre madres de alquiler? No tenía ni idea. En silencio, rezó pidiendo inspiración, implorando una respuesta que no le hiciera parecer tan poco preparado como se sentía—. ¿Cuándo..., cuándo comenzaron a surgir estos sentimientos?

—Hace un par de semanas. No sé cómo explicarlo. Siento a esta persona creciendo dentro de mí. Siento el latir de su corazón. Escucho sus pensamientos. Quiero que sea mío, pero no tengo derecho. Los Whitfield han intentado tener un hijo durante mucho tiempo, y los destruiría si me lo quedara. Eso es lo que me dijo la señora Greene. Llevan meses preparando su habitación, su cuna, sus cosas.

—¿Quién es la señora Greene?

—La mujer que arregló todo esto. Tiene una agencia, la agencia a la que fui.

—¿Has hablado con ella de esto?

—Todavía no. En una de las primeras entrevistas me dijo que tenía que estar segura de lo que hacía, porque no quería que sus clientes sufrieran más aún. Ya han pasado bastante, me dijo.

El cura trató de imaginarse la situación, pensó en sus protagonistas, en los extraños lazos que los unían. Recordó la historia bíblica del rey Salomón, que tuvo que decidir cuál de las dos mujeres era la verdadera madre de un niño que ambas reclamaban para sí. No parecía tener aplicación en este caso.

En medio del silencio, pudo escuchar a un par de niños con sus patines, el ruido que hacían los pequeños vehículos sobre la vereda, mientras se alejaban en dirección al pueblo.

—¿Te pagan para que lo hagas? —preguntó.

—Sí —murmuró Hannah—. Supongo que piensas que eso también está mal.

—No, no. Pienso, bueno, pienso que los sentimientos que tienes son muy naturales. ¿No sería extraño que no los tuvieras?

—Amo a este bebé. Lo amo de verdad.

—Como debe ser, Hannah —tienes que ser sencillo, se dijo. Directo. Dile lo que de verdad crees—. Cada instante que lleves contigo a este niño debes amarlo, hacerle saber que el mundo al que va a entrar es un lugar lleno de alegría. Ésa es una parte de tu trabajo. También del mío. Es parte del trabajo de todos. Nadie es dueño de los hijos de Dios. Los padres tienen que dejar que sus hijos crezcan y abandonen el hogar y se hagan adultos. Pero nunca dejan de amarlos. Que tengas que dejar a este bebé no quiere decir que debas dejar de amarlo.

—No sé si podré.

—Puedes, Hannah. Podrás. Lo que estás pasando debe de ser normal en las madres en tu situación. Creo que deberías pedirle consejo a la señora Greene. Seguro que se ha enfrentado a casos similares con anterioridad. ¿Te sientes cómoda hablando con ella?

Hannah asintió.

—Es muy agradable. Ella también tiene un hijo gracias a una madre sustituta.

—Entonces puede entender a todas las partes. Seguramente no quiere que te sientas triste. Acude a ella. Habla con ella. Escucha lo que tiene que decirte. Y promete que luego vendrás a verme.

—Lo haré. Gracias, padre.

El padre Jimmy sintió que le invadía una oleada de alivio. Hannah parecía menos ansiosa. Algo de su habitual dulzura volvía a su rostro. Tal vez no había fracasado completamente.

La acompañó hasta el caminillo y fue recompensado con una tímida sonrisa. Pero durante toda la tarde no pudo dejar de preguntarse si le había dado el consejo adecuado o si, en verdad, su consejo no tenía ningún valor.

ASÓ UNA SEMANA HASTA QUE HANNAH REUNIÓ coraje suficiente para hacer lo que el padre Jimmy había sugerido. Esperó hasta que Jolene se metió en su estudio y estuvo lo suficientemente concentrada en «curar» un lienzo como para no querer detenerse por nada. Entonces asomó la cabeza y le dijo que iba a ir con su coche hasta el Framingham Mall.

—Iría contigo, pero estoy sucia hasta los codos con estuco.

—No te preocupes, otra vez será.

Hannah no tuvo problemas para hallar la calle Revere. La zona hervía de actividad: mensajeros con sus paquetes, oficinistas en el descanso del almuerzo, estudiantes camino de una de las universidades cercanas. Mientras subía la escalera de la agencia, deseó no importunar a la señora Greene. No había llamado antes por temor a que la mujer le dijera algo a Jolene y que ésta reaccionara mal y se pusiera como loca. Le parecía mejor dejar a un lado a los Whitfield por el momento. Una buena charla con la señora Greene pondría, seguramente, todo en perspectiva, tal como le había dicho el padre Jimmy.

Cuando llegó al descansillo, no vio el cartel de Aliados de la Familia y se preguntó si, distraída como estaba, había entrado en un edificio equivocado. Miró a su alrededor. No, allí estaban la puerta acristalada y las letras que la identificaban como la oficina de «Gene P. Rosenblatt, abogado». Así que estaba en el lugar correcto.

Pero el cartel no estaba. Vio varias marcas de tornillos en la pared, donde antes estuvo el rótulo. Pensando que se debía de haber caído, intentó abrir la puerta, pero estaba cerrada con llave. Llamó con los nudillos. Golpeó más fuerte una segunda vez, esperando una respuesta. No la hubo.

Confundida, estaba a punto de bajar las escaleras cuando vio una luz en la oficina del abogado. Cruzó el pasillo y empujó la puerta. Al abrirse sonó una campanilla a modo de bienvenida. Un hombre rechoncho con unas gafas de cristales tan gruesos que parecían haber sido hechos con el fondo de viejas botellas estaba inclinado sobre un archivo.

Se enderezó y parpadeó varias veces.

—¿Sí, jovencita? ¿En qué puedo servirla?

—Estaba buscando a la mujer de la otra oficina, de Aliados de la Familia.

—¿Aliados de la Familia? ¡Eso es lo que quería decir «ADF»! Ah... Muchas veces he estado a punto de pasar, saludar, presentarme, por así decirlo —dio un empujón al cajón metálico, que se cerró con estruendo.

—¿Sabe si ha salido a un recado, o a comer?

—¿Salir a comer? —sus ojos, agrandados por los cristales, parecían espirales—. Tal vez salió una o dos veces, la primavera pasada.

—No, hoy. ¿No la ha visto irse hoy?

—Bueno, eso sería difícil, porque la oficina lleva tiempo cerrada.

—¿Cerrada?

—Sí. Tuve la intención de ir y presentarme, como vecino, para charlar un poco. Antes de que me diera cuenta, se fueron. Lo vaciaron todo y cerraron.

—¿Cuándo fue eso?

—Bueno, veamos —se sumió en lo que parecía una profunda concentración—. Estuve enfermo una semana. Gripe. Me parece que fue entonces cuando quitaron el cartel. No. Un momento. Fue después de que mi hermana viniera de visita. Así es. Ella estuvo de visita a mediados de la primavera. Así que creo que el lugar está cerrado, aunque parezca mentira, desde hace más de cuatro meses.

E N EL ESTACIONAMIENTO, HANNAH ECHÓ UNA moneda en el teléfono y marcó el número de Aliados de la Familia. Sonó cuatro veces y luego se escuchó un clic y una voz grabada dijo que el número ya no estaba en funcionamiento.

Intentó recordar cuándo había tenido contacto con la señora Greene por última vez. Hacía sólo una semana, la mujer había llamado a la casa de East Acton. Hannah no había hablado directamente con ella, pero después de colgar, Jolene le había dicho: «Letitia te manda saludos». Y el primer día de cada mes Hannah recibía su cheque de Aliados de la Familia, a los que la señora Greene siempre añadía una afectuosa nota personal.

¿Pero cuándo la había visto por última vez, cara a cara?

Ya hacía tiempo.

Se preguntó si los Whitfield sabían que las oficinas estaban cerradas. Si lo sabían, no se lo habían dicho.

Caminó hasta el parque cercano y se quedó mirando las embarcaciones de recreo. Muchos estudiantes universitarios descansaban sobre el césped, decididos a tomar el tibio sol de finales del verano. Hannah encontró un banco libre, se sentó y trató de despejarse.

Pero los pensamientos inquietantes no la abandonaban. Primero, el doctor Johanson le ocultó los resultados de la ecografía, y ahora la señora Greene había desaparecido sin decírselo. Era como si Hannah hubiera sido reducida a un papel secundario —sólo servía para llevar dentro de sí el bebé, pero no merecía estar al tanto de acontecimientos significativos—. La estaban excluyendo. Al menos, eso le parecía.

Una madre joven, empujando un cochecito, pasó a su lado. El niño vestía ropas amarillas y un gorrito de igual color atado al mentón. Estaba dormido. La mujer, rubia, llevaba el pelo recogido en un moño que parecía una corona. Sonrió a Hannah con aire de complicidad. Parecía existir una hermandad secreta de embarazadas y madres primerizas, forjada por todos los miedos y alegrías sufridos en común. No hacía falta una comunicación verbal entre las componentes de esa sociedad. Una mirada era suficiente para decir: «¿No es maravilloso?», «merece la pena aguantar tantas molestias».

Hannah se quedó en el parque más tiempo del que pensaba. Cuando por fin se puso en camino, el tráfico de salida de Boston estaba muy congestionado. Los coches no comenzaron a moverse con rapidez hasta que alcanzó la salida de la carretera 128, la de East Acton.

Aunque era tarde, Hannah se detuvo en Nuestra Señora de la Luz Divina y fue directamente a la rectoría. La encargada le informó de que el padre Jimmy se había ido un par de días.

—Su familia tiene una cabaña en New Hampshire —le dijo.

—¿Volverá el lunes?

—No, querida. Estará de regreso para la misa de siete. Por la mañana tempranito. Los sacerdotes no tienen libres los fines de semana. ¿Quieres que le diga que has venido?

—No, no se moleste —contestó Hannah, pensando que éste era el final adecuado para un día desalentador.

Las luces estaban encendidas en la casa de los Whitfield. Marshall ya había vuelto del trabajo.

—Bueno, si es la alegre aventurera —dijo Jolene desde la cocina—. Estábamos a punto de sentarnos a cenar. Espero que esta pierna de cordero no esté seca como una suela de zapato. Ve a lavarte las manos, ¿quieres? —tomó la pierna de cordero con un tenedor—. Marshall, ¿te parece que es una suela de zapato?

Se sentaron en torno a la mesa y Jolene llenó los platos de todos con cordero, puré de patatas y brócoli fresco.

—Bueno —dijo mientras le pasaba un plato a Hannah—, ¿has tenido un buen día?

—Sí, pero estoy un poquito cansada.

—Vas a tener que empezar a guardar energías. Una cosa es ser joven y otra distinta es ser una joven embarazada. ¿Qué tal tu día, Marshall?

—Igual que siempre. Nada especial.

Hannah masticó un pedazo de cordero.

—He estado a punto de visitarte por sorpresa.

—¿En Boston? —el tenedor de Marshall se detuvo antes de llegar a la boca.

—Pensé que ibas a Framingham Mall —dijo Jolene.

—Fui, pero no conseguí lo que quería. Y como hacía un día agradable, decidí seguir hasta Boston.

—¿En tu coche? Me preocupa que lo uses. Marshall, dile que no conduzca ese cacharro distancias largas. Sabes que se va a estropear uno de estos días, ¿y dónde terminarás? Tirada en cualquier lugar de la carretera.

—El coche anda bien. Tiene pinta de viejo, pero nunca me ha dado problema alguno.

—Así y todo, no me gusta. Estaré encantada de llevarte a donde quieras ir. Te lo he dicho cientos de veces. Prefiero llevarte a preocuparme por lo que pueda pasarte a cada momento del día.

—Gracias, Jolene.

Marshall continuó comiendo.

—Posiblemente estés cansada de East Acton. No te culpo. Los jóvenes están habituados a cosas más excitantes. Estoy seguro de que Jolene y yo no somos lo más divertido del mundo para una chica como tú.

—Eso no es verdad. Soy muy feliz aquí.

—Bueno —dijo, dándole unas paternales palmaditas en el brazo.

Por unos momentos, en el comedor sólo se oyó el sonido de tenedores y cuchillos, el roce en los platos, el agua llenando los vasos y el ocasional chasquido de los labios de Marshall.

Hannah interrumpió el silencio.

—Estuve a punto de ir a verte por una razón. Pasé por la oficina de Aliados de la Familia.

—¿Para qué? —preguntó Jolene.

—No he visto a la señora Greene desde que se me empezó a notar el embarazo. Pero cuando llegué...

Marshall terminó la frase por ella.

—La oficina estaba cerrada.

Su respuesta cogió a Hannah por sorpresa.

—¿Lo sabías?

—Sí. Ya no usa la oficina. Ahora trabaja en su casa. ¿No es así, Jolene? La señora Greene trabaja ahora desde su casa.

—Ahora que lo mencionas, sí, recuerdo que dijo algo al respecto.

—Creo que los gastos eran excesivos —continuó Marshall—. Tiene razón, por supuesto. Los alquileres en Boston son astronómicos. Era una forma de tirar el dinero. Muchos de esos servicios operan desde casas particulares. Así que fue, posiblemente, una buena decisión. Creí habértelo dicho.

—Tal vez. Supongo que lo olvidé.

—Bueno, así son las cosas.

—Qué caro está todo —agregó Jolene—. ¡No me atrevo a decirles lo que pagué por este cordero! ¿Querías ver a la señora Greene por algún asunto en particular?

—¿Qué? No, fue sólo una visita. Como estaba por allí...

Jolene se puso de pie y comenzó a llevarse los platos.

—¿Y qué tal las compras? ¿Encontraste en Boston lo que andabas buscando?

Hannah le alcanzó su plato a la mujer.

—No, el día terminó siendo una completa pérdida de tiempo.

A LA MAÑANA SIGUIENTE, CUANDO HANNAH bajó a la cocina, no había señales ni de Jolene ni de Marshall. El único rastro eran los cacharros sucios en el fregadero. Se sintió agradecida por no tener que conversar. La conducta de Jolene como madre protectora se estaba volviendo excesiva, e incluso Marshall, con todo su sentido común, la había irritado la noche anterior con sus increíbles argumentos.

Empezaba a preguntarse dónde se encontrarían cuando las voces que escuchó, procedentes del estudio de Jolene, le dieron la respuesta.

El coche estaba estacionado en batería, contra la puerta del estudio. Marshall y Jolene cargaban el vehículo con los cuadros para la exposición y parecían librar una encendida discusión sobre la manera más práctica de hacerlo.

—Desliza los lienzos, Marshall, no los dejes caer. ¿Cuántas veces tengo que decírtelo?

—¿Por qué no te calmas? Los estoy deslizando.

Hannah decidió que era un buen momento para volver a su habitación. Lo que menos necesitaba esa mañana era verse metida en una discusión sobre logística del transporte de obras de arte.

Durante la hora siguiente continuaron los trajines, con las inevitables recomendaciones de Jolene de «tener cuidado», «mirar por dónde vas» y «ojo con la puerta» multiplicándose minuto a minuto. La mujer estaba más nerviosa que nunca. Hannah intentó concentrarse en un libro y casi lo había logrado cuando el más agudo de los gritos le hizo sobresaltarse en su silla.

—¡Marshall, Marshall! Ven inmediatamente. ¡Dios mío, Dios mío!

Hannah se apresuró hasta la ventana de su cuarto, esperando ver una de las pinturas de Jolene tirada en la grava o atravesada por la rama de un árbol. Lo que vio, en cambio, fue a la mujer arrodillada en el jardín, agachada sobre un objeto demasiado pequeño para ser un cuadro. Marshall se acercó velozmente a su lado.

—¡Mira! ¡Muerto! ¡Está muerto! —sollozando, Jolene se sentó y se abrazó a la cintura de su esposo, permitiendo que Hannah pudiera ver la causa de tanta congoja. En la hierba, frente a ella, había un gorrión muerto.

—¿Por qué se murió, Marshall? ¿Por qué? Se supone que éste es su santuario, el lugar donde nada puede ocurrirles.

—Está bien, Jolene. No sufras. Todo muere, tarde o temprano.

—¡Pero no aquí! Nada debería morir aquí —la continua convulsión de sus hombros indicaba que Jolene se resistía a ser consolada—. ¿Qué significa esta muerte, Marshall?

—No significa nada —insistió. Mientras levantaba del suelo a su esposa, elevó la vista y vio a Hannah en la ventana de su dormitorio.

—Te traeré una taza de té —le dijo a su esposa, que permitió que la condujera hasta la casa. Justo antes de entrar a la cocina, agregó—: Estás nerviosa por la exposición. No hay nada de malo en ello. Es normal. Todo está perfectamente bien.

Hannah presintió que esas palabras eran pronunciadas tanto para Jolene como para ella.

XXIII

Ꝉ A GALERÍA PRISMA ESTABA UBICADA EN EL SE-
gundo piso de una casa restaurada, en la calle
Newbury, sobre una droguería de lujo. No había ascensor.
Un cartel colocado en un atril, a la entrada, señalaba hacia
la escalera.

«Visiones y vistas»
Nuevos trabajos de Jolene Whitfield
Del 2 al 25 de septiembre

La inauguración estaba programada para las cinco
de la tarde. Cuando llegaron Hannah y Marshall, apenas
pasada la hora (Jolene había estado allí todo el día, atendiendo detalles de última hora), ya se encontraban en la
galería varias docenas de personas, charlando animadamente. Un mozo servía vino blanco y refrescos en una
mesa que había en un rincón, mientras otro circulaba entre
la gente con una bandeja llena de bocadillos.

Insegura, sin saber muy bien cómo comportarse,
Hannah se detuvo a la entrada. Para ella las galerías de arte,
como las iglesias y los museos, eran lugares que inspiraban

mucho respeto, donde se hablaba en voz baja y se estaba en actitud reverencial. Pero se había encontrado algo más parecido a una fiesta que a una solemne ceremonia, con gente riendo y hablando en voz alta todo el rato.

—No te sientas intimidada —le dijo Marshall al ver su nerviosismo—. Aquí todos son amigos y conocidos de Jolene. Los críticos vienen después.

Hannah paseó la mirada por la multitud y enseguida vio al doctor Johanson entre los invitados. La mujer que estaba a su lado le resultaba conocida, pero hasta que no se puso de perfil no se dio cuenta de que era la recepcionista del doctor, que había cambiado su uniforme blanco por un vestido negro con un escote muy atrevido. Al menos conocía a un par de personas.

—Déjame que avise a Jolene de que hemos llegado —dijo Marshall—. ¿Quieres que te traiga un refresco?

—De momento no, gracias —respondió Hannah—. Antes voy a echar un vistazo a los cuadros —pensaba que de esa manera, alejada del centro de la sala, llamaría menos la atención.

Más de una docena de grandes pinturas colgaban de las paredes de la galería. A Hannah le parecieron más confusas que cuando las vio en el estudio de Acton. Allí tenían sentido, se aceptaban como un extraño pasatiempo de Jolene. Pero aquí, en un lugar público, las encontraba raras, aunque la gente las examinaba con detenimiento y en general todos asentían y hacían comentarios favorables. Pensó que, obviamente, significaban algo.

Hannah se acercó a uno de los cuadros, dividido en cuatro partes desiguales por gruesas líneas marrones que corrían de arriba abajo y de izquierda a derecha. En el centro de la tela se había abierto una incisión de unos sesenta centímetros con un cuchillo sin filo. Jolene había cosido el corte con hilo, pero las puntadas eran rudimentarias y dejaban al espectador la impresión de que los dos extremos pugnaban por separarse. Tal costurón, supuso Hannah, sería una de las «heridas» que Jolene infligía a sus telas y luego «curaba» con gran trabajo...

Cierto material daba textura esponjosa a la parte inferior de la tela. Pero lo que más confundía a Hannah eran las manchas, o mejor dicho las salpicaduras. Jolene parecía haber salpicado deliberadamente agua rojiza en la parte superior de la tela, para luego dejarla escurrir.

La joven intentó recordar lo que Jolene le había dicho alguna vez —una pintura significa lo que quieras que signifique—, pero, por más que pensara en ello, seguía sin tener ni idea de lo que el cuadro intentaba decir. No era agradable. Pensó que uno no querría despertarse por la mañana y tener una pintura como ésa delante.

Se acercó al título colocado a la derecha, en busca de una pista. *Renovación,* decía. No fue de ayuda alguna. Siguió sin entender.

Pasó a contemplar la pintura siguiente, identificada como *Catedral.* Un hombre musculoso con una ajustada camiseta negra y el pelo de color azul —la chica se preguntó al principio si ese color no sería una alucinación suya— la estaba examinando junto a un señor delgado, miope y con orejas en forma de asas, que bien podría haber pasado por un contable. Los dos hombres le echaron una mirada furtiva y luego se alejaron, dejándola a solas en la contemplación de la tela.

Consistía en su mayor parte en fragmentos de vidrio coloreado incrustados en manchas de pintura negra. Hannah tenía dificultades para distinguir la catedral a la que aludía el título. No se veía, a menos que fuera un templo destruido por una bomba o un incendio. En el trabajo de su amiga había un tono violento, presente en todos los cuadros. Era como si Jolene estuviera descargando todas sus tensiones sobre las telas. Y así debía de ser. Hannah la había visto trabajando, y desde luego no lo hacía pacíficamente.

—Saluda a *Yvette*.

La frase, pronunciada por una aguda voz, había sonado tras ella. Hannah se dio la vuelta y vio a una pequeña y arrugada mujer que llevaba un llamativo turbante púrpura. Un gran bolso colgaba de su huesudo hombro.

—¿Perdón?

La mujer abrió el enorme bolso para que Hannah pudiera mirar su interior. A través de tupidas matas de pelo negro y blanco se encontraba, mirándola, un pequeño perrillo.

—Habitualmente ladra a los extraños. Pero insistió en que te la presentara.

Hannah alargó con cierta prevención la mano y acarició al perro, que respondió lamiéndola.

—¿Ves? ¿Ves? —dijo la mujer, extasiada—. *Yvette* te identificó inmediatamente como una persona muy especial. ¿No es así, repollito?

—Es muy amistosa la perrita.

—No creas, no siempre lo es. Al principio, cuando la compré, casi no me hablaba. Necesité meses para conseguir que saliera de su caparazón. Y a mi marido, Dios lo tenga en su gloria, no le reconoció ni en el día de su muerte. ¿Quieres tenerla en brazos?

—No quiero molestarla.

Miró sobre el hombro de la mujer, ansiosa por que Marshall regresara. La galería se había llenado y el ruido crecía de manera notable. Hannah vio a Jolene en el centro de un grupo de admiradores y la saludó, pero antes de que la mujer pudiera responder, nuevos admiradores se le acercaron y fue literalmente secuestrada. Sus pinturas eran realmente un éxito.

—No molestarías a *Yvette* de ninguna manera —insistió la mujer del turbante—. Todo lo contrario. Si la tuvieras un minuto, ambas lo consideraríamos un honor.

Justo cuando estaba a punto de sacar al perro del bolso, una mujer elegantemente vestida, con aros de perlas, se puso frente a ella y cogió a Hannah de las manos.

—¡Esperaba encontrarte aquí esta noche! —dijo, y luego, volviéndose a la mujer del perro, Letitia Greene añadió—: No le importa si interrumpo, ¿verdad?

—Bueno, estaba a punto de...

—¡Es que Hannah y yo no nos hemos visto en siglos! ¡Y tengo tanto que contarte! Veamos si podemos encontrar un lugar tranquilo para conversar, Hannah.

El perro volvió a su bolso.

—Fue un placer conocerla, y a *Evelyn...*, quiero decir a *Yvette* —dijo Hannah, volviéndose mientras Letitia la arrastraba hacia el fondo de la galería, a una sala más pequeña, donde la multitud era menos densa.

La gente se hizo a un lado, sonriente, para dejarlas pasar. Era una de las ventajas de estar embarazada, pensó Hannah. Una nunca tiene que empujar. Los caminos se abren automáticamente a tu paso.

—Gracias por rescatarme, Letitia.

—Te debía una —contestó Letitia—. Cuando Jolene me dijo que viniste a Boston a verme, me sentí tan culpable... Me hizo recordar cuánto te echo de menos. He estado increíblemente ocupada. Ah, ya sé, ya sé. Eso no es excusa. No pretendo que lo sea. Hay que encontrar tiempo para los seres queridos —sin soltar la mano de Hannah, dio un paso atrás y la miró de arriba abajo, sonriente—. Por todos los santos, ¿a quién tenemos aquí? ¡Nada menos que a la más hermosa embarazada de todos los tiempos! ¡Estás absolutamente radiante, Hannah!

—Gracias. Me siento bien, salvo cuando llegan las náuseas...

Letitia Greene levantó la mano para que no siguiera hablando.

—No digas más. ¡No hay nada peor! Algunas de mis clientas juran que jamás volverán a probar bocado. Pero tú te estás alimentando bien, supongo.

—Muy bien.

—Yo también. Desgraciadamente, no tengo tu excusa. Debería cuidar mi línea —Letitia guiñó un ojo para subrayar la broma. Luego señaló los cuadros—. El trabajo de Jolene es sorprendente.

—Es... distinto, eso seguro.

—Van a ser unos padres excelentes. ¡Imagínate! Un alto ejecutivo como padre y una artista como madre. ¡Artista y ama de casa, además! Eso es lo mejor para el niño. Una madre a tiempo completo, siempre en casa. Por eso cerré la oficina de la calle Revere. Quiero decir que no había motivo alguno por el que no pudiera hacer el trabajo desde casa —se encogió de hombros como si la conclusión fuera evidente—. Esa preciosa oficina era una extravagancia. «No eres una mujer de negocios», me dijo mi marido. «Simplemente, ayudas a otras personas». Y tenía toda la razón. A los clientes no les importa venir a casa. De hecho, creo que ni piensan si están en un hogar o en una oficina. Vienen por el servicio que prestamos. Quieren una familia. Podría recibirlos en una tienda de campaña, daría igual. Bueno, vivir es aprender. Y hablando de familias... —abrió su monedero y revolvió unas fotos, hasta que encontró la que andaba buscando—. ¿Recuerdas a mi hijo, Ricky? Ésta es su última foto. El día de su octavo cumpleaños.

—Pronto se convertirá en un buen mozo.

—¡Cada día se parece más a su padre! Lo mejor de todo es que ahora estoy siempre a su lado, cuando llega de la escuela. Si se prolonga una reunión o si tengo una cita de última hora, no importa. Ya estoy en casa. Desde luego, estoy a favor de las mujeres que trabajan. Algunas no tienen más remedio. Pero no nos metemos en semejante berenjenal sólo para llevar a nuestros hijos a una guardería, ¿no? Las niñeras están bien, pero no hay sustituto para una madre de verdad, dedicada en cuerpo y alma. Como lo será Jolene. Pero bueno... hablo y hablo... Cuéntame, ¿cómo estás tú, Hannah?

—Cansada, a veces. Pero básicamente bien.

—¿Y los Whitfield?

—Son muy atentos.

—Mi intuición me dijo que formarían un equipo perfecto. Todos trabajando por un objetivo común. Es de los niños de lo que se trata. ¿Cuál era la razón por la que querías verme cuando fuiste el otro día a Boston?

—Pues... nada importante. Pasaba por allí. Quería saludarte.

Letitia Greene exhaló un gran suspiro. Era una mezcla de alivio y alegría.

—Pues ya nos podemos saludar. ¡Hola, hola! A propósito, como sospechaba que tal vez estuvieras hoy aquí, te he traído tu cheque de septiembre. Verás que sigue todavía impresa la antigua dirección. No he tenido tiempo de encargar cheques nuevos. Pero estoy segura de que no tendrás problemas para cobrarlo. ¡Todavía no estoy en bancarrota! —dejó escapar otra carcajada, mientras Hannah se guardaba el cheque en el bolsillo—. ¡Estas pinturas! Déjame que te enseñe mi favorita. Se llama *Heraldo*. Por supuesto, no tengo ni idea de lo que quiere decir el título, pero los azules son divinos.

Volvió a coger a Hannah de la mano y comenzó a caminar hacia la otra sala. La gente se apartaba, educada, hasta que de repente surgió una mujer de la multitud y les cortó el paso. Hannah pensó que la conocía, que la había visto en alguna parte. Enseguida se hizo la luz. ¡Las trenzas en su cabeza! La había visto el otro día en Boston empujando un cochecito de bebé.

—¡Mira, qué maravilla! —exclamó la mujer con los ojos brillantes—. ¿Puedo?

—¿Cómo dice? —preguntó Hannah, desconcertada.

—No te importa, ¿verdad? Sólo un segundo —tendió ambas manos hacia el vientre de Hannah, como si fuera a acariciarlo.

—Ahora no —intervino enérgicamente Jolene. La mujer se detuvo, sus manos quedaron suspendidas en el aire, cerca de la barriga de Hannah.

¿Qué estaba ocurriendo?, se preguntó Hannah. Aquella chica parecía reverenciarla. Todos la trataban como si fuera un bicho raro. A eso debía de referirse Jolene cuando hablaba de las libertades que se toma la gente con las mujeres embarazadas. Incluso los extraños parecían tener un interés especial en ella.

Desde la otra habitación llegó el sonido de una cucharilla golpeando un vaso. Las conversaciones se apagaron y una voz anunció:

—Silencio, por favor. Me gustaría hacer un brindis.

Era el doctor Johanson.

—Ven, Hannah. Quiero escuchar lo que dicen —con habilidad, Letitia fue maniobrando hasta lograr colocarse ambas al lado del doctor.

—Estarán de acuerdo en que esta noche celebramos un logro muy especial —dijo, elevando la voz para que se escuchara en toda la galería—. Toda esta belleza queda al fin a nuestra disposición, para que la veamos. Es un verdadero honor y un privilegio estar aquí. Así que pido que se unan a mí para dar las gracias a la persona que lo ha hecho posible. Como decimos en mi país, «el manzano que recibe los mejores cuidados es el que brinda la fruta más dulce al llegar la cosecha». ¿Se me entiende? —el hombre del pelo azul asintió—. ¡Bien! Entonces alcen sus copas, damas y caballeros, como yo alzo la mía, a la salud de la mejor cuidadora del manzano, una gran visionaria, Jolene Whitfield.

—¿No estás contenta de estar aquí? —susurró Letitia Greene al oído a Hannah—. Momentos como éste hay pocos en la vida. Debemos valorarlos.

—¿Cuándo cerraste la oficina, Letitia?

—¿Qué?

—Tu oficina de Boston. ¿Cuándo la cerraste?

—Así, de sopetón, no me acuerdo. ¿Qué día es hoy?

—Dos.

—Claro, por supuesto, el día de la inauguración. Tuvo que ser, hmm, ayer se cumplió un mes.

—¿Un mes?

—Sí. Atiende, Jolene está a punto de hablar.

Sofocada por la excitación, la anfitriona se adelantó a la multitud, entre aplausos y gritos.

—No puedo expresar lo mucho que significa para mí la presencia de todos ustedes en este acto —dijo mientras el clamor se apagaba. Sus ojos brillaban por la emoción—. Tantos amigos, ¡tantos seguidores! Tanta gente tan especial a quien dar las gracias —impulsivamente, cogió la mano de Hannah—. Me faltan las palabras.

Hannah tenía la extraña impresión de que, aunque era la gran noche de Jolene, todos los ojos estaban fijos en ella.

L PADRE JIMMY LEVANTÓ EL CÁLIZ SOBRE SU cabeza, alzó la mirada hacia la bóveda de la iglesia y luego se arrodilló frente al altar.

La misa del sábado por la tarde en Nuestra Señora de la Luz Divina se había convertido en una alternativa popular a la del domingo por la mañana, incómoda porque obligaba a madrugar. Además, después había una reunión social en los locales del sótano. Las mujeres de la parroquia llevaban galletas, tartas y otros platillos. La gente disfrutaba cada sábado en torno a la fuente de ponche.

Hannah se sentó en el último banco, que se había convertido en su sitio habitual. Casi todas las primeras filas estaban llenas, pero había espacios vacíos a su alrededor. Los domingos, los habitantes de las casas caras iban a misa, pero los sábados por la noche la iglesia pertenecía a los feligreses más modestos, los que atendían a los ricos: los comerciantes, los mensajeros, los jardineros, todos los empleados y sus familias.

Cuando llegó el momento de la comunión, la mayoría se puso de pie y formó una fila en la nave central, avanzando paso a paso. Una vaga sensación de incomodidad mantenía a Hannah pegada a su asiento.

Se contentaba con observar al padre Jimmy. Le había parecido más joven cuando hablaron en el jardín. Allí, con sus vestiduras verdes, tenía una presencia, un empaque que no había notado antes. Practicaba los ritos con pasión, con frescura, sin que se viera la rutina de lo mil veces repetido. Parecía estar dando la bendición por primera vez. En sus ojos brillaba la fe.

Hannah se puso al fin de pie y se sumó a la fila.

—Cuerpo de Cristo —entonó el padre Jimmy, mientras depositaba la hostia consagrada en su lengua.

Dejó que se disolviera lentamente en la boca, consciente de la alegría, la ligereza que este sacramento proporcionaba a los devotos. Quería experimentarla ella misma.

—Amén —dijo, bajando los ojos.

Y realmente, cuando volvió a su lugar sintió una misteriosa liviandad, a pesar del peso extra que llevaba en el vientre.

Después de la misa, se quedó hasta que la iglesia estuvo vacía. Luego bajó al sótano y se sumó a la multitud, que ya había infligido una importante merma a la comida y los refrescos.

Una llamativa mujer vestida con falda vaquera y blusa la tocó en el hombro.

—No creo que nos hayamos visto antes..., señorita, o señora...

—Manning, Hannah Manning.

—Bienvenida, señora Manning. Me llamo Janet Webster. Webster's Hardware. Éste es mi marido, Clyde —Clyde Webster emitió un amable gruñido—. ¿Le importa si le hago una pregunta? —continuó la mujer, levantando las cejas expectante—. ¿Cuándo llegará el pequeño?

—Ah, en diciembre.

—¡Qué maravilla! ¡Justo para Navidad!

—Justo a tiempo para que ya pueda desgravar en la declaración de este año —comentó el marido, con pragmático sentido del humor.

—Sí, eso también, Clyde —dijo su mujer, algo impaciente—. ¿Ha probado ya el ponche? Si me permite hacerle una pequeña sugerencia, pruebe un poco de la tarta de manzana y canela con especias de la señora Lutz.

Hannah le aseguró que así lo haría y se dirigió hacia el bol del ponche, abriéndose paso entre la concurrencia, que se apartaba amablemente en cuanto notaba su estado. Jolene tenía razón en una cosa: no había modo de esconderse en ese pueblo.

Minutos más tarde, el padre Jimmy apareció en la puerta. Al ver a Hannah en un rincón del salón, se acercó a ella lo más rápido que pudo, que no fue mucho, puesto que, a su paso, todos tenían algo que decirle, e invariablemente él se veía obligado a responder.

—¡Uf! —exhaló de forma sonora cuando al fin quedó libre—. Me ha alegrado verte esta noche, Hannah. Esperaba que volvieras por aquí.

Ella sabía que le estaba hablando como confesor, no como amigo, pero no pudo evitar sonrojarse.

—Me ha emocionado mucho la misa —dijo—. Estabas tan inmerso en ella que me has hecho desear sentir lo mismo que tú.

—La misa siempre ha sido para mí una experiencia muy personal; y ahora que la celebro, he tenido que aprender a comunicar mis sentimientos a los demás.

Hannah notó que el hombre estaba satisfecho con su comentario.

—¿Siempre has querido ser sacerdote?

—Desde que tengo memoria —la miró con atención, como si no tuviera claro si ella estaba de verdad interesada en su vocación o preguntaba simplemente por cortesía. Decidió que la chica era sincera y prosiguió: —Fui monaguillo desde muy pequeñito. Bodas, funerales, bautizos, aprovechaba cualquier excusa para estar en la iglesia. Creo que en esa época mi vocación era simple instinto, pero a medida que fui creciendo me di cuenta de que para mí no había otra cosa y nunca la habría.

—Te envidio. Saber lo que quieres hacer el resto de tu vida es hermoso. Ojalá yo lo supiera. A propósito, gracias por escucharme el otro día.

—He pensado mucho en nuestra conversación. ¿Tienes las cosas más claras?

—Me temo que estoy más confundida que antes.

En ese momento, la señora Webster se apartó del grupo y se acercó. En su mano derecha llevaba un plato de papel que alzaba triunfante. Se diría que acababa de robar un pedazo de ambrosía a los dioses.

—Aquí está, padre Jimmy —dijo—. No voy a dejarle escapar sin que tome una porción de la tarta de la señora Lutz. Es un regalo del cielo.

Él aceptó graciosamente el plato y luego se volvió a Hannah.

—Tal vez debamos hablar en un lugar más tranquilo.

La iglesia estaba casi a oscuras, apenas iluminada por dos pilotos que proyectaban una luz blanquecina sobre los bancos, que parecían cubiertos de escarcha. Unas pocas velas seguían ardiendo. La reunión social en el sótano resonaba como un eco distante.

—¿Has visto a la mujer de la agencia? —preguntó el padre Jimmy.

—¿La señora Greene? Sí, pero no he podido decirle lo que me inquieta.

—¿Por qué?

—No sé cómo explicarlo. Es una mujer agradable, muy cordial y todo eso; pero, bueno... algo me decía que no podía confiar en ella —el padre Jimmy esperó que explicara mejor el asunto—. Cerró su oficina en Boston y no me lo dijo. Incluso mintió sobre la fecha en que lo había hecho. No es que sea una cosa importante. Está ocupada con muchas cosas. No tiene por qué mantenerme al tanto de todos sus movimientos, pero... ¿Alguna vez notas que te dejan al margen, padre Jimmy?

—A veces. A todos nos pasa.

—Yo creo que la señora Greene y los Whitfield son amables conmigo sólo porque les soy útil. En cuanto nazca el bebé, ya no se tomarán tantas molestias. Me enviarán de regreso a casa. Ya lo sé, es parte del acuerdo, pero resulta tan extraño tener gente encima de una todo el tiempo, cuidándote, protegiéndote, cuando en realidad es el bebé lo que les interesa. Es como si yo no existiera. Sé que si se lo digo a la señora Greene ella se lo contará a los Whitfield, y entonces me agobiarán aún más. Últimamente Jolene se ha puesto terriblemente nerviosa.

—Tal vez intuya tus sentimientos. ¿Piensas mucho en el contrato que has firmado?

—No he comprobado mis derechos legales. Pensaba hacerlo cuanto antes.

—No, me refiero a tu contrato moral. Diste tu palabra, prometiste ayudarles. ¿Puedes, en conciencia, incumplir tu palabra? A los ojos de Dios, ¿no deberías tener una razón muy importante para hacerlo?

—Supongo que sí.

—Me has dicho que esa pareja no puede tener un hijo por sí sola. Y ahora Dios les ha proporcionado los medios.

Tú eres el instrumento, Hannah. Tú y tus sentimientos son parte de un plan mucho mayor. Igual que lo somos todos. ¿Puedes pensar en la situación de ese modo? No te están dejando al margen. Estás siendo incluida en algo mucho más grande de lo que puedas imaginar.

—¿Cómo puedes estar tan seguro, padre? Yo nunca he estado segura de nada. Y ahora menos.

—En este edificio me siento muy seguro sobre el plan divino. Fuera, en el mundo, la vida es tan difícil para mí como para ti. Acabo de pasar unos días con mi familia, en New Hampshire. Mis padres tienen una casa y vamos todos los años sobre estas fechas, desde que mis hermanos y yo éramos niños. Es una tradición. Pero en cuanto llegamos, mis padres empiezan a tratarnos como si todavía fuéramos niños. Aquí, en Nuestra Señora, yo atiendo a adultos constantemente. Pero allí, mi padre me grita porque me he comido lo que quedaba de la mantequilla de cacahuate y por tanto soy un egoísta que sólo pienso en mí mismo. Y lo peor de todo es que yo también grito. Me vuelvo a convertir en un niño —se rió, y Hannah con él—. Quiero decir que nadie está seguro todo el tiempo. Gestar ese niño se ha convertido en un objetivo en tu vida, y cuando esté cumplido, temes verte a la deriva. Pero eres joven y saludable, Hannah, y tienes mucha vida por delante. Un día tendrás tu propio bebé.

Una profunda voz resonó en la vacía iglesia y de las sombras salió una figura fornida.

—¡Al fin lo encontré! La señora Forte dijo que se había ido con una preciosa joven y yo pensé: «Ay, Dios mío, otra oveja descarriada» —al entrar a la zona iluminada, monseñor Gallagher mostraba una sonrisa un poco forzada—. Espero no estar interrumpiendo nada.

—No —respondió la chica—. Ya me iba.

—Bueno, todavía queda gente abajo, y te necesitan, padre James. Ya sabes cómo se pone la señora Quinn si no pruebas su pastel de melocotón. Y me temo que la señora Lutz le ha quitado el trono con esa tarta que ha hecho...

—Espero haberte ayudado —dijo el padre Jimmy a Hannah. Después, tras excusarse, se apresuró a regresar al sótano. Hannah pensó que marchaba con un aire levemente culpable.

Monseñor Gallagher le siguió con la vista hasta que desapareció.

—A veces creo que ya no somos sacerdotes, ¡nos hemos convertido en catadores! ¡El alimento espiritual ha sido reemplazado en esta parroquia por las tartas caseras! El sábado pasado una de las mujeres trajo un postre llamado ¡chocolate de la Santísima Trinidad! ¿Dónde iremos a parar con estas historias?

Este nuevo intento de bromear fue acompañado de una sonrisa un poco más sincera.

—¿Nos acompaña, señora Manning?

—La verdad es que ya debería irme a casa.

—Entiendo. A su marido no debe de gustarle que tarde usted demasiado.

¿Qué pensaba de ella, en realidad, este hombre?

—Sí, claro. Buenas noches, monseñor.

Aún había numerosos coches en el estacionamiento. Hannah se sentó en el suyo un momento, pensando en lo que le había dicho el padre Jimmy. Tenía razón, por supuesto. Había hecho una promesa y ahora debía atenerse a ella, lo cual la convertía, después de todo, en una incubadora. No, no era eso lo que el padre había dicho. Un medio para un fin. Parte de un plan mayor. De eso se trataba.

Giró la llave para poner el coche en marcha. Se escuchó un leve clic, y después nada. Volvió a intentarlo.

Otra vez nada. Comprobó la palanca de cambios para asegurarse de que estaba en punto muerto y miró el tablero
para ver si se había encendido alguna luz roja. Todo estaba en orden. Volvió a girar la llave. Esta vez ni siquiera
hubo un clic. Era raro. El coche no le había causado ningún
problema en mucho tiempo, y parecía en perfecto estado
cuando lo llevó hasta la iglesia.

Pero ahora estaba decididamente muerto.

E L LUNES POR LA MAÑANA, HANNAH Y JOLENE estaban de pie en el aparcamiento de la iglesia, mientras Jack Wilson acercaba su grúa hasta el coche averiado. Al verlo ajustar dos grandes ganchos debajo de la defensa delantera y apretar las cadenas, que sonaron como en una historia de fantasmas, Hannah se sintió invadida por la tristeza. El coche no era más que una gran máquina de metal y plásticos, pero era *su* máquina y habían pasado muchas cosas juntos. Cuando sus tíos la irritaban, el viejo automóvil era el cómplice que la alejaba de ellos, aunque sólo fuera para llevarla hasta el cine más próximo, a ver una película. Le debía la poca libertad que había tenido, y ahora...

La voz de Jolene interrumpió sus pensamientos.

—No quiero soltar eso de «ya te lo dije», pero estás mejor sin él. A riesgo de repetirme, insisto en que estoy más que dispuesta a llevarte a donde quieras y cuando quieras, para lo que quieras. Lo único que tienes que hacer es pedírmelo.

Casi parecía feliz, como una Casandra cuyos peores augurios se hubieran cumplido.

El doctor Johanson no estaba tan feliz. Mantuvo un evidente aire de preocupación durante el reconocimiento de Hannah, que a esas alturas ya era semanal. Incluso desaparecieron los comentarios gentiles.

—Tu tensión es inusualmente alta —le dijo en determinado momento—. Eso me preocupa —y no dio más explicaciones por su expresión sombría, que se hizo más y más tétrica a medida que continuaba el examen.

En cierto momento, Hannah preguntó si algo iba mal y él mencionó la hinchazón de manos y piernas.

—¿Es serio?

—Es poco serio —fue su seca respuesta. Hizo algunas anotaciones en la ficha de Hannah—. No has cambiado la dieta, ¿verdad?

—No.

—¿Estás comiendo y bebiendo las mismas cosas, en las mismas cantidades que antes? ¿Ocho vasos de agua por lo menos?

—Sí.

—¿Dolores de cabeza?

—Ninguno que recuerde.

—¿Catarros?

—No.

—Hmmmmm —el doctor frunció el ceño y volvió a tomar algunas notas—. Necesito un examen de orina. Después, si tienes la amabilidad de vestirte y venir al despacho...

Con una brusca reverencia, el médico dio media vuelta y dejó la sala. La frialdad de su salida la dejó preocupada. ¿Dónde estaban las sonrisas alentadoras y el cálido trato que habitualmente prodigaba? Trató de que su imaginación no se desatara.

Golpeó suavemente la puerta del despacho y le dijeron que entrara. Johanson estaba sentado detrás de su escritorio, con la cabeza y los hombros iluminados por el sol procedente de la ventana.

Jolene ocupaba una de las dos sillas colocadas frente a él. Tenía una expresión preocupada.

—Todo estará en orden, espero. Estoy bien, ¿verdad? ¿Y también lo está el bebé?

El doctor Johanson dio tiempo a Hannah para que se sentara.

—No hay motivo para excesivas alarmas. Todo saldrá bien, Hannah, pero a partir de ahora necesitamos tomar algunas precauciones. Por eso quise que la señora Whitfield estuviera aquí con nosotros. Estamos juntos en esto —se frotó el mentón y miró sus notas—. Parece que has desarrollado síntomas precoces de preeclampsia. Es una palabra rimbombante, y no quiero intimidarte con ella. Simplemente significa alta presión durante el embarazo. Pero debo decirte que la hinchazón de los pies y los tobillos no es buena. Tanta retención de líquidos es mala. Y la tensión arterial, peor.

—Pero yo me siento bien, de veras.

—Y quieres seguir sintiéndote bien, ¿no?

—Por supuesto.

—Para eso debemos controlar la tensión.

—¿Qué tengo que hacer? —preguntó la chica, repentinamente nerviosa.

—Ésa es la cuestión. Tienes que hacer muy poco, lo menos posible. El análisis de orina nos ayudará a determinar la gravedad del problema. Hasta entonces, descanso en la cama, descanso en la cama y más descanso en la cama. Quiero que la señora Whitfield se encargue de que no te exijas demasiado.

Jolene se retorcía las manos compulsivamente.

—Espero que la inauguración de la muestra no le haya generado demasiado estrés. Toda esa gente, y tanto ruido. De ser así, jamás me lo perdonaría.

—En realidad no hay ningún daño, señora Whitfield. Lo hemos detectado a tiempo. Así que ahora tomaremos precauciones y ya está.

—No entiendo —dijo Hannah, contagiada por la ansiedad de Jolene—. Mi amiga Teri trabajó hasta el día del parto. Las dos veces que estuvo embarazada.

—Cada persona es diferente —respondió el doctor Johanson con voz más firme que antes—. Cada embarazo es distinto. No quiero asustarte, pero presta atención. Esto no es una broma. Alta tensión arterial significa que el útero no recibe suficiente sangre. Eso puede afectar al crecimiento del bebé y poner en peligro tu salud. A veces incluso es necesario provocar el parto anticipadamente. ¿Es demasiado pedirte que te tomes las cosas con calma por un tiempo?

—Pero si no hago nada.

—No se preocupe, doctor —dijo Jolene—. Me encargaré de que Hannah no mueva un dedo.

Johanson aprobó con seriedad.

—Eso sería lo más prudente, señora Whitfield, lo mejor para todos. ¿Me has oído, Hannah?

—Sí, señor —respondió, sintiéndose como una niña de diez años.

—Bueno, veo que por lo menos tienes los oídos perfectamente, gracias a Dios. —Hannah no pudo discernir si el médico hablaba en serio o en broma.

Jolene no necesitó nada más para desatarse. Su obsesiva tendencia a controlarlo todo contaba ahora con el visto bueno oficial del doctor. Realizaba sus tareas como cocinera, asistente y hasta criada con entusiasmo, corriendo de arriba abajo por las escaleras con tanta frecuencia que Hannah comenzó a preocuparse por su salud. A ver si ahora la hipertensa iba a ser la otra. Llevaba a Hannah el desayuno a la cama, hacía la habitación en cuanto se levantaba, se llevaba su ropa, la lavaba, llevaba a la chica al pueblo e insistía en hacer todos los recados que necesitara, mientras ella permanecía en el coche, a la espera.

La frenética energía que normalmente empleaba en sus pinturas, ahora la ponía al servicio de Hannah.

Cuando la joven se quejaba, harta de no hacer nada, Jolene le respondía:

—Estás cuidando de tu salud, ¡eso es lo que estás haciendo! ¿No es bastante?

Transcurrida una semana, la joven no se sentía mejor, pero lo cierto era que no se había sentido mal antes. En la siguiente visita, el doctor Johanson anunció que era levemente optimista sobre su evolución, pero que eso no significaba que pudiera «salir de baile».

Se le presentó un problema inesperado. Al quedarse todo el día en la cama durmiendo siestas, manteniendo los pies en alto mucho tiempo o reposando interminablemente en una mecedora para facilitar la circulación en sus piernas, dormía mal de noche. Si hasta entonces se despertaba sólo dos o tres veces por noche, ahora lo hacía cada hora.

Lógicamente, por las mañanas estaba de mal humor.

Se encontraba, pues, sin medio de trasporte propio, pero con una enfermera permanente que quería confinarla en el tercer piso. De seguir así, los Whitfield la tendrían atada con una correa en poco tiempo. El humor de Hannah no mejoraba en el transcurso del día, pero después de los agobios matinales, al menos tenía la impresión de que Jolene trataba de mantenerse alejada de ella.

Por las tardes, se instalaba en el jardín de invierno e intentaba leer una novela que la bibliotecaria le había recomendado. Trataba de una esposa maltratada que decidía escaparse con su hijo de diez años y comenzar una nueva vida bajo otra identidad, en Florida. Pero el jardín de invierno era caluroso, y después de leer treinta o cuarenta páginas le entraba el sopor y se dormía. Se obligaba a sí misma a levantarse y a caminar por el jardín.

—Recuerda, no vayas muy lejos —le decía Jolene, siempre al acecho.

—Sólo quiero ver si soy capaz de llegar hasta el bebedero de los pájaros y volver —respondía Hannah. Jolene no percibía los sarcasmos, o los pasaba por alto.

Una noche, tal como Hannah temía, durmió fatal. Se metió en la cama a las diez, se despertó a eso de las doce, luego a la una, y también a las dos, precisa como un reloj. Cuanto más se agitaba, más difícil le resultaba conciliar el sueño. A las tres se dio por vencida, encendió la luz y trató de concentrarse en la lectura de la novela. Le dolía la espalda, pero si se ladeaba no podía ver bien las páginas. Intentó buscar la mejor postura y el libro se le cayó al suelo.

Exasperada y completamente despierta, se levantó y decidió ir a por un vaso de agua, aunque sabía perfectamente cuáles serían las consecuencias. Jolene se levantaría, solícita. Pero entonces escuchó ruidos en el piso inferior. Parecían voces, o al menos una voz, y pasos de alguien que bajaba por la escalera. Siguió el ruido de la puerta trasera. Alguien había salido.

Apagó rápidamente la lámpara y se acercó a la ventana para ver qué sucedía.

El cielo no tenía nubes y la luna llena iluminaba el jardín con su luz plateada. Los Whitfield habían salido al exterior de la casa. Marshall llevaba un pijama a rayas y una bata azul de lana fina. Jolene ni siquiera se había molestado en ponerse una bata y su camisón de seda blanca brillaba en la noche. Era como si se hubieran despertado por algún ruido o movimiento extraño en el jardín y ahora estuvieran tratando de averiguar lo ocurrido.

Jolene caminó, seguida por su marido, hasta que llegó al centro del jardín, donde se detuvo. Parecía mirar hacia lo lejos, buscando algo. Él la siguió varios pasos por detrás, y cuando ella se detuvo, la imitó. Ambos permanecieron inmóviles largo tiempo, como si esperaran que alguien o algo emergiera de la arboleda situada en los límites del jardín. Pero nada ocurrió. La noche estaba en calma, los árboles parecían congelados bajo la luz lunar. El agua del bebedero semejaba la consistencia y el brillo del mercurio.

Si los Whitfield no hubieran estado de espaldas a ella, Hannah estaba segura de que podría haber apreciado hasta la más sutil expresión de sus rostros. Les habría visto parpadear y mover los labios. Pasaron varios minutos, durante los cuales nada se movió.

De pronto, Hannah notó que los hombros y la espalda de Jolene se relajaban, como si la hubieran desenchufado después de someterla a una prolongada descarga eléctrica. Se dio la vuelta y se acercó a Marshall. El intruso, si es que de eso se trataba, parecía haber desaparecido. Tan silenciosamente como le fue posible, Hannah entreabrió la ventana. Un golpe de aire frío entró en el cuarto, junto con el sonido de las voces. Los Whitfield procuraban hablar en voz baja, pero aguzando el oído se podía escuchar algo de lo que decían.

—¿Qué dijo ella? —preguntó Marshall a su mujer.

—Que habrá peligro —respondió Jolene. Ahora Hannah podía ver claramente su rostro. La luz de la luna le daba una palidez de máscara de cera.

—¿Dijo cuándo?

—Ya está aquí. El mal trata de abrirse camino. Quiere seducir y conquistar. Será una lucha feroz. Una batalla que podemos perder, si no tenemos cuidado.

—¿Qué debemos hacer?

—Estar atentos. Ella dijo que permanezcamos alerta y que estará con nosotros cuando llegue el momento. Nos apoyará y nos dará fuerzas.

Marshall se quitó la bata y la puso sobre los hombros de su mujer.

—¿Cómo reconoceremos ese mal?

—Vendrá disfrazado de bien, de ayuda. «Vendrá en mi nombre», me dijo. «De allá. ¡Vendrá de allá!» —al decirlo, Jolene alzó el brazo y señaló hacia la calle Alcotte, en dirección al pueblo.

CUANDO JOLENE LE LLEVÓ EL DESAYUNO A LA mañana siguiente, Hannah le preguntó, como si fuera por simple cortesía, si había dormido bien.

—Como un bebé —respondió la mujer—. Marshall dice que cuando me duermo ni una banda de música conseguiría despertarme —esa mañana parecía particularmente enérgica. Sus ojos eran vivaces y tenía buen color en las mejillas. No parecía una mujer que hubiera estado levantada a las tres de la mañana, dando vueltas descalza, nerviosa y vestida con un simple camisón.

Fuera lo que fuera lo sucedido, los Whitfield no tenían intención de comentarlo con ella. En su paseo habitual hasta el bebedero, Hannah pasó a propósito por la zona donde los había visto y luego se encaminó hasta el pinar limítrofe con la propiedad. Pero no había nada que ver, excepto algunas piñas esparcidas por el suelo y el cometa de un niño atorado en una rama alta.

Las noches siguientes, cuando se levantaba para ir al baño, cosa que tenía que hacer con irritante frecuencia, iba de puntillas hacia la ventana y observaba. Pero el jardín siempre estaba vacío. Poco a poco, su curiosidad disminuyó y los extraños acontecimientos de esa noche empezaron a preocuparla menos que el aburrido futuro inmediato que se le presentaba, lleno de días monótonos, sin nada que hacer. Tal y como quería el médico, estaba engordando, y se notaba más lenta, torpe, perezosa y malhumorada.

Cuando telefoneó a Teri para comentarle lo ocurrido con su coche y el fastidio de su forzoso descanso en cama, Teri respondió inmediatamente:

—No digas más, preciosa. Ya estoy allí —pero, después de tener en cuenta sus horarios de trabajo en el restaurante, una cita con el dentista, una fiesta de cumpleaños a la que habían invitados a los niños y la partida de cartas de Nick, resultó que no estaría allí hasta principios de la semana siguiente.

—En cuanto deje a los niños en la escuela el lunes por la mañana, me subo al coche y voy para allá.

En un pequeño acto de rebeldía, Hannah decidió no anunciar la visita a Jolene hasta el mismo día que tendría lugar. De otro modo, insistiría en organizar un pequeño almuerzo, que se convertiría en una especie de recepción de altos vuelos. Hannah no podría ayudar con los preparativos, porque eso sería demasiado agotador, pero debería escuchar charlas y más charlas sobre ellos todo el tiempo, lo que sería igualmente cansado. No, se dijo Hannah, Jolene tendría noticias de Teri cuando ésta llegara. No antes.

El lunes por la mañana el otoño hizo su aparición y un aire frío anunció a quienes estaban atentos a tales cosas que las grandes tormentas invernales de Nueva Inglaterra no tardarían en llegar. El cielo, bajo y de color gris metálico, parecía una tapadera colocada sobre el paisaje. El día invitaba a quedarse en la cama, bien arropada bajo las mantas. La visita de Teri sería un buen antídoto contra la melancolía.

Hannah pensó que ya era hora de decírselo a Jolene, pero la mujer no estaba en casa, así que se puso una chaqueta y salió. Las hojas de glicinia que cubrían el sendero que llevaba hacia el granero estaban secas y a través de ellas se veía el cielo plomizo. Justo cuando llegó al estudio, se dio cuenta de que el coche de Jolene no estaba en su habitual lugar de estacionamiento.

Hannah apoyó la frente en el cristal de la gran ventana. La oscuridad reinante en el interior hacía difícil ver algo. Pudo observar que el atril colocado en medio de la habitación estaba vacío. Las pinturas de Jolene yacían en el suelo, apoyadas en la pared. Creyó reconocer una de ellas, la catedral bombardeada, la de los pedazos de vidrio. Posiblemente no la habían vendido en la exposición.

Jolene y Marshall se habían pasado días enteros comentando el éxito que había tenido la muestra. «Fue la mejor de todas», decía, ufana, Jolene; pero a juzgar por el número de cuadros apilados, Hannah concluyó que en realidad habían vendido pocos o ninguno. Allí estaba el gran lienzo con las manchas de agua rojiza. ¿Cómo lo había llamado la autora? Ah, sí: *Renovación.* Aparentemente, tampoco había encontrado comprador.

Intrigada, Hannah empujó la puerta del estudio. Estaba abierta. Justo a la derecha de la entrada encontró el interruptor de la luz y la encendió. En brutal contraste con la pulcritud de la casa, el lugar de trabajo de Jolene parecía una alegoría de los desastres. El suelo estaba cubierto con retazos de cuero y lona, rellenos de goma, fieltro, tachuelas y hojalata, todos los desperdicios que iba dejando su trabajo artístico. Alguien se había esforzado por limpiar un poco, porque había una gran bolsa de plástico cerca de la puerta llena hasta rebosar. Pero quienquiera que lo hubiese hecho se había dado por vencido y había dejado la escoba y el recogedor en el suelo, junto al resto de la basura.

Hannah notaba cómo el polvo y la suciedad le entraban por la nariz, e incluso penetraban los poros de su piel.

El desorden también reinaba sobre la mesa de trabajo de Jolene, donde frascos de pegamento se amontonaban con latas de pintura, botellas de aceite de lino e incluso una lata de lubricante para automóviles. Los pinceles estaban puestos en remojo en jarros de vidrio de los que se había evaporado la trementina. Los pinceles estaban ahora pegados al interior de los jarros. La pared se encontraba plagada de ganchos para colgar las herramientas de Jolene; pero hacía poco uso de ellos, y prefería dejar pinzas y martillos, tenazas y cinceles por cualquier parte.

La cabeza de un maniquí, colocada en un estante bajo, llamó la atención de Hannah. Carecía de ojos y boca, apenas tenía esbozada la nariz, y parecía más un huevo que una persona. Se agachó para alcanzarlo, cuando de repente oyó la voz de Jolene. Saltó del susto. Se dio la vuelta hacia la puerta, pero no vio a nadie. La voz procedía de la pared situada a su derecha. No exactamente de la pared, sino de detrás de una pila de trapos y lienzos enrollados en un rincón de la mesa de trabajo.

—Deje su mensaje después de la señal.

Lo que escuchaba era un contestador.

—Hola, mamá. Soy Warren. ¿Qué es esto? ¿Otro nuevo número telefónico? Ya ocupas página y media de mi agenda. ¿Cuándo van a terminar de establecerse Marshall y tú? Bueno, estaba pensando en visitarlos durante las vacaciones. ¿Qué les parece? Llámame y me cuentas cómo están. Adiós, mamá.

Hannah miró, incrédula, la pared. La voz había sonado apagada, lejana, pero estaba segura de que había oído decir «mamá». Dos veces. No podía juzgar si la voz pertenecía a un hombre joven o mayor. Jolene no podía tener un hijo. Eso no podía ser.

El ruido de un coche sobre la grava le hizo dar otro salto; esta vez, en parte, por sentirse culpable, aunque no había hecho nada malo, sólo mirar las pinturas. Así y todo, algo le dijo que era mejor que Jolene no la encontrara en su estudio. Apagó la luz y salió justo a tiempo de ver el coche de Teri y, agachada sobre el volante, abriendo asombrada la boca, a la propia Teri. El coche se detuvo y se abrió la puerta.

—¡Aaaaaah! —gritó la camarera al ver a Hannah—. ¡Fíjate! ¡Estás enorme, como una casa! Quiero decir, hermosa como una casa. Grande, como una antigua y hermosa mansión. O como quieras, qué sé yo —Teri abrió los brazos, se acercó a su amiga y la estrechó en un abrazo. Hannah había olvidado cómo el afecto podía calentar una habitación, un jardín o la ciudad más fría del mundo. También recordó lo mucho que echaba de menos ese calor humano. Su amiga no había cambiado. No tenía más novedad que unos reflejos castaños, algo estridentes, en el pelo—. Así que es aquí —dijo mirando alrededor—. No está mal. No me dijiste que estabas viviendo como una rica heredera.

—Es bonito.

—¡Bonito, dices! Qué rápido nos acostumbramos al lujo, ¿verdad? Esto no sólo es bonito. Es ¡faaaaaantástico! ¿Y qué es eso de que debes quedarte en la cama? Me habías dicho que estabas hinchada como un pescado. Muéstrame las manos y los tobillos. A mí me parecen normales.

—Supongo que las siestas han hecho efecto. Pero qué aburrido es estar tirada todo el día, sin mover un dedo.

—Querida, llegará el momento en el que te arrepientas de haber dicho esas palabras. ¿Me enseñas el palacio?

—¿Por qué no? —de repente Hannah pensó en Jolene, que estaría a punto de regresar—. ¿Qué te parece si primero almorzamos? Hay algunos restaurantes bonitos en el pueblo. Te enseñaré la casa y los jardines después. Yo tengo a mi disposición el tercer piso.

—Un piso propio. ¡Quién te ha visto y quién te ve! Déjame que te cuente lo que yo tengo: la mitad de una cama de matrimonio. Y el colchón está en las últimas.

Se decidieron por el restaurante Sumner, porque les gustaron su ventana adornada con maíz y calabazas, y las mesas con manteles de lino blanco. Según se anunciaba a la entrada, las ensaladas costaban 12.95 dólares y el guiso de maíz 7.95, lo cual era más caro de lo que ambas habían supuesto.

—Qué importa —dijo Teri—. Sólo se vive una vez. Por ahorrarnos este menú no saldremos de pobres.

Unos pocos minutos de conversación bastaron para restablecer la vieja camaradería. Teri demostró ser una fuente inagotable de noticias y chismes. Los chicos continuaban siendo, según sus palabras, «un horror, aunque dulces en el fondo», contradicción que no se tomaba la molestia de explicar. A Nick le habían subido el sueldo, pero se pasaba aún más tiempo en la carretera. La semana anterior, los Ritter habían ido al Blue Dawn Diner. Herb estaba resfriado y Ruth seguía exactamente igual, es decir, loca de remate. En el bar, los tíos de Hannah hablaron poco.

Apenas hacía seis meses, pensó Hannah, era su mundo. Ahora parecía vivir en otra dimensión, en un lugar aislado de la realidad, como si residiera en una ciudad en miniatura metida dentro de una de esas esferas de cristal con copos de nieve que se venden en las tiendas.

—Y ahora las noticias más importantes —anunció Teri—. ¿Te has agarrado a tu silla, muñeca? ¡Bobby tiene novia! ¿Lo puedes creer?

—¡No! ¿Quién es?

Una gorda, como él. Creo que es vendedora en una de las tiendas baratas del pueblo. Probablemente se conocieron en un negocio de venta de globos y allí inflaron a los dos.

—Teri, ¡eres terrible!

—¡Lo que es terrible es lo que ha cambiado! Desde que conoció a esa ballena, está siempre de buen humor. Sonríe de la mañana a la noche. No nos peleamos nunca. No tengo a nadie sobre quien descargar mis frustraciones. Nick dice que yo era mucho más tratable antes. Me desahogaba con Bobby durante la jornada y cuando llegaba a casa no me quedaba enfado alguno para Nick. Ahora soy un manojo de nervios. Así que ese cocinero de cuarta, el muy hijo de puta, se las ha arreglado para arruinar mi matrimonio. Esto es serio, preciosa. Tal vez tenga que hacer una terapia o algo así.

Las noticias de Hannah consistían más bien en una serie de informes médicos que Teri escuchó con paciencia, asegurando a su amiga que los altibajos emocionales eran una reacción típica de su estado. Pero fue al hablar del padre Jimmy cuando Teri prestó verdadera atención. La miró fijamente, con la cara radiante.

—¡Típico!

—¿Qué quieres decir? —preguntó Hannah.

—Que por fin te guste alguien y sea precisamente el hombre menos accesible del mundo.

—No te entiendo. ¡Es un sacerdote!

—Ya. ¿Es guapo?

—¡Te acabo de decir que es un cura!

—¿Los sacerdotes no pueden ser guapos?

—¡La verdad es que sí, Teri! Sólo hemos conversado unas pocas veces. Sabe escuchar muy bien.

—¿Sí? Bueno, me gustaría tener un espejo para que pudieras verte la cara. Ese brillo en la piel no es sólo producto del bebé, preciosa.

Hannah intentó disimular su apuro con una risita.

—¡No has cambiado nada, Teri!

La campanilla de la puerta del restaurante sonó con fuerza. Hannah se sorprendió al ver a Jolene Whitfield de pie en la entrada.

—¡Entonces eras tú, Hannah! —gritó Jolene, sobreponiéndose a los ruidos del lugar, mientras avanzaba entre las mesas donde grupos de comensales charlaban y comían sus ensaladas—. Mis ojos no me engañaron. Volvía de Webster's Hardware y se me ocurrió mirar por la ventana. ¿No se supone que debes estar en casa, descansando?

—Hola, Jolene. Ésta es Teri Zito, una vieja amiga mía de Fall River. Teri me sorprendió con una visita. Teri, esta es Jolene Whitfield.

—Encantada de conocerla —exclamó Jolene—. Supongo que es una sorpresa. Deberías habernos avisado. Hannah podría haberte invitado a casa. Yo habría preparado la comida. Hannah no debe realizar muchas actividades, ya te habrá contado. Órdenes del doctor.

—Fue..., bueno..., una decisión de última hora, un impulso repentino —improvisó Teri, mientras echaba una confundida mirada hacia Hannah.

—¿Quieres sentarte con nosotras, Jolene? —preguntó Hannah.

—No, todavía he de hacer otros recados. Y ustedes deben tener mucho de qué hablar. Los viejos tiempos y todo eso. No quiero entrometerme. Haremos una cosa:

buscaré algo en la panadería y comeremos el postre en el jardín de invierno. Eso me dará ocasión de conocer a... Teri, ¿verdad?

—Sí, Teri Zito. No quiero molestarla, señora Whitfield —pensaba que Hannah la apoyaría, pero Jolene ya estaba decidida.

—No aceptaré un no por respuesta, Teri. Es lo menos que puedo hacer. Nuestra casa es la casa de Hannah, después de todo. Me siento en deuda con ella, viéndola comer aquí con su amiga. No me hagas sentir aún peor. Tened una buena charla, os veo a las dos en breve.

Sin esperar respuesta, salió apresuradamente, produciendo otro agudo campanilleo en la puerta. Se alejó caminando por la vereda.

—Un poco controladora y dominante, ¿eh? —dijo Teri una vez que la perdieron de vista—. No creo que estuviera particularmente contenta de verme.

—No le dije que venías. Se ha quedado sorprendida. Creo que yo te quería para mí solita. Jolene es buena persona, pero tiene un modo de entrometerse...

Teri examinó a su amiga.

—¿Todo va bien?

—Sí, todo va bien. Bueno, a veces Jolene me saca de quicio. Es rara.

—Cuéntame más, no seas tan calladita.

—Bueno, por ejemplo este anillo —alzó la mano izquierda—. Ella y su marido quieren que use una alianza matrimonial cuando salgo, para que todos piensen que estoy casada.

—Mientras te lo dejen después...

—Creo que preferirían que ni siquiera saliera a la calle.

—¿Por algún motivo?

—Son misteriosos. Bueno, no, ésa no es la palabra correcta. Son gente muy reservada. A veces creo que no los conozco en absoluto.

Relató su aparición nocturna en el jardín y cómo ambos habían permanecido de pie, bajo la luz de la luna, inmóviles durante unos minutos, y confesó a su amiga que nunca habían mencionado el incidente. Además, esa misma mañana oyó la voz en el contestador del estudio de Jolene.

—¿Qué hay de raro en eso?

—Me dijeron que no tenían hijos. Que no podían tener hijos. ¡Por eso hago lo que hago!

—¿Estás segura de que esa persona dijo «mamá»?

—Sí —a Hannah le incomodaba la mirada de Teri—. Muy segura. Aunque ahora, no sé. Estoy confundida todo el tiempo. A veces querría no haberme enterado nunca de la existencia de Aliados de la Familia.

—Bueno, cálmate, preciosa. No te enfrentas a un simple dolor de oídos. Tu cuerpo ya no es sólo tuyo. Ahora lo compartes con una personita y lo que sucede es sorprendente, maravilloso y terrible, e increíblemente confuso. Nick me dice a veces que conducir un camión con tráiler es un trabajo duro. Yo le respondo: «Tener un bebé es un trabajo difícil, llevar un puto camión con tráiler lo hace cualquiera» —Teri dejó que su amiga pensara en el último comentario, antes de agregar—: Vayamos a ver lo que nos tiene preparado Jolene.

—Se llama «delicia de ciruelas y pasas» —explicó Jolene mientras le pasaba el plato a Teri—. Pocas grasas y baja en calorías, si hemos de creer al panadero.

—Tiene buena pinta —observó la camarera cortésmente.

—Se conocen del restaurante, en Fall River, ¿no es verdad?

Estaban sentadas en torno a una mesa circular, en el jardín de invierno, donde Jolene había servido el té y una tarta de sospechoso parecido a un pastel de carne. Hannah pensó que se estaba excediendo en su papel de anfitriona bombardeando a Teri con preguntas y luego mostrándose muy interesada por respuestas que para ella tenían que ser irrelevantes.

—El Blue Dawn Diner, orgullo de la carretera interestatal.

—Estoy segura de que lo es. Personalmente, no conozco mucho ese tipo de lugares —Jolene cortó otra porción de tarta y se la alcanzó a Hannah—. Dime, Teri, ¿vienes mucho por aquí?

—No mucho. Hasta que Hannah se vino, no conocía a nadie por esta zona.

—Bueno, espero que vuelvas. Está claro que esta pequeña visita ha levantado una barbaridad el ánimo de Hannah.

—Lo intentaré, pero con dos niños en edad escolar no es fácil tener tiempo libre.

—¿Dos? Dios mío. Debes de estar muy bien organizada.

—Me las ingenio como puedo. A lo más que se puede aspirar es a tenerlos alimentados, limpios y sanos, y procurar que no se maten entre sí. Pronto empezará a comprobarlo por sí misma. Entonces, ¿éste será su primer hijo?

Jolene dejó el cuchillo sobre la mesa con cuidado y se sacudió algunas migas de los dedos con una servilleta.

—Sí, el primero y probablemente el único. No puedes imaginarte lo ilusionada que estoy. Es un mundo nuevo para mí.

ANNAH ESCUCHÓ PASOS EN LA ESCALERA, UN suave golpe en la puerta y finalmente la voz de Jolene.

—Buenos días... ¿Hannah?... ¿Estás despierta, Hannah?...

Se mantuvo inmóvil y silenciosa en la cama. Primero miraba el elegante dosel, pero enseguida cerró los ojos para fingir que dormía en caso de que Jolene abriera la puerta y espiara. Hubo un segundo golpecito, pero la puerta permaneció cerrada. Luego los pasos cambiaron de dirección y se hicieron más débiles. Jolene regresaba a la cocina.

Hannah sabía que volvería en poco tiempo. El desayuno en la cama era ahora una rutina firmemente establecida. El día comenzaba invariablemente con Jolene llevándole su primer alimento de la jornada. No importaba lo temprano que se levantara la joven, Jolene siempre parecía haberlo hecho antes. El día también terminaba con Jolene, y a veces también Marshall, mirándola mientras subía las escaleras del segundo piso hacia su dormitorio, comprobando, como decían en su broma nocturna habitual, «que llegaba bien a su casa». ¡Como si alguien la fuera a secuestrar entre escalón y escalón!

Jolene, pues, abría y cerraba sus días. La controlaba.

Hannah se arrebujó en las mantas, arrugándolas cuanto pudo, para que pareciese que había pasado la noche en vela, dando vueltas sin poder dormir. Luego esperó a que se oyeran otra vez los pasos de Jolene.

Como había previsto, cuarenta y cinco minutos más tarde volvió, dando otra vez golpes en la puerta, esta vez más fuertes que antes.

—¿Hannah? ¡Es hora de levantarse! —en esta ocasión Jolene se tomó la libertad de asomarse—. No me gusta despertarte, pero son casi las diez de la mañana. Se enfría el desayuno.

—Está bien, ya estoy despierta —masculló Hannah en medio de un sonoro bostezo, con los ojos apretados para fingir que aún no estaba espabilada y que todavía trataba de acostumbrarse a la luz matinal—. Me noto con una falta total de energías —dijo, mientras estiraba los brazos sobre la cabeza.

—¿Ves qué fácilmente te agotas? —exclamó Jolene con autoridad—. Fue agradable que tu amiga te sorprendiera ayer con una visita, pero pienso que la próxima vez tendría que avisarnos antes, ¿no crees? Eso te permitiría planear las actividades por adelantado y conservar mejor tus fuerzas. ¿Sabía que el doctor te ordenó guardar reposo?

—Por eso vino a visitarme.

—Ah —Jolene siguió hablando mientras se ocupaba de la bandeja del desayuno—. ¿Hablas a menudo con ella? No me había dado cuenta. Tal vez, como estoy siempre en el estudio, no me entero... ¿Te apetece el zumo de manzana?

—Sí.

Le alcanzó a Hannah un vaso de zumo bastante frío.

—Haces bien. Creo que todos deberíamos esforzarnos por seguir en contacto con los viejos amigos. Marshall y yo no vemos a los nuestros tanto como quisiéramos. Así que, por favor, invita a Teri a almorzar cuando tú quieras. A ella o a quien desees. Lo único que te pido es que en el futuro me des cuarenta y ocho horas, para que pueda tener la nevera bien abastecida y procurar que la ropa sucia de Marshall no esté desparramada por toda la casa.

Hannah nunca había visto ni siquiera una corbata olvidada sobre el respaldo de una silla, y mucho menos una camisa o unos calcetines sucios. La casa estaba exageradamente limpia. Sólo el estudio de Jolene era un desastre. Así pues, cabía preguntarse cuál era la verdadera Jolene. ¿La loca por la limpieza que tenía frente a ella, o la artista que parecía inspirarse en medio de la suciedad y el caos? Fuera quien fuese, mentía más de la cuenta.

Por obligación, tomó un par de cucharadas de cereales caliente y luego dejó el tazón en la mesa con un suspiro.

—¿No tienes hambre? —preguntó Jolene.

—Tal vez tengas razón. El almuerzo de ayer con Teri me agotó. Se me ha ido el apetito... ¿Qué vas a hacer hoy, Jolene?

—Unos cuantos recados. Tengo que ir a comprar algo de comida y dejar unos trajes de Marshall en la tintorería.

—¿Te molestaría traerme champú?

—Por supuesto que no.

—Gracias. Uso champú de manzanilla Avedo. Lo venden en Craig J's.

—¿Craig J's? —la voz de Jolene reflejaba cierta sorpresa.

—Sí. En el Framingham Mall. Te daré el dinero.

—No es por el dinero, Hannah. Es que no había pensado ir tan lejos hoy.

—Ah, claro. No importa, entonces —se dejó caer de lado, dándole la espalda a Jolene.

—Bueno, tal vez podría... si es tan importante para ti.

—Lo es. Mira mi pelo, Jolene. Lo odio —se sentó casi de un salto y se agarró un mechón con aire de disgusto—. Está áspero y sin vida. Me estoy convirtiendo en una ballena gorda y fea.

—No seas tonta. Si necesitas champú, te lo traeré, pero con dos condiciones: terminas tu desayuno y te quedas en la cama hasta que vuelva.

—Gracias, Jolene. Te lo prometo —se tapó la boca con la mano y volvió a bostezar—. Me podría dormir otra vez.

Hannah esperó hasta que escuchó el sonido del motor cuando arrancaba y luego su marcha sobre la gravilla. Entonces se levantó y se puso su ropa habitual aquellos días: unos pantalones elásticos y un overol muy holgado que había pertenecido a Marshall. En el baño, cogió un frasco medio lleno de champú Prell del estante de la bañera y lo escondió bajo el lavabo, contenta de que Jolene no se hubiera molestado en comprobar si tenía o no jabón para la cabeza. No había usado productos Avedo en su vida. Eran demasiado caros. Los conocía porque había visto su publicidad en el escaparate de Craig J's.

Se pasó el cepillo por el pelo, con muchas prisas, y luego bajó rápidamente las escaleras, hasta llegar a la puerta trasera.

Una vez dentro del estudio de Jolene, tuvo la sensación de que las obras de arte la estaban observando. No había caras en las telas, pero algo de la chorreante pintura, quizá los cortes, parecía pedir ayuda. Jolene había dicho que significaban lo que deseara el observador. No podía ser nada bueno, pensó Hannah. Cuanto más las miraba, más espantosas se volvían.

Se fue directamente a la mesa de trabajo y apartó los rollos de tela y la pila de trapos. Cubrían una especie de armario construido en la pared. Dentro encontró un teléfono inalámbrico y un contestador automático, tal como imaginaba. No había escuchado ningún timbre, sólo la voz de Jolene y luego el mensaje. Examinó los botones colocados en la parte lateral de la máquina.

Una idea cruzó su mente: marcó el número de la casa, y en cuanto comenzó a sonar, fue hasta la puerta del estudio a escuchar. Se oía el timbre, regular e insistente, sonando en el teléfono de la cocina. Colgó el inalámbrico. El campanilleo de la cocina cesó. Estaba claro que la línea del estudio era independiente.

Perpleja, volvió a examinar el teléfono y vio que la luz indicadora de mensajes del contestador titilaba. No dudó un momento en activarlo.

—Hola, mamá, soy Warren.

¡Mamá! Había oído correctamente. Jolene tenía un hijo adulto. Hannah cerró el armario y puso las telas y los trapos tal como estaban. A punto ya de salir, notó la presencia de un fichero metálico debajo de la mesa de trabajo de Jolene. Curiosa, abrió el cajón superior. Como la mayoría de los ficheros, contenía cantidad de documentos legales y papeles semioficiales. Varias carpetas estaban dedicadas a cuentas y recibos de diversos negocios relacionados con el arte. La mujer guardaba catálogos de exposiciones anteriores. Material previsible en los archivos de una artista.

El cajón inferior estaba repleto de folletos sobre marcos, caballetes y pinceles, y muestrarios de colores y pinturas. Había una carpeta titulada «Viajes», cuyo grosor daba testimonio de la afición de los Whitfield por recorrer el mundo. Al fondo del cajón vio dos carpetas de acordeón sin marcar. La primera guardaba fotos viejas, algunas todavía en los sobres de revelado. Eran testimonio de reuniones familiares, cumpleaños, comidas, el tipo de eventos que la gente se siente obligada a guardar para la posteridad y que olvida una semana más tarde.

No faltaban las típicas fotos antiguas de vacaciones. En varias de ellas se veía a una Jolene más joven, vestida con chaqueta de cuero a la moda de la época, llevando una colorida cartera de paja y con sus labios tan pintados de rojo como en el presente. Su pelo era de un intenso color cobrizo que brillaba al sol, lo que le hacía suponer a Hannah que ahora se lo teñía de negro. O quizá fuera entonces cuando se lo había teñido.

De pie, junto a ella, había un niño delgado, de once o doce años, con el mismo pelo cobrizo. Parecían estar en otro país. Había una catedral al fondo. Tenía una torre principal, afilada y elegante. Gótica o románica, no sabría decirlo. Varias de las fotos habían sido tomadas frente al hermoso templo, en una espaciosa plaza bordeada por edificios antiguos, nobles, con tejas rojas y balcones de hierro forjado.

Allí estaba otra vez el muchachito, de pie en la plaza, tomando un helado y sonriendo con su boca manchada de chocolate. Hannah se preguntó si sería la persona que se había identificado como Warren en el contestador automático.

Más tarde, Hannah se preguntaría qué fue lo que hizo que se quedara en el estudio: ¿una intuición, una premonición, el magnetismo de alguna de las dolientes pinturas? Lo cierto es que algo la impulsó a revisar la última carpeta. Los ojos comenzaron a nublársele nada más ver lo que había dentro.

Contenía más fotos, esta vez Polaroid. Decenas de instantáneas que carecían de la inocencia de las fotos que acababa de ver. Eran terroríficas. Mostraban... En realidad

Hannah no podía decir exactamente lo que sucedía en ellas, pero el tono de sadismo y violencia de las escenas era evidente. Tuvo que hacer un esfuerzo para examinarlas con detenimiento.

La primera que vio mostraba a un hombre con una bolsa de tela, que parecía estar atada con una soga, cubriéndole la cabeza. Era visible sólo de cintura para arriba, y llevaba el pecho descubierto. Tenía los nervudos brazos levantados, como si algo tirara de ellos hacia arriba y hacia fuera, en direcciones opuestas. La cabeza metida en la bolsa de tela caía sobre un lado y descansaba en un brazo. El dolor tenía que ser agonizante, si es que el hombre no había muerto ya, asfixiado. En fotos sucesivas, cambiaba el ángulo, pero la posición del cuerpo distorsionado seguía siendo la misma. ¿Eran fotos policiales sacadas en la escena de un crimen o, peor aún, una brutal forma de pornografía?

Toda una serie de fotos, igualmente perturbadoras, mostraban el cuerpo colocado sobre los hombros de una persona que parecía estar llevándoselo. Colgaba, exangüe, con la cabeza inerte y todavía metida en la infernal bolsa de tela.

A cada momento, la visión de Hannah se nublaba, como si sus ojos se resistieran a contemplar la desagradable evidencia, y tenía que apartarlos, mirar otra cosa, algo sin importancia que hubiera en el estudio, una lamparita en el techo o las patas del trípode de Jolene, para poder volver a ver con claridad.

Había fotografías de un extraño material, en particular lo que parecía ser una faja metálica para aprisionar la cabeza a la altura de las sienes, sujeta en la pared por tornillos. Estaba colocada sobre la cabeza de un maniquí, pero Hannah podía imaginarse el sufrimiento que tal aparato infligiría a una persona. Y luego, otra vez el cuerpo, yaciendo ahora en el suelo, roto, inerte, claramente muerto. ¿Qué momento terrible, qué encuentro brutal había registrado el fotógrafo?

Las fotos restantes de la carpeta no le dieron respuesta alguna. Eran casi abstractas, meros manchones, arrugas y gotas que parecían, más que otra cosa, las pinturas de Jolene. Si se trataba de primeros planos, era imposible decir de qué. Lo más probable es que fueran fotos fallidas, pensó Hannah. La cámara no había sido enfocada debidamente, o el fotógrafo se había movido justo cuando sacaba la foto. En cualquier caso, se preguntó qué tipo de persona haría fotos de ese estilo. O las guardaría.

No tenía ni idea de cuánto tiempo permaneció allí sentada, buscando una explicación lógica a lo que había visto. Su imaginación no estaba a la altura de semejante desafío. No se le ocurrió nada. Cogió las fotos, sin darse cuenta de que alguna se había caído de su regazo al suelo, y trató de borrar los siniestros pensamientos que rondaban por su cabeza.

En ese momento, sintió una punzada en el estómago, luego otra. El terror se apoderó de ella, hasta que cayó en la cuenta de que era el bebé, que pataleaba.

Ahora lo hacía con más fuerza y frecuencia. Se llevó una mano al vientre. Habitualmente, aquellos pequeños golpes la hacían feliz. Pero en aquel momento no. Ese día las erráticas patadas de la pequeña criatura parecían de mal agüero, como si avisaran, en una especie de código, de un difuso peligro. Cada golpecito parecía decirle que tuviera cuidado.

XXVIII

ON UNOS MENTIROSOS. NO VOY A DARLES ESTE bebé. Me han mentido —Hannah paseaba por el despacho de la rectoría, furiosa, mientras el padre Jimmy la escuchaba un poco desconcertado, aunque intentaba que eso no se reflejara en su rostro. Hannah Manning le había parecido perfectamente tranquila cuando llegó a la rectoría unos minutos antes y le preguntó si podía conversar con él. Incluso se sintió halagado por su petición de consejo.

Pero en cuanto comenzó a desahogarse, se fue alterando de forma alarmante. El problema, tal como lo entendió el cura —y no estaba seguro de haberlo comprendido bien—, era que Hannah se sentía amenazada por las personas con quienes vivía, los Whitfield. O más precisamente, presentía que el bebé estaba en peligro. Pero, por supuesto, no era su bebé. Tenía un contrato —suponía que perfectamente legal— de gestación del bebé para ellos.

Ahora que quería quedarse con el niño, parecía decidida a embarcarse en un proceso legal contra los Whitfield. Pero sus argumentos, pensó, eran poco sólidos. La agencia de adopción había cambiado de dirección sin notificárselo.

La señora Whitfield le había dicho que era incapaz de concebir, pero Hannah estaba convencida de que ya tenía un hijo adulto —conclusión basada en un mensaje grabado en un contestador automático, nada menos—. Y también había una confusa historia de los Whitfield caminando por el jardín en medio de la noche; suceso inusual, ciertamente, pero nada delictivo, se mirase como se mirase. Mucha gente amante de los jardines se dedicaba a verlos a diferentes horas del día, bajo distintas luces. Incluso a la luz de la luna.

Lo que el padre Jimmy no podía dejar a un lado era el estado emocional de Hannah. Desde el verano, había perdido buena parte de su compostura, volviéndose nerviosa e irritable. Estaba contento de que hubiera vuelto a la iglesia, y a confesarse regularmente, pero le entristecía ser incapaz de devolverle la antigua serenidad. Su consejo de ser franca y abierta con los Whitfield y la mujer de la agencia sólo había servido para que se pusiera más nerviosa.

Sabía que el embarazo era una época turbulenta en la vida de una mujer. Así y todo, se resistía a creer que se tratara de un simple problema de hormonas. Algo iba mal, y lo malo era que él no sabía cómo solucionarlo.

—Crees que todo está en mi cabeza, ¿no? —preguntó Hannah.

—No, no lo creo. Tienes razones sólidas, estoy seguro, para sentirte como te sientes. Pero tal vez las cosas no sean como tú crees. Al convertirte en madre se han activado todos los recuerdos que tenías de tus padres. Me has hablado de lo abandonada que te sentiste después del accidente. Tal vez temas que, si entregas este niño a los Whitfield, lo estés abandonando.

—¿Lo que me dices es que estoy trastornada por un accidente que sucedió hace siete años? ¿Piensas que tengo un problema mental?

—No, no es eso lo que estoy diciendo —respiró hondo—. Simplemente señalo que tus sentimientos pueden ser más complicados de lo que te parecen a ti. Estás sometida a un gran estrés. Por esa tensión reaccionas de esta manera. No se trata de los Whitfield. ¿Realmente crees que habrían hecho tanto esfuerzo, no para tener una familia, sino para dañarte a ti o al bebé? Piensa en lo ansiosos que están ellos.

—¿Por qué te pones de su parte?

—Aquí no hay partes, Hannah. Sólo quiero que tengas un poco de paz —la cogió de la mano y la miró a los ojos para convencerla de su sinceridad.

—Lo siento, padre. Tienes razón —Hannah bajó la cabeza—. ¿Puedo enseñarte algo?

—¿Qué?

Buscó en su mochila, sacó un montón de fotos y se las entregó.

La primera que se veía era la del niño con un helado, de pie junto a un poste de luz. Las otras fotos, menos inocentes, estaban debajo. Las miró rápidamente.

—¿De dónde las sacaste? ¿Qué son?

—Creo que la primera es del hijo de Jolene Whitfield. No sé qué son las otras. Las encontré en su estudio. Parecen fotos de alguien que está siendo torturado. ¿Por qué tendría esas fotos en su poder?

El padre Jimmy volvió a examinarlas, más lentamente esta vez, antes de responder con cuidado.

—Dijiste que ella es artista. ¿Podrían tener relación con sus pinturas?

—Ella no pinta personas, padre. Hace extraños cuadros abstractos. Pueden ser cualquier cosa menos gente. Eso es seguro.

—Bueno, pueden ser fotos de alguna representación vanguardista, o tal vez un acto de protesta. No sé nada, no puedo asegurar nada. Se hacen tantas locuras hoy en día en el mundo del arte... El Museo Nacional se vio en terribles problemas hace un tiempo a causa de eso. Una mujer que se untaba el cuerpo con chocolate, creo que era. Estaba empeñada en que con ello hacía arte, y se organizó un gran escándalo. Lo que quiero decir es que las fotos tal vez no sean lo que parecen —se dio cuenta de que semejante explicación difícilmente iba a satisfacerla. Tampoco le llenaba a él. Podía entender con facilidad por qué esas imágenes perturbaban a Hannah—. ¿Puedes dejarme estas fotos? Necesito tiempo para estudiarlas. Veré si puedo entender algo a partir de ellas.

El humor de Hannah cambió inmediatamente.

—Entonces, ¿me ayudarás? Gracias. No tengo a nadie con quien hablar —irreflexiva e impulsivamente, abrazó al sacerdote. El gesto lo sorprendió, pero para que no se angustiara más, esperó un poco hasta deshacer el abrazo.

—Por supuesto, te ayudaré. Para eso estoy aquí. Es mi trabajo —dijo, poniendo sus manos sobre los hombros de Hannah y apartándola cariñosamente. Esperaba que ella no interpretara el gesto como un rechazo. Le había gustado sentirla cerca.

—Mi amiga Teri dice que a las mujeres embarazadas Dios les da el derecho de ser apasionadas e impulsivas.

—No estoy seguro de que eso esté en la Biblia —respondió—. Pero sin duda Jesús habría estado de acuerdo con la idea.

El padre Jimmy fue incapaz de conciliar el sueño esa noche. Pensaba en la joven angustiada y en cuánto confiaba en él para que la ayudara a orientar su vida. Contempló la posibilidad de hablar con monseñor Gallagher. Tal vez esta situación superaba sus capacidades. No quería darle ningún consejo que pudiera llevarla por un camino equivocado. Creía que Hannah debía cumplir sus compromisos, pero lo importante era que lo creyera ella. Al final, cualquier decisión sería de la mujer, y ella sería quien tendría que vivir con las consecuencias, buenas o malas.

Pero eso no era lo único que le inquietaba. Se dio cuenta de que estaba desarrollando fuertes sentimientos hacia la joven, pero no podía definirlos. Se sentía atraído por ella, aunque estaba seguro de que no era algo sexual. Ya había lidiado con sentimientos eróticos en otras ocasiones, y tuvo que rezar para verse libre de su tiranía. Valoraba profundamente su celibato, sostenido gracias a las oraciones. Pero esto era distinto; este impulso, esta urgencia por cuidar de Hannah... Quería rodearla con sus brazos, consolarla y asegurarle que estaba a salvo.

Ella había sabido buscarlo y eso quería decir algo. De algún modo, sentía que la joven había hecho lo correcto acudiendo a él. Estaban destinados —no, destinados era una palabra muy grande—, estaban unidos por lazos muy sencillos. Lo que ella necesitaba recibir él necesitaba darlo. Cada uno complementaba al otro.

Se sentó y encendió la luz de su mesilla de noche. Allí estaban las fotos que le había dejado. Revisó el montón. Cualquiera que fuese la explicación, eran perturbadoras. Un ser humano despojado de su identidad, privado de su capacidad de ver, hablar y escuchar. Los terroristas hacían eso con los secuestrados, para quebrar su voluntad y reducirlos a un estado animal. Pero..., pero... había algo que no podía explicar. Las fotos tenían un toque extraño, falso. Francamente, no parecían del todo reales.

¿Y la parafernalia? ¿La cabeza del maniquí? ¿Qué era todo eso? Parecía una suerte de experimento de laboratorio. El padre Jimmy volvió a la foto del hombre con la capucha y los brazos levantados sobre la cabeza. ¿Aquel hombre era también parte del experimento? De serlo, ¿qué es lo que se estaba analizando? ¿Fuerza muscular? ¿Resistencia física? ¿Los efectos de una droga?

Las manos del hombre no eran visibles en la foto, pero la evidente tensión de los brazos y la forma en que la cabeza caía a un costado indicaban que había sido llevado hasta el límite de su resistencia física. ¿Era un hombre joven? ¿Viejo? Probablemente más joven que viejo, a juzgar por la musculatura. Si al menos su cara no hubiera estado cubierta, podría saber algo más.

Confundido, el cura dejó las fotografías y miró la pared que había enfrente. Estaba desnuda. Sólo la adornaba un crucifijo de sesenta centímetros, tallado en ébano por un anónimo artesano de Salamanca, que colgaba a la derecha de la única ventana de la habitación. Dejó que sus ojos se posaran en él, obligándose a liberar su mente de tantos pensamientos angustiosos. De repente, su corazón dio un salto.

Movió la lámpara para que la luz cayera directamente sobre las fotos. Sus ojos no le traicionaban. La inclinación de la cabeza era similar. También el ángulo de los brazos extendidos.

A menos que estuviera muy equivocado, las otras fotos —el cuerpo cargado por una segunda persona, como hacen los bomberos al evacuar heridos; el cuerpo inerte yaciendo en el suelo— relataban el resto de la historia.

Lo que se veía en las inquietantes fotos era la crucifixión y lo que siguió a ella.

ANNAH HABÍA TENIDO QUE ESFORZARSE PARA distinguir las pequeñas letras, pero estaba segura de que las había leído correctamente. Estaban en el edificio, al fondo de la foto, sobre el hombro izquierdo del niño que tomaba un helado.

La comparó con la foto de Jolene y el niño. ¿Era su hijo? De pie frente a una catedral que parecía muy antigua, podía haber sido tomada en cualquier lugar. Las catedrales no eran precisamente escasas en el mundo. Pero la foto del niño con el helado era otro asunto.

Mostraba la plaza situada frente a la catedral desde otro ángulo, y uno de los edificios de piedra tenía un cartel. Copió las palabras en un pedazo de papel.

Oficina de Turismo de Asturias.

Las miró durante un rato y se preguntó qué hacer. Después de todo, eran sólo cinco palabras sobre la entrada de un viejo edificio.

Pero tenía que empezar por alguna parte, si quería enterarse de la verdad...

Miró una vez más la fotografía de las figuras sonrientes frente a la catedral y luego salió.

En la biblioteca de East Acton fue directamente a la *Enciclopedia Americana*. No le llevó demasiado tiempo descubrir que Asturias era una provincia del norte de España. La bibliotecaria le indicó dónde estaban las guías de turismo. Había varias dedicadas a España. Hannah buscó «Asturias» en el índice de la más voluminosa, miró en la página 167, como indicaba, y parpadeó sorprendida. Había una foto en color de la misma catedral que había estado mirando una hora antes. Se encontraba en Oviedo, la capital de Asturias. Aquella noble estructura, con su soberbia torre, era la atracción turística más importante de la ciudad.

Hannah se apresuró a bajar los escalones de la biblioteca, ansiosa por compartir la información con el padre Jimmy; pero en su estado apenas podía correr. Hacerlo suponía demasiado esfuerzo. Tras dar unos pocos pasos, ya estaba sin aliento. Cuando hizo una pausa para tomar aire, cayó en la cuenta de que se estaba emocionando por nada.

O por muy poco.

Jolene y Marshall, daba por hecho que el hombre había sacado las fotos, fueron a España. ¿Y qué? ¿No se lo había dicho Letitia Greene el día que los presentó, cuando les describió, con envidia, como viajeros por todo el mundo? No había nada particularmente extraño en el hecho de posar frente a una vieja catedral. Es lo que los turistas han hecho siempre, o por lo menos desde que las cámaras de fotos se convirtieron en complementos obligados de los viajeros. Se plantaban frente a la iglesia, o la estatua, o la cascada, esbozaban sonrisas forzadas y se sacaban una foto. Era una apuesta por la inmortalidad instantánea, afán de tener la prueba de que ellos habían estado allí.

Incluso el cartel del edificio que Hannah se había tomado el trabajo de traducir había sido, en realidad, una decepción. La Oficina de Turismo de Asturias, ahora le parecía evidente, era el sitio más inocente del mundo. Oficinas de turismo hay en todas partes.

Redujo su marcha hasta convertirla en un mero paseo. No había nada que compartir con el padre Jimmy. Aquellos descubrimientos inocuos podían esperar hasta el sábado después de misa.

Monseñor Gallagher observó las instantáneas que el padre Jimmy había colocado frente a él, sobre la mesa de la cocina de la rectoría. Las miró y suspiró silenciosamente. El padre Jimmy ni siquiera le había dado tiempo de terminar su almuerzo y esperaba con ansia que comentara algo sobre lo que estaba viendo.

Le gustaba el joven, aunque la paciencia no fuera su fuerte, como les ocurre a todos los de su edad. Ya vendría con el tiempo, después de decir mil misas y escuchar igual número de confesiones. Por ahora estaba superado por la impaciencia. A monseñor Gallagher el asunto le pareció una historia bastante fantástica y complicada.

Tenía que ver con una joven mujer embarazada, nueva en la parroquia. Era, como le informó el padre Jimmy con profusión de detalles, una madre de alquiler, que había encontrado esas fotos en algún lugar. No eran fotos comunes, ciertamente; monseñor Gallagher estaba dispuesto a admitir eso. Pero la conclusión que sacaba el padre Jimmy no le parecía lógica, no la podía aceptar.

¿Una crucifixión en esta época? Era, por decirlo suavemente, un disparate.

Por un momento, monseñor se sintió viejo y cansado. Decir lo que debía decir, de un modo tal que no pudiera interpretarse como aceptación de lo inaceptable, pero que tampoco ofendiera a los interlocutores, ya era un trabajo difícil con los miembros de la congregación. Con el hombre de quien se consideraba mentor, era incluso más complicado. Valoraba la confianza y el deseo de compartir las inquietudes que tenía el joven sacerdote, que le consultaba sobre todos sus problemas. No quería que el muchacho renunciara a esas virtudes. Tenía que reflexionar detenidamente.

Continuó contemplando las extrañas fotos, consciente de la presencia del par de ojos que le miraban desde el otro lado de la mesa.

—¿Qué piensa? —preguntó el padre Jimmy.

—Yo pienso... que no es asunto nuestro, James —dijo finalmente—. No eres un policía. Eres un sacerdote —apartó su plato, ya sin apetito.

—Pero ella cree de verdad que está en peligro. Quiere que la ayude.

—¿Eso quiere?

—Y piensa que también su bebé está en peligro.

—Ya veo. Ya veo —monseñor se acarició la barbilla—. Me parece que hay un problema más grave que merece nuestra atención. Y es tu relación con la señora Manning.

Sorprendido por una respuesta que no esperaba, el padre Jimmy contestó torpemente:

—No está casada, padre.

—¿Y el anillo que lleva?

—Lo usa para evitar preguntas indiscretas.

Monseñor se tomó un respiro para digerir esta información, que en realidad agrandaba su convencimiento de que el padre Jimmy estaba en una encrucijada mucho más peligrosa que la joven mujer.

—Casada o no, no hay diferencia.

—No entiendo.

Monseñor se puso de pie y colocó una mano sobre el hombro del sacerdote.

—Estamos continuamente sometidos a prueba, James. Como servidores del Señor, nos prueban todos los días. Y no hay prueba mayor que la aparición de una mujer deseable. La señorita Manning acude a ti en busca de ayuda. ¿Por qué no habrías de responder a su ruego? Es muy agradable. Parece confundida, vulnerable. Pero no debes permitir que su confusión se convierta en tu confusión.

—No creo...

—Escúchame, James. No estoy diciendo que sea una mala chica. Pero es débil, y el diablo se vale de los débiles. Sé que es una idea pasada de moda, la del diablo llevando a la humanidad a la perdición. Nadie le da ya demasiado crédito. Si lo prefieres, en lugar de Satanás podemos hablar del deseo. El deseo, que puede tomar tantas formas, ponerse tantos disfraces. ¿Has considerado la posibilidad de que tu deseo de protegerla pueda ocultar intenciones de otro tipo? Incluso ese deseo tuyo de creer que es una inocente mujer en peligro puede haberte tapado los ojos para no ver una realidad mucho menos excepcional, que ella es una joven neurótica que parece lamentar profundamente la decisión que ha tomado. Tienes un futuro venturoso frente a ti. No dejes que esa muchacha te lo estropee.

El padre Jimmy guardó silencio. ¿Qué podía decir? Cogió las fotos humildemente.

Monseñor tenía razón. Siempre tenía razón.

La reunión social en el sótano, después de la misa, estaba muy concurrida. Incluso monseñor había considerado que era su deber asistir. Sobre el murmullo de las conversaciones, Hannah podía escuchar a la señora Lutz predicando a quien quisiera oírla las virtudes de su tarta «rayo de sol», cubierta con una capa especial de chocolate almendrado.

El padre Jimmy ya estaba rodeado, como siempre, por varias damas habladoras, por lo que Hannah fue hasta la mesa con el ponche y dejó que Janet Webster, la señora de la ferretería, le sirviera un vaso.

Conversó un poco, respondió a las habituales preguntas de los curiosos sobre cuándo nacería «el pequeño» y confesó que no había elegido nombres todavía.

—Siempre pensé que Grace era un nombre bonito —dijo un hombre alegre que había peinado sus escasos pelos hacia un lado para disimular la calva—. Gloria también es bonito. Siempre que se trate de una niña, claro.

Hannah se las arregló para llamar la atención del padre Jimmy, pero la señora Lutz le perseguía a voces, conminándole a que probara su tarta, y él no tuvo más remedio que apartar su mirada. No parecía haber modo de comunicarse con el cura. Tendría que hablar con él cuando la gente comenzara a irse.

Media hora más tarde, todavía estaba esperando.

—¿Señora Manning? Es un placer verla —era monseñor.

—Ah, hola, ¿cómo está usted, monseñor?

Hubo un silencio incómodo.

—Pensé que esta semana era mi deber probar los pasteles y preservar a la comunidad de cualquier exceso de azúcar, a ser posible —dijo. La frivolidad no era lo suyo, estaba claro—. ¿Está usted bien? Usted y él... —hizo un leve gesto señalando su hinchado vientre.

—Muy bien, gracias.

—¿Ningún problema?

—Ninguno.

—Eso es bueno —iba a decir algo sobre James, pero cambió de idea y de discurso—. El embarazo debe ser un tiempo gozoso en la vida de una mujer.

Finalmente, varios parroquianos comenzaron a retirar de la mesa los restos de los dulces, mientras que los demás subieron las escaleras y salieron a la noche. Sólo quedaban algunos rezagados cuando el padre Jimmy se acercó a Hannah. Parecía más reservado que de costumbre.

—Te vi hablando con monseñor.

—Sí.

—¿Sobre algo en particular?

—Nada en particular.

Introdujo la mano en el bolsillo y sacó las fotos.

—Me temo que no tenga noticias demasiado alentadoras, Hannah. No pude averiguar nada sobre estas fotos.

—¿Nada...?

—Lo siento, no.

—Pero ¿qué me dices del mensaje en el contestador automático? ¿Era del hijo de Jolene?

—Si es importante para ti, tendrás que preguntárselo tú misma. Recuerda, Hannah, que no es tu cometido juzgar a los futuros padres de este niño.

Estaba actuando de una manera extraña, esquivándola.

—Entonces, supongo que crees que me lo he inventado todo.

—No, no es eso. Yo pienso... que te has visto sometida a una tensión excesiva.

Su ánimo estaba decayendo rápidamente. Se suponía que era su aliado.

—En ese caso, lamento haberle molestado, padre.

—No me has molestado. Es mi trabajo, ayudar.

Cogió las fotos con un gesto de desazón.

—Supongo que no es nada. Todo lo que pude averiguar de la foto de Jolene con el niño es que fue tomada en una ciudad de España. Un lugar llamado Oviedo.

La actitud del padre Jimmy cambió inmediatamente. Sus ojos reflejaron un vivísimo interés y la miraron fijamente. Hannah estuvo a punto de retroceder ante la inesperada intensidad de su mirada.

—¿Qué has dicho?

—Oviedo —murmuró—. ¿Por qué?

CAPÍTULO

XXX

UNA LUNA CRECIENTE BRILLABA EN LO MÁS ALTO del cielo cuando Hannah y el padre Jimmy cruzaron el jardín camino de la rectoría.

—Oviedo es famosa por su catedral. El Sudarium se encuentra allí —le dijo.

—¿Qué es el Sudarium?

—Ya comprenderás. Yo mismo estoy comenzando a entender ahora.

El estudio estaba en la planta baja, al lado de la cocina, en lo que había sido una gran despensa cuando vivían cuatro sacerdotes en la rectoría. Sobre los estantes, que alguna vez almacenaron comida enlatada, ahora había libros, tratados filosóficos y alguna novela. En un rincón, un viejo globo terráqueo mostraba aún grandes zonas de África como parte de las potencias coloniales. Una larga mesa de pino, colocada frente a la ventana, servía de escritorio. A decir verdad, seguía pareciendo más apta para colocar fuentes de frutas y verduras que para soportar el ordenador que ahora se veía encima de ella.

El padre Jimmy se sentó en una silla de respaldo recto, encendió el ordenador y buscó «sudarium» en internet. Apareció en la pantalla una relación de lugares. Recorrió la lista hasta pulsar donde se hablaba de la historia de la reliquia.

—Has oído hablar del Sudario de Turín, ¿no?

—Creo que sí.

—Es una antigua pieza de lino, con la silueta de un hombre impresa en ella. Mucha gente cree que es el lienzo fúnebre de Jesús y que la silueta es la del cuerpo del propio Jesucristo. Está en la catedral de Turín, en Italia, y es una de las reliquias más veneradas de la Iglesia.

—Ahora recuerdo —dijo Hannah, mientras acercaba una silla a la pantalla—. ¿Cuál es la relación de esa reliquia con Oviedo?

—Bueno, el Sudarium es a veces denominado «el otro sudario», y se piensa que fue el lienzo que cubrió la cara de Jesús después de su muerte en la cruz. La palabra viene del latín. Literalmente quiere decir «paño de sudor».

—¿Por qué ponían un lienzo sobre el rostro?

—Era una costumbre judía. Cuando alguien experimentaba una larga agonía y la cara quedaba desfigurada por el dolor, la cubrían para que no se viera. Bien podría haber sido ése el caso de Jesús. De serlo, el Sudarium podría ser ese lienzo. Eso dice la tradición.

—¿Y qué tiene que ver todo esto con las fotos?

El padre Jimmy alzó una de las instantáneas del hombre cuya cabeza estaba cubierta por la funda de tela.

—Es un poco complicado. Mira el crucifijo —señaló la pared—. ¿Ves?

—¿Qué?

—El parecido que hay entre el hombre de estas fotos y Jesús en la cruz.

—¿Estás sugiriendo que estas fotos son de alguien a quien crucificaron?

—No, pero sí de alguien que puede estar representando la crucifixión —un encogimiento de hombros subrayó la confusión de Hannah—. Para mí —continuó—, parece que lo que se ve en estas fotos es algún tipo de experimento, ya sabes, quizá para demostrar como el Sudarium puede haber estado cubriendo el rostro de Jesús. Parece que se han tomado un gran trabajo para reproducir exactamente la posición de la cabeza. Creo que utilizaron el maniquí para eso. No son fotos de una tortura real.

—Gracias a Dios. ¿Entonces es... una especie de investigación?

—Ésa sería mi tesis, sí.

La pantalla estaba ocupada ahora por las vicisitudes del Sudarium. Sorprendentemente, la historia de este «otro sudario» estaba mejor documentada y era más clara que la del Sudario de Turín. En la de este último había confusas lagunas, periodos durante los cuales su paradero y sus dueños no se conocían. La historia del Sudarium, si uno creía lo que estaba escrito, llegaba sin interrupción hasta los tiempos bíblicos. Después de la crucifixión, permaneció en Palestina hasta el año 614, cuando Jerusalén fue atacada y conquistada por los persas. Para su seguridad, fue transportado hasta Alejandría, en Egipto, y cuando Alejandría también sucumbió al ataque persa, fue transportado en un arcón de reliquias a través del norte de África hasta España.

Hacia el año 718 había llegado a Toledo, pero de nuevo, para evitar su destrucción inminente —esta vez a manos de los moros que invadían la península Ibérica—, el cofre fue llevado al norte y ocultado en una cueva, a quince kilómetros de Oviedo. Pasado el tiempo, una capilla especial, la Cámara Santa, fue construida en el lugar.

El rey Alfonso VI y el noble español conocido como el Cid presidieron la apertura del cofre, el 14 de marzo de

1075, cuando su contenido fue oficialmente inventariado. El Sudarium era la reliquia principal, eclipsando a los fragmentos de hueso y los pedazos de suela de sandalia que lo acompañaban. Desde entonces, ha permanecido en Oviedo, donde se muestra al público sólo en ciertos días solemnes. La catedral ha sido un lugar muy popular, de intensa peregrinación, desde la Edad Media.

Sumidos en un mundo situado a un océano de distancia, ninguno de los dos escuchó el quejido de la puerta de la rectoría, que se abrió dando paso a monseñor Gallagher. El obispo avanzó cansinamente hacia la puerta del estudio.

—¿Todavía estás levantado, James? —gritó.

Hannah pegó un salto al escuchar la inesperada voz. El padre Jimmy puso un dedo sobre sus labios, indicándole que se quedara quieta y no descubriera su presencia.

—Sí, padre —le respondió—. Estaba terminando un trabajo en el ordenador.

—¿De dónde sacas tanta energía? La reunión de esta noche me agotó. ¡Esas mujeres y sus terribles postres! No te quedes hasta muy tarde.

—Enseguida termino. Buenas noches, padre.

—Buenas noches, James.

Se oyeron los pesados pasos subiendo las escaleras. Luego se cerró una puerta. El silencio cayó sobre la rectoría. El padre Jimmy recordó lo que monseñor le había dicho. Hannah no debería estar con él en la rectoría a esas horas.

—¿Algún problema? —preguntó Hannah susurrando.

—No —contestó el padre Jimmy, mientras se prometía interiormente contárselo todo a monseñor a la mañana siguiente—. Puedes estar tranquila. Duerme como un tronco.

Pulsó varias teclas y apareció en pantalla una imagen del Sudarium. Era de apariencia común, un retazo de lino que medía ochenta centímetros por cincuenta, con manchas borrosas del color de la herrumbre. Era igual que una de las fotos borrosas que Hannah había considerado desenfocadas o fallidas.

—Marshall y Jolene visitaron la catedral —dijo Hannah—. Debieron de hacer fotos del Sudarium, sin duda.

—Puede ser. Alguien las hizo.

—¿Querría un modelo para sus pinturas?... —Su voz se fue apagando, mientras trataba de imaginarse otras posibilidades.

Nada había quedado sin estudiar en el famoso lienzo, desde la naturaleza del tejido hasta los restos de polen que conservaba, procedentes, según la ciencia, de plantas propias de Oviedo, Toledo, el norte de África y Jerusalén, confirmando así la ruta que había seguido a lo largo de la historia, según la tradición.

Las pruebas más llamativas eran, sin embargo, las diversas manchas del Sudarium, que según los análisis estaban compuestas de sangre y un pálido líquido marrón. De su estudio se deducía que el hombre cuyo rostro había cubierto el lienzo murió en posición vertical, con su cabeza inclinada setenta grados hacia delante y veinte hacia la derecha.

Las manchas de sangre provenían de heridas abiertas en la cabeza y la base del cuello, hechas por «pequeños objetos cortantes», posiblemente las puntas de la corona de espinas. En cuanto a las manchas marrones, eran fluido pulmonar, secreciones de la pleura que se acumulaban en los pulmones de quienes morían por asfixia, causa inmediata de la muerte por crucifixión. El líquido es expulsado por la nariz cuando el cuerpo sufre una fuerte sacudida, como necesariamente hubo de ocurrirle a Jesús al ser bajado de la cruz.

Minuciosos experimentos fueron llevados a cabo por el Centro Español de Estudios Sindonológicos (investigaciones sobre la Sábana Santa) de Valencia, para demostrar que el paño hubo de ser doblado y colocado sobre el rostro para que la sangre y el fluido pulmonar produjeran ese preciso patrón de manchas. Un investigador superpuso una imagen del Sudarium sobre otra del Sudario de Turín y concluyó que había ciento veinte «puntos de coincidencia», donde las manchas de cada lienzo encajaban. Conclusión: las dos piezas de tela habían cubierto al mismo hombre.

—Pero ¿cómo saben que fueron dos piezas? —preguntó Hannah.

—Eso es sencillo —el padre Jimmy se incorporó y sacó una Biblia del estante—. Evangelio de San Juan, capítulo veinte, donde Simón Pedro y otro discípulo entran al Sagrado Sepulcro.

Leyó el pasaje a su amiga. Su voz era apenas un murmullo en la silenciosa rectoría:

Corrían los dos juntos. Pero el otro discípulo
corría más que Pedro, y llegó primero al sepulcro.
Se agachó y vio los lienzos en el suelo, pero no entró.
Después llegó Pedro. Entró a la sepultura
y vio los lienzos tumbados.
El sudario que pasaba sobre la cabeza no estaba tumbado
como los lienzos, sino enrollado en su mismo lugar.

El otro discípulo, que había llegado primero,
entró a su vez, vio y creyó.

—El sudario que pasaba sobre la cabeza es el Sudarium —dijo.

—Entonces es auténtico.

—¿Quién puede estar seguro? Lo único que sabemos
es que había uno, pero no si era ése —le respondió, fro-
tándose los ojos, cansados de tanto leer.

Se acordó de la peregrinación que hizo a Roma como
joven seminarista. Cada parada en el camino despertaba
en él sentimientos más poderosos que la anterior. Esperaba maravillarse en San Pedro y en la breve audiencia que
él y sus compañeros tendrían con el Papa. Y así fue. El es-
plendor atemporal de la ciudad y sus monumentos también
le sobrecogió, procediendo como procedía de Boston, donde
no hay muchos vestigios de importancia anteriores al siglo
XVIII.

Pero la revelación mayor llegó cuando un grupo de
seminaristas decidió visitar Turín. Allí, en una caja de vidrio guardada en la catedral, estaba el Sudario, la incon-
fundible imagen de Jesús impresa en la frágil tela que había
sobrevivido dos mil años. La reliquia superó incendios,
guerras, las burlas de los incrédulos y hasta el asalto de los
científicos, que si unas veces se inclinaban por su autenticidad, otras la declaraban falsa.

El padre Jimmy llegó a la conclusión de que todos
aquellos debates no tenían importancia para él. Las reliquias no le suministraban fe, sino que era él quien ponía
fe en las reliquias. Le ayudaban a ponerse en contacto, en
cuerpo y alma, con personas santas que habían vivido antes
que él. En ese sentido, las consideraba hermosas y útiles
metáforas. La imagen de Jesús en el lienzo, genuina o no,

le hablaba constantemente. Venía a decir: «No permitan que mi imagen se desvanezca más de lo que se ha difuminado en este lienzo. Vuélvanme a la vida para millones de personas. Manténganme en sus corazones».

El cura miró a Hannah.

—Creo que siempre me han fascinado las reliquias. Para mí sirven como recordatorio de que los santos no son seres imaginarios. Fueron gente real, que vivió vidas reales y estuvo en contacto real con lo divino.

Ella reflexionó sobre esa idea.

—Me pregunto cómo será el contacto con lo divino.

—Lo sabes. Lo tienes cada vez que comulgas.

—Ah, sí.

—¿Crees que eso no cuenta? —preguntó dulcemente, y ella apartó el rostro, avergonzada. Podía ver el estacionamiento desde la ventana. No quedaba ningún coche. La reunión social había terminado hacía tiempo. Tenía que volver a casa pronto o Jolene comenzaría a preocuparse. Cualquier ausencia inexplicada, en esos días, era pretexto para una escena desagradable. Cuanto más tarde llegase, peor sería la escena—. Hannah, mira.

Mientras ella miraba el estacionamiento vacío, el padre Jimmy había tropezado con una sorprendente noticia relacionada con el pasado del Sudarium, un artículo periodístico sobre cierto anciano sacerdote que había fallecido mientras guardaba el Sudarium en la Cámara Santa, después de los oficios del Viernes Santo. Un guarda lo había encontrado muerto en el suelo. La reliquia fue guardada rápidamente en su lugar de honor, en un armario cerrado, aparentemente sin haber sufrido daño alguno.

El muerto, un tal don Miguel Álvarez, tenía setenta y nueve años y una historia clínica de problemas cardiacos, así que las autoridades no vieron nada sospechoso en su fallecimiento. El autor del artículo decía que la muerte «le llegó pacíficamente», sugiriendo que tan dulce marcha fue una bendición del mismo lienzo sagrado.

—Los diarios españoles prestaron gran atención al hecho de que hubiera muerto en Viernes Santo, con la sangre de Jesús en sus manos —dijo el padre Jimmy—. Mira aquí —Hannah volvió a mirar a la pantalla—. Aquí es donde guardan el Sudarium. En ese armario dorado, detrás de la cruz con los dos ángeles arrodillados en la base.

—Es una coincidencia —dijo Hannah.

—¿Qué?

—Todo: el lienzo, la visita de Jolene a Oviedo, las fotos, lo del anciano sacerdote.

El padre Jimmy tenía que admitir que así era. El Sudarium había dado lugar a una auténtica industria, segunda en importancia después de la propiciada por el Sudario de Turín. Las investigaciones se llevaban a cabo con gran rigor académico. Había frecuentes congresos, convocados para anunciar descubrimientos importantes. Pero él notaba en toda esa actividad un preocupante componente de fanatismo. ¿No era arriesgado poner la ciencia al servicio de una causa sagrada? La fe era fe. Sostenida por la ciencia, corría el riesgo de convertirse en otra cosa, algo más estridente, polémico y agresivo. ¿Cuándo, se preguntó, se transforma la fe en fanatismo? ¿Cuándo la investigación científica deja a un lado la fe y entra en el terreno de la política?

Había páginas de internet de todo el mundo dedicadas a estas reliquias. Apenas pudo entrar en algunas. La Sociedad del Santo Sudario de Nevada daba como dirección un apartado de correos en Reno, mientras que el Instituto Italiano de Sindonología estaba localizado en Roma. El Centro para la Investigación del Entierro de

Cristo estaba en Long Beach, California. Una organización denominada Sociedad Nacional del Sudario estaba domiciliada en Massachusetts. Con intención de que fuera la última de la jornada, el padre Jimmy entró en esa página de internet, reconociendo de inmediato la catedral de Oviedo en la foto de apertura. Debajo había un mensaje de bienvenida (era el visitante 603) y una declaración de los objetivos y propósitos de la sociedad.

La fundadora, una mujer de aspecto agradable, aparecía en una gran foto, junto con su invitación personal a los visitantes para que ingresaran en la sociedad. La página la identificaba como Judith Kowalski. Los interesados podían responder por correo electrónico o postal.

—No es posible —dijo Hannah sin aliento, hipnotizada por el rostro que aparecía en la pantalla—. Ésta es la mujer de quien te hablé.

—¿Quién?

—La que coordina Aliados de la Familia.

—¿Estás segura? Pensé que habías dicho que su nombre era...

—Hay otro nombre bajo esa foto, pero esa mujer es Letitia Greene. Estoy segura.

—Qué extraño.

El timbre de la rectoría sonó varias veces. El padre Jimmy pegó un salto, mirando instintivamente su reloj. El tiempo había transcurrido sin que se diera cuenta. Eran las once pasadas. Nadie llamaba a esta hora, a menos que fuera por una emergencia.

Se abrió la puerta. Se oyeron voces. Hannah escuchó que se pronunciaba su nombre. Se levantó y fue hasta el recibidor, donde encontró a Jolene, desencajada.

Saltándose cualquier saludo, la mujer la agarró por el brazo.

—¿Sabes qué hora es? Me has dado un gran susto. Dijiste que ibas a la reunión social y que estarías de regreso a las diez. Cuando vimos que no volvías, temimos lo peor —Jolene era incapaz de controlar el temblor en su voz—. Discúlpeme, padre, pero usted puede entender mis sentimientos. Vine a buscarla ¡y me encontré con todas las luces apagadas en la iglesia! ¡Nadie a la vista! ¿Qué podía pensar?

—Le dije a Marshall que llamaría si necesitaba que me viniera a buscar —dijo Hannah con premeditado tono de disculpa—. No fue mi intención preocuparte.

—Es culpa mía, señora Whitfield —intervino el sacerdote—. Mis sinceras disculpas. Nos quedamos conversando. La habría acompañado a su casa.

Las palabras del sacerdote parecieron calmar un poco a Jolene.

—Muy amable, padre —murmuró a regañadientes—. Pero no se trata de eso. Lo importante es que todos están bien. Debemos ir a casa y hacerle saber a Marshall que no ha pasado nada —la cogió del y brazo la condujo hacia la puerta como a una niña desobediente.

—Un segundo, Jolene —dijo Hannah soltándose—. He olvidado una cosa. Corrió hasta el escritorio y cogió un papel. En él escribió: «¡¡¡¡Doctor Eric Johanson!!!!». Después puso el papel sobre el teclado del ordenador, donde el padre Jimmy no podía dejar de verlo.

Cuando llegaron a la entrada de la casa, Jolene intentó minimizar su brusco comportamiento en la rectoría.

—Tienes que entender que nos preocupa tu bienestar. Es que me puse tan nerviosa cuando no viniste a casa... No sabía qué pensar.

—No hay nada que pensar. El padre Jimmy es mi confesor, eso es todo. Con él estoy segura.

Jolene respiró hondo. En su gesto había un punto de insatisfacción apenas perceptible.

—¿Confesor? ¿Son verdaderamente necesarios los confesores en estos tiempos? ¿Qué es lo que tiene que confesar una criatura tan dulce e inocente como tú?

—Todos tenemos algún que otro secreto que confesar, ¿no crees, Jolene?

Hannah dio media vuelta y entró a la casa, dejando a la mujer de pie en la entrada.

CAPÍTULO
XXXI

L A JOVEN EMBARAZADA DURMIÓ AGITADAMENTE esa noche. Su sueño era tan ligero que cualquier cosa la sobresaltaba. El ruido de un coche en la calle Alcott o el aullido de un perro en los bosques de detrás de la casa, sonidos frecuentes en East Acton, eran suficientes para desvelarla.

Una discusión, que le pareció que se desarrollaba a los mismos pies de su cama, volvió a sacarla del frágil sueño. Hannah percibió enseguida que provenía del piso inferior y que Jolene y Marshall se esforzaban por discutir en voz baja. Sobre todo Marshall. La voz de Jolene era más fuerte y su estado de ánimo, agitado; las palabras de la mujer se filtraban con facilidad a través de paredes y techos.

Miró el reloj: las tres y media de la madrugada. ¿Qué podía tenerlos levantados a esas horas?

—En su nombre, eso es lo que ella dijo. Su nombre —era la voz de Jolene—. Claramente nos dijo que alguien vendría en su nombre. ¡Es tan claro para mí lo que quiso decir!

La respuesta de Marshall fue inaudible, pero la joven comprendió que sirvió para exasperar a Jolene, porque su contestación fue en voz más alta que antes.

—Él es quien ella quiso decir, Marshall. Por eso me guió hasta allí. Para que pudiera verlo por mí misma.

Nuevamente Marshall respondió algo que Hannah no pudo entender.

Después oyó a Jolene.

—Nos prometió que nos guiaría. ¿No lo ha hecho, Marshall? ¿No lo ha hecho?

—Sí, lo hizo, Jolene. —Esta vez la voz del hombre sonaba claramente.

—Me parece claro que es exactamente lo que está haciendo. Nos ha alertado. Nos ha mostrado el peligro. ¿Por qué te cuesta tanto creerlo?

Las voces se apagaron y pronto fueron suplantadas por el sonido de Jolene y Marshall bajando las escaleras y luego abriendo y cerrando la puerta de la cocina. Hannah sabía lo que estaba pasando. Volvían a salir al jardín, como la otra vez. Hannah abrió un poquito la ventana de su dormitorio y se ocultó detrás de las cortinas.

Esa noche no había luna y la oscuridad era casi total. A Hannah le costó un rato adaptar los ojos y comenzar a ver vagamente las sombras en el jardín. Si su vista no mentía, Jolene estaba de rodillas, cerca del bebedero, con los brazos extendidos. Marshall permanecía de pie, más atrás, manteniendo la distancia. Era una presencia pasiva en estas misteriosas vigilias nocturnas, un simple testigo de las actividades de su esposa. Ella era la protagonista. Ahora estaba murmurando algo así como una canción, o quizá una letanía, pero había desaparecido el anterior tono estridente. En la lejanía, Hannah escuchaba un monótono tarareo.

Luego cesaron todo movimiento y sonido. Sin esas referencias, en la gran oscuridad de la noche, Hannah los perdió de vista. Después de unos momentos ya ni siquiera estaba segura de que los Whitfield se encontraran allí.

Había tanto silencio que podía escuchar el sonido de su propia respiración.

Finalmente se oyó un crujido. Luego, un susurro, alguien caminando. Seguían allí.

Jolene habló.

—Tenemos que irnos. Es hora de preparar el camino.

El otoño se adueñó firmemente de la zona este de Massachusetts. Los árboles habían experimentado la habitual explosión de colores, la mayor parte de los cuales desaparecerían en cuestión de semanas. Pero grandes pilas de calabazas y pirámides de crisantemos se dejaban ver todavía en los puestecillos colocados a la vera de los caminos. Hasta el cielo se las ingeniaba para dar un respetable espectáculo al atardecer.

Nadie dudaba de que el invierno estaba en camino. Sólo faltaba saber en qué momento empezaría. En un solo día, el viento del norte podía despojar los árboles de sus últimas hojas y volver los cielos de un gris metálico. Pero, de momento, el clima parecía haber firmado una apacible tregua.

Hannah lamentaba que hubiera menos horas de luz, pero agradecía el descenso de las temperaturas. Ahora que se encontraba en su octavo mes de embarazo, se sentía más grande y más torpe que nunca. No podía con el calor.

En realidad, no sólo «se sentía» enorme. Lo estaba. Parecía una versión femenina del muñeco de Michelin.

Lo bueno era que ya no podía engordar más. El bebé comenzaría pronto a bajar hacia la pelvis y, aunque eso no reduciría su tamaño, la forma del cuerpo sería otra. Lo malo era que los pantalones elásticos habían perdido toda elasticidad. Agacharse era un trabajo hercúleo. El bebé pateaba como un futbolista.

El doctor Johanson le había sugerido que jugara con la criatura colocando un pedazo de papel en su abdomen y mirando cómo el bebé le daba patadas. «¡Es divertido, ya verás!».

Tan divertido, se imaginó Hannah, como estar debajo de una enorme montaña de jugadores en un partido de rugby.

Hannah no mencionó a nadie la última salida nocturna de su anfitriona.

Jolene parecía la misma de siempre, en todos los sentidos. Si acaso, un poquito más «madre protectora» que lo habitual. No había nada sospechoso en ello.

Desde su enfado en la rectoría, la mujer se había desvivido por mostrarse solícita con Hannah, como si el arrebato de esa noche hubiera sido la legítima preocupación de una madre por su hija. «Eres como la hija que Marshall y yo nunca tuvimos», decía ahora con excesiva frecuencia.

Hannah sabía de sobra que lo correcto era responder que ellos eran como sus padres..., sus nuevos padres. Pero no podía hacerlo.

El buen humor de Jolene le pareció a Hannah particularmente exagerado durante la cena del sábado por la noche. Había, sobre todo, viandas compradas en un puesto de la carretera. Marshall abrió una botella de vino Chardonnay y pronto se encontró hablando de su tema favorito: el placer de viajar y lo esencial que es cambiar de escenario de vez en cuando.

—No seré yo quien te lleve la contraria —comentó Jolene, mientras llenaba un tazón de puré de patata y se lo pasaba a Hannah—. Yo siempre digo que hay que ir a todas partes por lo menos una vez. Puede que luego no vuelva a visitarlo, pero hasta que no veo un lugar con mis propios ojos, nadie puede impedirme que desee conocerlo.

—Y a ti, Hannah, ¿qué te parece lo de viajar? —preguntó Marshall.

—Nunca he estado en ninguna parte. Una vez fui a Nueva York, en un viaje con la escuela. Mi tía y mi tío preferían quedarse en casa.

—¿Adónde te gustaría ir?

—No lo sé. Algún día, a Europa.

—¿A algún otro sitio?

—No he pensado mucho en el asunto.

Marshall agitó el vino en su copa.

—¿Qué te parece Florida?

—Es un lugar templado, supongo. En las fotos parece agradable.

—¿Has oído hablar de los cayos de Florida?

Jolene interrumpió.

—Marshall, ya es suficiente. Deja de torturar a la niña. Díselo de una vez —puso a un lado el cucharón del puré y miró fijamente a su esposo—. Marshall tiene una pequeña sorpresa. Díselo, cariño.

—Tenemos un amigo que posee una pequeña isla en la costa, entre Maratón y Key West. No hay más casa que la suya. El único modo de llegar es en barco. Es preciosa, alejada de todo. Incluso tiene una hermosa playa.

—Así que allí uno está completamente seguro de no ser molestado por los turistas o las visitas inoportunas —agregó Jolene.

—Es muy tranquila. Sólo se escucha el sonido de las olas y las gaviotas. Me la ofrecieron por un par de semanas durante la época del día de Acción de Gracias. Y como la compañía de seguros me debe unos cuantos días de vacaciones, yo pensé...

—¡Ejem! —Jolene se aclaró la garganta.

—Sí, querida. Nosotros pensamos que sería un bonito viaje. Un poquito de paz y relajación, lejos de las multitudes. Sin coches, sin televisión. ¿Qué te parece?

Hannah no sabía qué responder. Su fecha de parto no estaba tan lejana, y ahora Marshall le proponía que se fueran todos de viaje. La oferta era muy inesperada. Entonces su memoria la llevó a la noche en la que había espiado a Jolene y Marshall en el jardín. Recordó a Jolene balbuceando sobre peligros, algún terrible peligro que se aproximaba, y la necesidad de estar alerta. Pocas noches atrás había dicho... ¿qué era? «Tenemos que estar listos para partir», o algo por el estilo. ¿Querían huir de alguien?

Como si presintiera su recelo, Marshall dijo:

—Por supuesto, tenemos que preguntarle al doctor Johanson si es posible. No vamos a ir a ningún lado sin su aprobación. Así que no tienes por qué decidirlo ahora, Hannah. Pero piensa en ello.

Cambió de tema y se pasó hablando el resto de la comida sobre una propuesta legislativa que iba a crear el caos en el mundillo de los seguros. Jolene lo interrumpió con alabanzas a las hojas otoñales.

Hannah procuró cumplir comiendo unos bocados de la tarta de manzana y luego apartó el plato.

Había perdido el apetito.

CAPÍTULO
XXXII

H ANNAH NO SE SORPRENDIÓ CUANDO, DURANTE el chequeo semanal, el doctor Johanson aseguró que su salud había mejorado notablemente.

Cualesquiera que fueran sus problemas, hipertensión u otra cosa, habían desaparecido. La presión arterial, ¡normal! Los análisis de orina, ¡perfectos! La hinchazón de manos y tobillos, ¡eliminada! Todos los síntomas de preeclampsia se habían esfumado.

—Haciendo lo que te digo obtienes resultados —dijo el doctor Johanson, moviendo la cabeza con evidente satisfacción—. La situación ha mejorado tanto que no veo motivos para que no puedas volar a Florida —los ojos de Jolene brillaron y aplaudió silenciosamente, con entusiasmo infantil. El médico alzó una mano pidiendo calma—. Sin embargo... no me gustaría que te pusieras a practicar surf ni a bucear. ¿Comprendes? Por otro lado, si permaneces alejada del sol y te sientas debajo de las palmeras, mejor, así el viaje podría ser beneficioso. Pero deja de preocuparte tanto. ¿Por qué no habrías de ir a Florida?

Le habría gustado responder la verdad: porque no tenía ganas. La vida con los Whitfield en East Acton ya era bastante aburrida y rígida. No podía imaginarse lo que sería estar atrapada con ellos en una casa aislada, en una isla remota, con o sin playa privada.

El segundo motivo por el que no quería ir a Florida era que desconfiaba del propio doctor Johanson. Su diagnóstico de preeclampsia, unos meses antes, y su insistencia en el reposo absoluto habían coincidido con el deseo de Jolene de mantenerla en casa. Qué casualidad. Y ahora que los Whitfield querían irse de viaje, se había curado milagrosamente. Sus diagnósticos aparecían justo a tiempo.

—Va a ser tan divertido —balbuceó Jolene—. Ardo en deseos de decirle a Marshall que tenemos el visto bueno del doctor.

—Llámelo ahora mismo. Utilice mi teléfono —ofreció, alegre, el médico, acercándole el aparato instalado en su escritorio.

—No, no. Usted tiene que terminar de examinar a Hannah. Usaré el teléfono de la sala de espera.

Mientras se iba, Johanson le dijo:

—Pregúntele a Marshall si hay lugar para uno más. Yo también voy, ¿no? Nos sentaremos todos en la playa —le hizo un guiño cómplice a Hannah.

Qué amables y comprensivos eran el uno con la otra, pensó la chica. Ya lo notó el día que los encontró examinando su ecografía. La suya era una atípica relación doctor-paciente.

Esos pensamientos habían desviado por un momento su atención del doctor Johanson, que estaba hablando de ciertos ejercicios que debía comenzar a realizar. Gimnasia de relajación y respiración que la ayudaría a minimizar el dolor durante el parto... ¿Sabía que la música también ayuda? Sí, ayuda y relaja. ¿No nos lo había dicho Shakespeare? Sería bueno que ella eligiera la música que quería escuchar durante el parto, su «música de nacimiento», y comenzara a oírla desde ahora.

Trató de concentrarse en sus palabras, pero lo que continuaba bullendo en su cabeza era lo poco que sabía de ese hombre. Ni siquiera conocía su nacionalidad. Los diplomas de las paredes parecían proceder de universidades extranjeras. En marzo, cuando Letitia Greene, o como se llamase, se lo había recomendado, Hannah entendió que era el médico oficial de Aliados de la Familia. Nunca lo había dudado. Ahora se preguntaba qué significaba esa alianza entre la mujer y el doctor. Se preguntó si el padre Jimmy había podido encontrar algo sobre el misterioso hombre.

—Se devuelve oficialmente a la señorita Hannah Manning el título de mujer con buena salud —anunció el doctor Johanson, mientras la acompañaba a la sala de espera.

Jolene estaba loca de alegría.

—Marshall va a hacer las reservas hoy mismo. La semana que viene, a estas horas, estaremos disfrutando del sol. Bueno, todos excepto Hannah, por supuesto. Me encargaré de que se divierta a la sombra. Marshall ha dicho que, no podía ser de otra forma, está usted invitado, doctor Johanson. ¡Puede contar con su propia hamaca tropical!

La excitación de la mujer tenía algo de perturbador. Todo lo hacía últimamente con un tono agudo y exaltado en exceso, como si ya no conociera la templanza, los medios tonos. Pero en aquellas palabras dirigidas al médico también había cierto tono seductor.

—Me deja al margen, en otra hamaca, ¿eh? Como una mascota o una lagartija. Tendré que pensar en el significado de todo esto.

Aunque su voz era gruñona, Hannah comprendió que estaba correspondiendo al coqueteo de Jolene. La familiaridad que exhibían entre ellos trascendía el comportamiento puramente profesional. No creía que estuvieran teniendo un lío, pero tampoco actuaban como extraños.

—Disfruten, disfruten de su viaje —les dijo calurosamente, mientras dejaban la oficina—. No vuelvan a pensar en el pobre doctor Johanson. No tengo tiempo para viajes.

Pero Hannah volvió a pensar en él.

XXXIII

DEBES DE TENER TELEPATÍA, PRECIOSA. JUSTO en este momento estaba pensando en lla-marte —la voz de Teri era cálida y acogedora.

—Pues me adelanté. Te gané —contestó Hannah.

—Te aseguro que te echamos mucho de menos en el restaurante. La nueva chica que contrató Bobby es una enana mental. Cualquier mesa con más de dos personas le produce sudores fríos. Sé que probablemente no quieras volver jamás a este lugar, pero déjame decirte que si alguna vez decides regresar, habrá una banda de música en la puerta para recibirte.

—¿Cómo está Bobby?

—No muy bien últimamente. Su novia le dejó, así que viene, llora por los rincones y se va a su casa. Ni siquiera puedo lograr que se enfade. Pensé que nunca diría algo semejante, pero me da pena ese gordo cabrón. ¿Y tú cómo estás? ¿Todavía sigues en reposo absoluto?

—No, ahora el doctor dice que estoy bien. Mira, Teri, no tengo mucho tiempo para charlar. ¿Te importa que vaya directa al grano?

—Dispara, preciosa.

—¿Podría ir a pasar unos días con ustedes?

—Claro, seguro. ¿Por qué? ¿Qué pasa?

Hannah explicó lo de sus inminentes vacaciones y cómo en realidad no quería acompañar a los Whitfield. Estaban todos con los nervios de punta, y lo último que necesitaba era enclaustrarse con ellos en algún lugar dejado de la mano de Dios, en medio del océano.

—Mi cochecito está muerto en algún garaje, y sé que no van a querer que me quede aquí sola.

—¿Y prefieren arrastrarte a un sitio con temperaturas de cuarenta grados? ¿En tu estado? ¿Están locos?

—Ni siquiera tendría que quedarme en tu casa. Puedo ir a un motel.

—¡Embarazada de ocho meses y se quiere quedar en un motel! ¿Tú también te has vuelto loca? Escucha, muñeca, el sofá es tuyo, siempre que no te importe que haya dos vaqueros arreando ganado y pegando tiros a los pies de tu cama a las seis de la mañana. Debo advertirte que Nick trajo a los niños pistolas de juguete. Están desatados. Esta casa es la ciudad del crimen de la mañana a la noche.

—Estoy acostumbrada. Nunca hubo mucha paz en casa de Ruth y Herb.

—Seguro que sigue sin haberla. ¿Cuándo piensan irse los Whitfield?

—El domingo por la mañana.

—Mira. Tengo el turno de noche el sábado. ¿Por qué no voy a buscarte el propio sábado alrededor del mediodía? Me parece que necesitas ver otras caras. Tal vez incluso te convenga pasar por el restaurante a saludar, en memoria de los viejos tiempos. La mesa del fondo está vacía, esperándote.

—Se me acaba de ocurrir algo terrible, Teri.

—¿El qué, cariño?

—¡Que no voy a caber en la mesa!

Cuando colgó, Hannah todavía podía escuchar la risa de Teri. La idea de una visita a casa de su vieja amiga la alegró inmensamente, y de pronto se sintió menos agobiada. ¿Pero de quién era la culpa? Jolene no tenía por qué estar encima en todo momento, atendiendo cada una de sus necesidades. Era cierto, pero Hannah había permitido que sucediera, a base de ceder poquito a poco. De ahora en adelante, ella tenía que afirmar su independencia, decir lo que pensaba con claridad. Como Teri. Nadie mangoneaba a su amiga.

Comenzaría esa noche, durante la cena.

El padre Jimmy buscó en internet y fue directamente a la página del Gobierno de Massachusetts. En un sitio web llamado *Protección al Consumidor,* encontró la lista de las industrias y profesiones reguladas, y entró en el registro de medicina. «Bienvenido a la base de datos de los médicos de Massachusetts», leyó en la pantalla. «La página de los más de 27 mil profesionales autorizados a practicar la medicina en Massachusetts».

Había sabido de esa página un año atrás, cuando a su padre le diagnosticaron cáncer de próstata. Una noche, al volver a casa, lo encontró buscando frenéticamente en la guía, dispuesto a confiarle su vida al primer cirujano que contestara el teléfono. Afortunadamente, un compañero del seminario le había hablado de la base de datos de los médicos, que tenía información biográfica básica sobre cada doctor del estado. Así que, juntos su padre y él, pudieron tomar una decisión más razonable, y al final acertada, sobre la elección del cirujano.

Además de datos específicos sobre la formación y la experiencia de cada uno, se incluían premios y publicaciones profesionales. También figuraban en la página los casos de negligencia o mala práctica registrados en los últimos diez años, así como cualquier medida disciplinaria tomada por las autoridades estatales o por cualquier hospital de Massachusetts.

El padre Jimmy tecleó «Johanson» y «Eric» y luego pulsó en «Iniciar búsqueda».

En un instante, el currículum vítae del doctor estuvo ante él. Nacido en Gotemburgo, Suecia, el doctor Johanson había sido registrado en Massachussetts hacía doce años y estaba adscrito al Hospital Emerson. Estudió en la Facultad de Medicina de la Universidad de Estocolmo, y posteriormente en la Escuela Médica de Columbia, graduándose en 1978. Figuraba como su especialidad la «medicina reproductiva», que el padre Jimmy consideró como sinónimo de obstetricia.

Según la página, el doctor Johanson nunca había sido acusado de mala práctica ni había sufrido acción disciplinaria alguna. Prueba de su prestigio era la pertenencia a numerosas sociedades profesionales en Suecia y Estados Unidos, aunque al padre la mayoría no le resultaban familiares. Tenía un montón de publicaciones: el doctor había estado trabajando, sin duda alguna, muchas horas extra.

En el historial se leía: «Más de cincuenta artículos, en publicaciones tales como *Lancet, Tomorrow's Science, La Medecine Contemporaine* y *Scientific American*». Se destacaba el trabajo titulado «Mirando hacia delante: el futuro de la genética y la reproducción».

Durante toda la cena de despedida, Letitia Greene no dejó de alabar a Jolene. Para empezar, el «ragú al estilo marroquí» estaba perfecto, tierno y delicadamente condimentado, con un sabor excelente, y era «un plato muy original». También era digna de elogio la propia casa, tan elegantemente decorada. Qué menos se podía esperar de una artista, ¿no?

—Los artistas no ven las cosas como tú y yo, Hannah —le explicó—. Sus ojos son diferentes de los nuestros. Son sensibles al color. En realidad, ven matices que ni siquiera registramos en nuestras retinas.

Uno sólo tenía que mirar las obras de Jolene, continuó, para saber que la mujer contaba con «una sensibilidad original» (Hannah se fijó en que usaba el término «original» por segunda vez, pero seguramente no sería la última). No todos podían apreciar su valor, concedió, pero ¿no era siempre ése el caso de los visionarios?

—A la gente normal nos llevan una generación de ventaja.

Hannah escuchaba educadamente, aguardando una pausa en la conversación, pero Letitia no daba tregua, y Marshall no ayudaba, decidido al parecer a mantener siempre lleno su vaso de Merlot.

Ahora Letitia se explayaba sobre la encantadora familia que habían formado, un grupo lleno de amor. Pero eso no era sorprendente. Ella había tenido la intuición de que así sería, que Hannah encajaría a la perfección, y su premonición no había fallado.

—Pienso que todos debemos felicitarnos por nuestro logro —dijo, alzando su copa de vino—. Por unas maravillosas vacaciones. Déjame decirte, Hannah, que no hay muchas parejas como ésta, capaces de ofrecerte semejante viaje. ¿No estás entusiasmada?

Se llevó la copa a los labios, interrumpiendo su propia catarata de palabras.

Hannah comprendió que había llegado el momento.

—Creo que es un ofrecimiento muy generoso de Jolene y Marshall. ¡Demasiado generoso!

—No es para tanto —interrumpió Jolene.

—Sí, lo es. Estaba pensando que serán sus últimas vacaciones antes de ser padres.

Marshall asintió.

—Claro, de eso se trata, por eso las cogemos ahora. Dentro de nada no podremos viajar a ninguna parte.

—Sí..., eso es lo que quiero decir... y por eso... bueno, lo que estuve pensando es que deberían hacer el viaje solos. Yo creo que sería un poquito intrusa, un pequeño estorbo.

Marshall dejó su copa de vino sobre la mesa y le cogió la mano a Hannah.

—Pero nosotros queremos que vengas.

—Eres muy considerada —dijo Jolene—. Pero las vacaciones son para todos nosotros. Así que ni una palabra más. ¡Está decidido! —ella también extendió su mano, pero presintiendo que algo no iba bien, la retiró. La señora Greene intercambió con ella una mirada de preocupación.

Todos se concentraron en la cena y se mantuvieron en silencio hasta que Hannah volvió a hablar.

—Quiero darles las gracias por todo, y también por invitarme a ese viaje, pero he decidido no ir.

Dos grandes manchas rojizas aparecieron instantáneamente en el rostro de Jolene, como si la hubieran abofeteado en ambas mejillas.

—¿Lo dices en serio? —preguntó Letitia Greene—. ¿Cuál es el problema?

—No hay ningún problema.

—Pero es la forma que tienen Jolene y Marshall de darte las gracias. Entiendes eso, ¿verdad?

—No quiero ofender a nadie, pero preferiría no ir.

—¿Te importaría decirnos por qué? —alegre por el vino y la compañía hasta hacía unos instantes, la señora Greene había recuperado de repente la sobriedad. Su voz tenía el tono autoritario de la tutora dirigiéndose a una alumna caprichosa—. Es necesaria una explicación.

—Señora Greene, ¿dice en alguna parte de mi contrato como madre sustituta que debo vivir en algún lugar en particular o ir a donde se me ordene?

—Sabes que no.

—Muy bien, pues entonces agradezco la invitación, pero tengo que rechazarla.

—En ese caso sólo queda una solución —expuso Jolene dramáticamente—: cancelamos las vacaciones.

—Por favor, no quiero que hagan eso —dijo Hannah.

—No nos dejas otra alternativa. ¿Crees que te vamos a dejar sola? ¿Para Acción de Gracias? ¿Qué harás con las comidas y lo demás? ¿Y si te sucediera algo? Hay un bebé de por medio. ¡Debemos tenerlo en cuenta!

—He pensado en todo eso. Tengo planes para pasar las vacaciones en otra parte.

—¿Has hecho planes?

Jolene se reclinó contra el respaldo de su silla.

—No sé si podemos permitir eso, Hannah —sentenció la señora Greene.

—¿Permitirlo? No estoy prisionera, ¿verdad?

—Por supuesto que no.

Marshall alzó una mano pidiendo silencio.

—Creo que debemos calmarnos. Estamos haciendo un drama de este asunto.

Pero Jolene no se tranquilizaba tan fácilmente.

—¿Tú crees, Marshall? Hannah supo de este viaje hace más de una semana. ¿Por qué ha esperado hasta ahora para salirnos con esto? Todo este tiempo ha estado yendo y viniendo a nuestras espaldas, haciendo planes por su cuenta. No me gusta ese tipo de engaños.

A Hannah le sorprendió la vehemencia de su reacción.

—No creo que nadie en esta mesa tenga derecho a hablar de engaños. Y menos tú, Jolene. O usted, señora Greene. Ninguno de ustedes —el pesado silencio que siguió le hizo saber que sus palabras habían dado en el blanco.

—¿Qué quieres decir, Hannah? —preguntó finalmente Marshall.

Hannah se aferraba nerviosamente a la servilleta, colocada en su regazo. No iba a permitir que le hicieran sentir culpable cuando no había hecho nada malo. La tía Ruth había usado esa táctica con ella durante muchos años. Para darse valor, pensó en el consejo del padre Jimmy. Si tenía preguntas que hacer sobre los Whitfield, era su responsabilidad hacerlas. No había marcha atrás.

Se volvió a Jolene.

—¿Quién es Warren?

Una leve sonrisa brilló en los labios de Jolene.

—Creo que alguien ha estado registrando mi estudio. Ya sabes lo que dicen sobre la curiosidad y el gato...

—Yo estaba mirando tus cuadros, eso es todo.

—Por supuesto, claro, eso era lo que hacías. Si tienes alguna pregunta, Hannah, debes ir de frente y hacerla. Warren es mi hijo.

—¡Jolene! —protestó Letitia Greene.

—No, tiene derecho a saberlo. Pensé que si decía a todo el mundo que ya tenía un hijo iba a ser más difícil conseguir una madre sustituta que nos ayudara. Así de simple. Como imaginarás, Warren no es hijo de Marshall, y la cuestión era que tuviéramos un hijo en común. Tuve a Warren cuando era muy joven. Ni siquiera estaba casada. Fue criado por su abuela. Debía habértelo dicho. ¿Satisfecha ahora, Hannah?

—¡Santo cielo! ¿Era eso lo que te molestaba? —dijo Letitia, con un suspiro de alivio—. Entonces no culpes a Jolene, Hannah. Cúlpame a mí. Nunca lo comenté en nuestros encuentros porque pensé que no era importante. No afecta ni quita mérito a lo que haces en lo más mínimo. Los problemas de embarazo de Jolene son posteriores. Son reales. Ella y Marshall te necesitan. Todos te necesitamos. Bueno, esto sirve para reafirmar mi más firme creencia: la buena comunicación es el lubricante que hace que Aliados de la Familia funcione con suavidad.

—¿Puedo, entonces, preguntarte algo más?

—Claro que puedes.

—¿Quién es Judith Kowalski?

—¿Cómo dices?

—Judith Kowalski. Usted la conoce, ¿no es así, señora Greene? La conoce muy bien.

—Me temo que no tengo ni idea de lo que pretendes.

— Busco la verdad.

—¿De qué verdad estás hablando? —ahora la voz de la mujer era seca y dura y su rostro había adquirido la rigidez de una máscara. Inconscientemente, su mano fue hacia el colgante de plata de su cuello.

¡El colgante! Hannah lo reconoció. Una cruz cuadrada sostenida por dos ángeles. Era una copia de la que vio en la catedral de Oviedo.

—Hábleme del Sudarium.

—¿El qué?

—El Sudarium. No finja que no sabe nada. Vi las fotos en el estudio de Jolene.

La señora Greene se puso de pie bruscamente y se alisó la falda.

—¿Nos disculpas un momento? —hizo un gesto a Jolene y a Marshall, que la siguieron a la cocina.

Hannah escuchó rumor de voces detrás de la puerta cerrada. Cuando se abrió de nuevo, la señora Greene apareció primero. Los otros dos la seguían a respetuosa distancia. De sus gestos emanaba una dura frialdad.

—Hannah —dijo—, creo que ha llegado el momento de tener una pequeña charla.

CAPÍTULO

XXXIV

L A MENTE DEL PADRE JIMMY ERA UN TORBELLINO en el que se agitaba toda la información que había conseguido en internet. Ya había pasado la medianoche y durante tres horas sólo había dejado la silla una vez para estirarse y otra para humedecer sus cansados ojos con agua fría. Había papeles por todas partes. Estaba imprimiendo todo lo que encontraba. Tuvo ganas de llamar a Hannah, pero era demasiado tarde para eso, y sabía que primero tenía que pensar en todo el asunto. No debía sacar conclusiones precipitadas.

Consiguió localizar el artículo del doctor Johanson «Mirando hacia delante: el futuro de la genética y la reproducción» en uno de los archivos virtuales de *Tomorrow's Science*. El trabajo era demasiado técnico para su fácil comprensión y le costaba avanzar entre términos como «embriología», «biotecnología» y otros. Pero después de leerlo tres veces comprendió la idea general.

Entendió que, en experimentos de laboratorio, una aguja controlada con precisión podía utilizarse para extraer material genético de una de las muchas células que rodean el ovario de un ratón hembra. El ADN así obtenido podía ser transplantado al óvulo de un segundo ratón. Estimulada químicamente, la célula-óvulo se convertiría en un embrión, el cual podía ser implantado en el vientre de un tercer ratón, el sustituto. Y finalmente, este tercer ratón daría a luz una cría que sería la copia genética exacta del primer ratón. ¡Un clon!

Si tales técnicas funcionan en una o más especies, se preguntaba el artículo, ¿por qué no habrían de funcionar en los humanos? El doctor Johanson llegaba a la conclusión de que la clonación humana no sólo era posible, sino también deseable, como «expresión de la libertad de elección reproductiva», una libertad que «no puede y no debe ser limitada por las leyes».

Intrigado, el padre Jimmy continuó leyendo y pronto se encontró inundado de material, lo que sugería que tal disciplina científica estaba mucho más desarrollada de lo que hubiera imaginado. Las ovejas y las vacas habían sido clonadas con éxito. El proceso se estaba volviendo «rutinario» y los procedimientos eran cada vez más eficientes. La investigación con células madre florecía. No era una locura pensar que un ser humano completo podía ser replicado «más temprano que tarde», como había leído en otro artículo. Doctores de todo el mundo ya hablaban de ello abiertamente.

Las consideraciones éticas convertían el asunto en una bomba de relojería, que legisladores y líderes religiosos acababan de activar. Las opiniones ya parecían polarizadas entre quienes tachaban de repugnante tal experimentación y quienes la consideraban un valeroso paso adelante hacia el siglo XXI. El padre Jimmy descubrió que no había pensado demasiado en el tema. Su convicción básica era que el milagro de la vida y la procreación forman parte de la eterna gloria de Dios, no del hombre. Y desde luego creía peligroso que los hombres jugaran a ser Dios.

Se tocó la frente, tratando de ahuyentar un principio de jaqueca. Sus hombros estaban tensos de estar tanto tiempo sentado frente al ordenador. Los misterios de la ciencia le confundían y azoraban, tanto como los de la fe le elevaban y hacían sentir más grande de lo que era. Sabía que las posibilidades infinitas se encontraban en Dios, no en la ciencia, la cual sólo podía rozar los límites del infinito. Los científicos eran como detectives que creían saber todo lo que había en una habitación a oscuras, cuando apenas acababan de entreabrir la puerta.

Decidió entrar de nuevo en alguna de las páginas web sobre el Sudarium que había visitado el otro día. Allí, por lo menos, se movía en un terreno más seguro para él.

Volvió a la página que tenía la foto de Judith Kowalski y examinó su rostro agradable y sociable. El sitio había tenido ocho visitantes más desde su última entrada. Volvió a leer los objetivos de la sociedad: «Divulgar por todo el mundo información sobre el Sudario de Turín y el Sudarium de Oviedo y promover y alentar la investigación científica para determinar su autenticidad». Nada sospechoso, aunque suponía que posiblemente la información y la investigación estarían teñidas con una cierta dosis de proselitismo.

Después de todo, si unas pequeñas astillas de la verdadera cruz podían encender la pasión de los fieles, más lo harían los sudarios, que habían envuelto el cuerpo de Cristo y absorbido su sangre.

Al final de la página, bajo el epígrafe «Otras lecturas», había una lista de publicaciones, disponibles en la sociedad por 9.95 dólares cada una más gastos de envío. El padre

Jimmy no las había visto antes. Sus ojos recorrieron la lista. Los títulos resultaban secos y académicos.

Polen de Egipto y norte de África; sus implicaciones.

Formación de imágenes en el Sudario.

El carbono catorce como método de datación.

Los sudarios fúnebres de Jesús: ¿Es éste el ADN *de Dios?*

Cada uno de ellos, se imaginó el padre Jimmy, debía de estar escrito en una prosa soporífera, de las que hacen que el lector caiga dormido antes de llegar a la segunda página.

Estaba preparado para apagar el ordenador e irse a la cama cuando, de repente, varias piezas del rompecabezas encajaron en su mente. Ni siquiera fue consciente de que había sucedido tal cosa. Simplemente sucedió. Fue como un relámpago. Se irguió en la silla. La pantalla del ordenador era borrosa, pero lo que veía en su mente era claro y preciso.

Se repitió a sí mismo que no era posible. El escenario que imaginaba era de locos, demasiado demente para ser cierto. Era tarde. Sin duda, el cansancio había gastado una broma a su imaginación. O tal vez estaba soñando. Se apartó del escritorio y miró el crucifijo de la pared, esforzándose por volver a la realidad. El único ruido que se escuchaba en la rectoría era el sordo murmullo de su ordenador. A lo lejos también sonaba el leve ronquido de monseñor Gallagher, que dormía en el piso superior. Pero tanta quietud sólo sirvió para incrementar el horror que el padre Jimmy comenzaba a sentir. Las piezas encajaban. El doctor Johanson, el Sudarium, el ADN, las fotos en la carpeta de Jolene Whitfield, Aliados de la Familia, todo tenía para él un sentido terrible.

¡Y Hannah estaba atrapada justo en medio!

ÚN NO HABÍA AMANECIDO CUANDO HANNAH fue hasta el baño, tambaleándose. Se sentía más mareada que otras veces, pero no quiso encender la luz, temerosa de desvelarse si lo hacía. Orinó en la oscuridad y luego regresó a ciegas a su cama con dosel. Las colchas estaban revueltas y tardó un tiempo en acomodarlas. Mientras lo hacía, se iba espabilando poco a poco, de modo que cuando terminó de colocar la ropa de cama y las almohadas, y se tapó hasta la barbilla con el cobertor, estaba ya más despierta que dormida.

Se quedó pensando en los cambios que se habían producido en la convivencia del grupo. Su posición en la casa no era la misma. Las palabras «has sido elegida» resonaban en sus oídos. ¿Era posible? ¿Se lo habían dicho, en verdad, la noche anterior? Sí, y recordó que alguien le había dicho también que todo estaba «predeterminado».

Por un momento, pensó que aquellas frases eran partes de un sueño que ahora recordaba adormecida. Como pompas de jabón, se desvanecerían en cuanto se levantara y comenzara el día. En ese mismo instante ya estaban flotando y alejándose, hacia arriba, desapareciendo en medio de una luz celestial.

Lentamente, se dio cuenta de que la luz no era sino el sol matinal, que entraba por la ventana. Volvió a levantarse y a ir al baño, esta vez para lavarse la cara con agua fría. Necesitaba aclararse la mente para poder ordenar en ella los sucesos de la noche anterior. Una buena taza de café y unos minutos de reflexión, antes de que el resto de la casa se levantara, era todo lo que necesitaba.

Las maderas del piso se quejaron suavemente mientras se dirigía a la puerta. Giró el picaporte y se sorprendió al descubrir que no se abría. Estaba atascada. Tiró con más fuerza. Siguió cerrada; tiró entonces con ambas manos. Repitió el esfuerzo una tercera vez, antes de darse cuenta de que la puerta no estaba atascada. La habían encerrado.

Lentamente, la cena de despedida le volvió a la memoria y recordó que la señora Greene la había mirado a los ojos diciéndole que ella era un cáliz, nada menos. El cáliz. Y luego siguió hablando sobre la manera en que había sido conducida a ellos y cómo ellos habían llegado hasta Hannah.

—Eres bendita entre todas las mujeres —afirmó Jolene, con una voz extrañamente aguda. Hannah lo recordaba con claridad. Y cuando preguntó por qué, un velo extasiado había cubierto los ojos de la mujer, quien simplemente respondió—: Es un milagro. ¿No lo ves? ¡Un milagro! —y repitió la palabra una y otra vez.

—No es nuestra misión cuestionar la voluntad de Dios —insistió la señora Greene—. Él nos ha reunido. Él cuidará de nosotros.

Ahora lo recordaba todo. Sus pensamientos habían vuelto a los extraños episodios de medianoche en el jardín, cuando Jolene había repetido palabras similares, arrodillándose en el césped. En aquellos trances parecía transfigurada; pero no por algo oculto en los oscuros pinos del fondo del jardín o por las nubes en la noche, no, por otra cosa: transfigurada por alguien. Y entonces preguntó directamente.

—¿Es con Dios con quien Jolene habla por la noche en el jardín? ¿Habla con Dios?

—No habla con Dios —contestó la aludida, todavía extasiada—. Habla con su madre. También tú serás su madre esta vez —después había comenzado a tambalearse, con los ojos húmedos y brillantes, y su balanceo fue tan pronunciado que Hannah temió que la mujer fuera a caerse. Marshall y la señora Greene se acercaron para sostenerla. Parecían más enteros, pero Hannah no tenía dudas de que la ocasión había sido igualmente significativa para ellos.

Finalmente la habían llevado a su habitación. Cuando llegaron al primer piso, la señora Greene le dijo:

—Es un honor singular que te ha sido dado. Nunca lo olvides, Hannah. Un honor para toda la eternidad —Había eco en la escalera y las palabras tenían por ello algo de sobrenatural.

Nada de lo ocurrido había sido un sueño.

La luz procedente de las celosías aumentaba, lo que significaba que el sol ya había sobrepasado el granero. Hannah se volvió hacia la puerta del dormitorio, se reclinó sobre ella y tembló. ¿Cómo había sucedido todo aquello?

Se sujetó el vientre con las manos, como si quisiera acariciar al bebé en su interior. «Él», habían dicho. Entonces era un varón. ¿Cómo lo sabían? Por la ecografía, naturalmente. Eso, por lo menos, sería verdad, podía creerlo.

Pero lo tremendo era el resto. Toda esa historia sobre Dios y el cáliz y el destino que los había unido para favorecer el nacimiento de este niño. ¿Estaban locos? ¿Creían que ella llevaba en su vientre al hijo de...? El pánico, amargo y frío, la ahogó. Intentó nuevamente abrir la puerta. No pudo. Luego la golpeó hasta que le dolieron las manos. No se escuchaban movimientos, así que aporreó con más fuerza, hasta que finalmente oyó pasos en la escalera.

Se echó hacia atrás y esperó. Se escuchó el ruido de una llave en la cerradura y la puerta se abrió lentamente para dar paso al doctor Johanson. De pie, detrás de él, con una bandeja de desayuno en las manos, estaba Letitia Greene.

—¿Qué tal te sientes esta hermosa mañana? —preguntó Johanson, como si estuvieran en una rutinaria visita al consultorio.

—Bien —murmuró Hannah, retrocediendo hasta tropezar con la cama.

—Bien, bien. Ahora, más que nunca, es importante dormir bien —dejó que la señora Greene pasara y pusiera la bandeja con el desayuno sobre la cómoda.

—Cereales irlandeses —explicó—. Lo ideal para una fría mañana de invierno.

—Gracias, Judith. Puedes dejarnos solos.

A regañadientes, la mujer obedeció al doctor Johanson y comenzó a retirarse. Hizo una pausa en la puerta y, afirmando su autoridad, discutida momentáneamente, le dijo a Hannah:

—No dejes que se enfríe. Los cereales fríos no están buenos, ya sabes.

El doctor Johanson esperó hasta que se hubo retirado.

—Bueno —dijo, restregándose las manos rápidamente, como si se las lavara bajo un grifo imaginario—. Me han contado que la de ayer fue una noche diferente —mantenía la misma actitud jovial, las mismas arrugas alrededor de los ojos cuando sonreía. Pero había algo más, algo que Hannah no podía definir con exactitud. Parecía más sólido, más fuerte. El brillo de sus ojos ya no era pícaro, sino más incisivo. Definitivamente, no era el mismo.

Apartó su mirada.

—¿Están todos ustedes confabulados en esta historia?

—Sí, lo estamos. Pero la confabulación también te incluye a ti, Hannah. Tú eres la más importante.

—Nunca solicité entrar en este asunto.

—Ninguno de nosotros lo hizo, Hannah. Todos fuimos llamados, cada uno para contribuir a nuestra manera, con nuestras habilidades. La tuya es la contribución más íntima y crucial. Sin duda me entiendes.

—¿Por qué me mintieron? ¿Por qué me mintió la señora Greene?

—¿Mentirte? Te pedimos que gestaras un hijo para los Whitfield, eso es todo. Estuviste de acuerdo. Ahora has descubierto que no es sólo su hijo, sino que es un hijo para todo el mundo. ¿En qué cambia eso las cosas?

Se acercó a ella. Hannah intentó retroceder, pues no deseaba que la tocara.

—¿Por qué yo?

—¿Y por qué María? ¿Por qué Bernadette de Lourdes, una inocente niña de catorce años? ¿Hay alguna razón para que fuera elegida ella y no otra? No tenemos respuesta a esas preguntas. ¿Puedes decirme por qué tú, una camarera de diecinueve años, sin novio, sin familia, se sintió llamada a ser madre? ¿Puedes explicar por qué te atrajo el anuncio del periódico? No puedes. Es importante que cada uno de nosotros acepte su destino y dé gracias por él.

La estaba confundiendo con su charla. Sí, ella había buscado algo que orientara su vida. La idea de tener un bebé la había llenado de alegría, no de miedo. Pero había sido su elección, después de todo, suya y de nadie más. En cuanto al anuncio, ella lo había visto en el periódico de Teri. ¿Significaba eso que también Teri era parte del plan de Dios? No, todo resultaba demasiado ridículo.

—Veo que no me crees —dijo con tristeza el doctor Johanson—. Quizá no me explique bien. ¡El inglés! Resulta agotador a veces. Siéntate, Hannah.

—Prefiero estar de pie.

—Como quieras. Déjame que te lo explique de otro modo. Jesús nos dijo que estaría siempre con nosotros, hasta el fin de los tiempos. Leemos eso en la Biblia, y siempre pensamos que significa que su espíritu nos acompañará y cuidará. Y así es. Pero cuando dijo que estaría siempre con nosotros, lo afirmó en sentido literal, no sólo espiritualmente. Primero deja su imagen grabada en un pedazo de lino, el Sudario de Turín. Nadie puede verlo durante mil 800 años. Cuando el hombre inventa la fotografía, hace una foto y el negativo revela el rostro y el cuerpo de Jesús, que permaneció allí esperando dieciocho siglos. También nos dejó su sangre. En el Sudario de Turín y en el Sudarium de Oviedo. La sangre de sus heridas del costado y la cabeza, de sus manos y sus pies. Y ahora descubrimos que en la sangre, como en toda célula del cuerpo, está el ADN, que contiene toda la información de la persona. El ADN es como un plano. Es un código. Y si podemos extraerlo y ponerlo en un óvulo humano, seremos capaces de duplicar a la persona, hacerla regresar a nosotros. Mucha gente cree que la ciencia nos aleja de Dios. Pero eso no es cierto. La ciencia es parte del plan de Dios. Gracias a ella, Jesús volverá a la Tierra. La ciencia es responsable de su segundo advenimiento. ¿Entiendes ahora?

No entendía. Le dolía la cabeza. Si todo lo que le decía era cierto... Pero no, no podía serlo. Estaba embarazada de un niño, un niño corriente que daba patadas y vueltas en su vientre, como todos los bebés. El doctor podía decir lo que quisiera. Ella sabía lo que tenía en su interior. El médico decía locuras.

Se dio cuenta de que él estaba esperando que diera muestras de haber entendido su explicación. Más que eso, parecía querer que ella mostrara estar satisfecha, incluso halagada, por todo lo que le había dicho. Su respiración era agitada. Consideró que lo mejor era hacerle esperar.

—¿Por qué nos necesita? ¿No puede volver por sí mismo? —acertó a preguntar, esperando que las dudas no lo enojaran.

Pero el médico sonrió, seducido por su ingenuidad.

—Por supuesto que puede. Pero es nuestra misión traerle de regreso. Para mostrarle que estamos dispuestos a aprender otra vez, a seguirle, a postrarnos a sus pies. Él nos ha elegido, pero nosotros debemos elegirle a Él. Debemos demostrar que ésa es también nuestra voluntad. Y Dios nos ha concedido todas las herramientas necesarias. Nos ha regalado la semilla sagrada. Simplemente, la estamos sembrando.

Sus palabras tenían poco sentido para ella, pero Hannah asintió, pensativa, sugiriendo que estaba de acuerdo. ¿Qué otra cosa podía hacer hasta que le fuera posible contactar con el padre Jimmy o con Teri, o con cualquiera que pudiera sacarla de esa casa?

—¿Y lo que nosotros hacemos es bueno? —preguntó.

—¡Es lo más grande que puede pasarle a la humanidad! ¡Volver a tener a Jesús entre nosotros! Todo mi trabajo, todos mis estudios se han encaminado a esto. Todos buscamos un objetivo. Los Whitfield, Judith Kowalski, incluso tú, mi querida Hannah. Tú también buscas. Y pronto sabrás que tenemos la misión más grande de todas

—el doctor respiró profundamente, se tranquilizó y dio por terminada su explicación—. ¿No quieres echarte un poco ahora?

—No.

La mano del hombre asió su antebrazo con tanta firmeza que ella pudo sentir las uñas clavándose en su piel a través del camisón. Resistió la tentación de gritar.

—No obstante, es lo mejor que puedes hacer. Déjame ayudarte.

Se sacudió la mano de su brazo.

—Está bien. Puedo hacerlo sola.

La observó detenidamente mientras se metía en la cama. La chica se dijo que no debía mostrar miedo, pero sus piernas temblaban bajo las sábanas. El peso del bebé —su bebé, no el de ellos— la empujaba contra el blando colchón. La criatura estaba dando patadas otra vez. Ella alzó los ojos al techo.

—Mucho mejor, ¿verdad? —dijo suavemente el médico, una vez que Hannah se quedó quieta.

Con un hilo de voz la chica le preguntó:

—¿Por qué estaba cerrada con llave la puerta?

—Consideramos que tal vez no te has percatado del todo de la importancia de tu misión —le respondió—. Pero lo harás. Lo harás. ¿Ahora quieres tomar tus cereales? No están buenos los cereales fríos. Pero saben muy bien cuando están calientes, ¿no crees?

Hannah notó, no sin inquietud, que volvía a tratarla con sus habituales modales corteses.

L IGUAL QUE HANNAH, EL PADRE JIMMY SE
había despertado esa mañana preguntándose
si la noche anterior estaba en sus cabales. Después de todo,
había acabado imaginando un escenario que cualquier persona cuerda habría descartado de antemano. Mientras preparaba el café en la cocina de la rectoría, sus imaginaciones
nocturnas seguían pareciéndole descabelladas.

El día se anunciaba cristalino y helado. La alegre luz
del sol que entraba por la ventana minimizaba las supuestas
conspiraciones que parecían terroríficas, enormes, a medianoche. Sin embargo, tras dos tazas de café y un plato
de cereales, se encontró pensando de nuevo en la situación de Hannah. Una cosa estaba clara: hasta que todo se
arreglara, ella estaría mejor en cualquier casa que no fuera
la de la calle Alcott.

La acidez que sintió en el estómago le hizo pensar
que había cargado en exceso el café. O quizá el ardor fuera
provocado por la ansiedad... Marcó el número de los Whitfield, rezando para que Hannah respondiera al teléfono.
No sabría qué decir si lo hacía otra persona. Pero después
de diez tonos nadie contestó al teléfono. Se dio por vencido,

sin poder disipar sus temores. Tal vez los Whitfield habían adelantado sus «vacaciones». El término le sonaba ahora con un tono menos festivo que antes.

Más tarde, en la iglesia, mientras escuchaba confesiones —en su mayor parte de mujeres mayores que se arrepentían de los mismos aburridos y viejos pecadillos de siempre—, su mente volvía una y otra vez a Hannah, y también regresaba la acidez a su estómago. Cuando dejó el confesionario la última persona, permaneció sentado y esperó hasta que monseñor Gallagher estuviera libre de ocupaciones.

Era costumbre del padre Jimmy ir al confesionario de monseñor y descargar allí todas sus transgresiones de la semana. La doctrina católica reconoce pecados de pensamiento y obra, y el padre Jimmy casi siempre caía en los de la primera categoría. Con mucha frecuencia, ambos sacerdotes utilizaban su tiempo en el confesionario para discutir la naturaleza del pecado y hablar de sus esfuerzos para combatirlo. Ambos parecían debatir más animadamente si había una rejilla de confesionario por medio. Estaban más cómodos.

Como de costumbre, el padre Jimmy entró al confesionario y echó la cortinilla.

—Bendígame, padre, porque he pecado. Han pasado siete días desde mi última confesión. Éstos son mis pecados... —esta vez no sabía muy bien cómo proceder. Lo que tenía que contar era delicado y requería una cuidadosa elección de las palabras. Pero no le salían. La pausa fue tan prolongada que monseñor se preguntó si el joven sacerdote no habría abandonado de repente el confesionario.

—James, ¿estás ahí? —nunca había sido capaz de llamar «Jimmy» a su joven colega. Era demasiado informal. Ya habían caído suficientes barreras en el mundo moderno y él se aferraba a su creencia de que un sacerdote debía mantenerse a cierta distancia de sus feligreses, ser un guía y un ejemplo para aquellos a quienes servía, no su amigo y su confidente. Él era monseñor Gallagher, no monseñor Frank. Nunca sería otra cosa.

—Sí, padre... Creo que yo he..., he cruzado una línea peligrosa en mi afán de servir a una feligresa.

Sin preguntar, monseñor sabía que estaba hablando de la joven Manning y esperaba que lo de haber cruzado una «línea» no fuera un eufemismo que encubriera un encuentro carnal. Había tratado de advertirle que se mantuviera a distancia. James era demasiado inteligente y su futuro demasiado prometedor para que sucumbiera fácilmente a instintos tan bajos.

—¿Qué ha pasado? —preguntó, intentando mantener un tono de voz neutro. Tuvo que soportar otra larga pausa.

—Creo que he permitido que se vuelva demasiado dependiente de mí.

El suspiro de alivio de monseñor fue grande, aunque indetectable.

—Suele suceder, James. Cuando tengas más experiencia aprenderás a mantener la distancia emocional. Pero no hay pecado en ello. No es algo que necesites confesar. A menos, por supuesto, que haya otra cosa añadida.

—Nada más, excepto que en el fondo yo quiero que sea dependiente de mí. Me produce una sensación agradable. Pienso en ella más de lo que debiera.

—¿Piensas de una manera inapropiada?

—Posiblemente.

—¿Conoce la chica esos sentimientos?

—Creo que sí.

—¿Lo has discutido con ella?

—No, padre. Nunca. Pero creo que ella percibe mi... preocupación. Tengo una necesidad tan fuerte de protegerla... Es mi necesidad lo que temo, no la suya.

—Siendo así, puedo proponerte un remedio inmediato. Hasta que analices más plenamente esa «necesidad» tuya y seas capaz de controlarla, lo mejor es que yo me haga cargo de su guía espiritual. ¿Tienes alguna objeción al respecto?

—Es en mí en quien ella ha confiado, monseñor.

—No seas orgulloso, James. Ella puede confiar en otra persona. Si te conduce por un camino errado, debe detenerse. Es la única solución —su firmeza descartaba por completo los términos medios.

—Ya veo.

—Confío en ti. ¿Alguna otra cosa?

—Sólo una pregunta teológica, si me lo permite.

Monseñor se permitió relajarse, feliz de dejar el terreno de las pasiones desatadas y entrar en otro de mayor elevación.

—Adelante.

—Con todos los avances médicos de hoy en día, ¿qué haría la Iglesia si un científico intentara clonar a Jesús?

—¡James! —el obispo no pudo contener la risa—. ¿Estas leyendo otra vez esas novelas de ciencia-ficción? No merece la pena perder mucho tiempo pensando en ese asunto.

—Ya no es ciencia-ficción. Existen los métodos y los conocimientos necesarios. Ya han sido clonadas células humanas. De todos modos, lo que pregunto es qué pasaría en la Iglesia.

—¿Y qué pasaría si se cayera el cielo? ¿Qué pasaría si me creciera otra pierna? Francamente, James: ¿cómo es posible? No puedes clonar algo de la nada. Tienes que comenzar con algo. ¿No tengo razón? ¿Cómo podrían clonar el cuerpo de Nuestro Señor?

—A partir de su sangre.

—¿Su sangre?

—La sangre que dejó en el Sudario de Turín, o en el de Oviedo.

Ahora le tocaba a monseñor Gallagher buscar las palabras adecuadas. ¿Qué clase de sinsentido era ése? Tenía una idea bastante clara sobre su procedencia. Haría bien James en dedicar menos tiempo a internet y más a labores de otra índole. Tendría que poner límites a su uso.

—Las reliquias son objetos en los que depositamos nuestra fe, James. No son... elementos de laboratorio.

—Ya lo sé. Sólo estoy preguntando cuáles serían las consecuencias de tal acto, si llegara a suceder. ¿Cómo lo afrontaríamos? ¿Cómo lo recibiría usted, monseñor?

—Me preguntas cómo me enfrentaría a lo inimaginable —monseñor no ocultó el sarcasmo de su voz. La parroquia tenía demasiados problemas reales para preocuparse por una hipótesis que ni siquiera era digna de Hollywood, lugar que nunca había tenido en gran estima. Era el lado malo de la juventud de James, su afición a las fantasías de la cultura popular—. Si alguien se embarcara en semejante... proyecto, supongo que debería ser detenido.

—¿Detenido? ¿Quiere decir que habría que provocar un aborto?

—No, James, no he dicho eso. Los científicos deberían ser detenidos. Semejante experimento sería condenado antes de que tuviera lugar. ¿Es ésa una respuesta satisfactoria?

—¿Pero qué pasaría si el niño ya estuviera creciendo en el vientre de una mujer? ¿Qué habría que hacer entonces?

La paciencia de monseñor se agotó.

—Creo que ya es suficiente. ¿Qué ocurre? Pareces obsesionado con el tema.

—Lo estoy, porque creo que es posible que ya haya sucedido.

—¿Qué? —monseñor Gallagher se persignó instintivamente—. Tal vez sería mejor terminar esta conversación en la rectoría —bruscamente, se puso de pie y dejó el confesionario.

Si monseñor Gallagher pensaba que continuar la discusión cara a cara, en la cocina de la rectoría, iba a mitigar la pasión de Jimmy, no tardó en desengañarse. Fuera del confesionario, el convencimiento del padre Jimmy era todavía más evidente. Durante casi una hora, describió la situación tal como la percibía; le mostró documentos que había bajado de internet, habló apasionadamente de las fotografías y de las sociedades del Sudario.

La batería de miradas escépticas, fruncimientos de cejas y gruñidos desaprobatorios de monseñor no causó el más mínimo efecto. Finalmente, levantó las manos en señal de rendición.

—Es demasiado fantástico, James. No puedo decir otra cosa. Demasiado fantástico para creerlo.

—Pero debemos averiguar qué hay de cierto.

—¿Qué sugieres? Que yo, como pastor de Nuestra Señora de la Luz Divina y representante de la iglesia católica, vaya hasta la casa, llame a la puerta y diga: «Discúlpeme, ¿es el Niño Jesús el que está creciendo en la panza de esa joven?». Me echarían al instante. Nos convertiríamos en objeto de rechifla general. Los dos. Y con toda la razón. Siempre supe que tenías una mente imaginativa, y lo consideraba una cualidad, hasta ahora. Pero has dejado que tu imaginación se desate. Y no hace falta que diga que espero que se trate sólo de tu imaginación. Lo siento, James, es demasiado absurdo.

Apartó su silla, dando por terminada la discusión.

—¿Por qué le han ocultado tantas cosas los Whitfield? Están obsesionados con las circunstancias en las que fue crucificado Jesús. Tienen archivos sobre el tema.

—¡James! —en boca de monseñor, el nombre sonó como un desafío—. Todas las personas, sean cuales sean sus aficiones e intereses, tienen derecho a tener hijos. Con madres de alquiler o de otro modo. Ya he oído bastante sobre este asunto —respiró hondo antes de seguir—. Habrá un segundo advenimiento, James, pero sucederá de acuerdo con los planes de Dios, y no con los de un científico loco. Pensar de otra manera es poner su omnipotencia en duda. Y ahora me temo que voy a tener que imponerte una disciplina, por tu bien. No has de volver a ver a esa mujer. Bajo ninguna circunstancia. Si necesita ayuda espiritual, yo se la daré. Si necesita asistencia psicológica, yo haré lo posible para que la obtenga. Pero tú ya no tienes nada que ver con ella. ¿Está claro?

—Sí, padre —murmuró.

—Muy bien —monseñor Gallagher dio media vuelta y salió rápidamente de la cocina.

Aturdido, el padre Jimmy escuchó sus pasos subiendo la escalera y luego el ruido de la puerta que se cerraba en el primer piso. No se sentía con fuerzas para moverse.

TRANQUILA, SÍGUELES EL JUEGO. TRANQUILA, sígueles el juego.

Hannah recitaba estas palabras por lo bajo, como si fuera un rezo.

No tenía nada que ganar dejándose llevar por la ira que sintió al pensar cómo la había explotado esa gente; tampoco la ayudaría el pánico que amenazaba con apoderarse de ella cuando pensaba en el futuro. Era esencial parecer dócil y pensar sólo en el presente. Teri iba a llegar al día siguiente, al mediodía, a buscarla. Su amiga la apartaría de todo esto. Y nunca regresaría. La solución era así de simple.

—Tranquila, sígueles el juego. Tranquila.

La vida en la casa había cambiado. Judith Kowalski se había hecho cargo de todo, incluida la llave de su dormitorio. Subía de vez en cuando, con los ojos siempre atentos a cualquier signo de insubordinación. La personalidad apacible, casi gregaria, que mostró como Letitia Greene había desaparecido. Ahora era una mujer dura y fría. Judith Kowalski era seca, eficiente, sin sentido del humor. Su falda de lana gris y su suéter a juego ahora le daban aire de carcelera. De lujo, pues la ropa era cara, pero carcelera al fin y al cabo...

—¿Te sigo llamando Letitia? —preguntó Hannah cuando la mujer entró en la habitación, a eso de las diez, para llevarse la bandeja del desayuno.

—Como prefieras —dijo secamente, cortando cualquier intento de conversación—. No has comido mucho.

—No tenía hambre.

Judith se encogió de hombros. Bandeja en mano, dejó la habitación y cerró la puerta al salir. Hannah esperó a oír el ruido de la llave. Al no escuchar nada, su primera idea fue que Judith se había olvidado de encerrarla. Después se dio cuenta de que posiblemente la estuvieran poniendo a prueba. Así que se quedó a propósito en su habitación. Se dedicó a un intenso aseo. Estuvo largo rato en la bañera, hasta que se enfrió el agua. Luego pasó un cuarto de hora alisándose el pelo, hasta que le dolió el cuero cabelludo.

Judith Kowalski volvió a las once, sin duda para controlarla, y anunció que el almuerzo sería servido abajo al cabo de una hora.

—Tal vez me lo salte —dejó caer Hannah—. Esta mañana no tengo mucha hambre.

—Como quieras. Habrá un plato esperándote si cambias de idea.

De nuevo se fue con sequedad. Y nuevamente Hannah advirtió que la puerta no quedaba cerrada con llave.

Era verdad que no tenía apetito. Pero sobre todo necesitaba estar a solas para reflexionar sobre los acontecimientos de las últimas veinticuatro horas y comprender qué significaban para ella y para su hijo. No estaba segura de entender toda la cháchara científica que habían desplegado ante ella. A decir verdad, ni siquiera sabía si deseaba entenderla. El ADN y los embriones, mezclados con las profecías religiosas, la confundían y asustaban. Sólo tenía clara una cosa: si el óvulo había sido alterado antes de ser implantado en su vientre, si había sido genéticamente modificado de alguna manera, entonces Marshall y Jolene no eran los padres. No era su hijo. El bebé le pertenecía a ella más que a nadie. ¿No era ella quien lo hacía crecer, quien lo alimentaba, quien lo protegía?

Se recostó en la cama y se pasó una mano sobre el vientre, imaginándose el contorno de la cabeza del bebé, sus pequeñas manos, la barriguita redonda, que crecía día a día. Y pensó en las piernas, que ya golpeaban con impredecible vitalidad. Como había hecho antes, envió silenciosos mensajes de amor a su hijo, le dijo que le protegería, con su propia vida si fuera necesario.

Durante todo ese tiempo había estado esperando una señal, y ahora se daba cuenta de que la señal estaba dentro de ella. Quienquiera que fuese el padre, ella era su verdadera madre. No importaba la forma en que el niño hubiera llegado a su vientre, ella era responsable de su cuidado. Permaneció totalmente inmóvil, pero cada fibra de su ser parecía responder a la llamada del instinto maternal. Nadie se lo quitaría.

Un ruido inusual en los pisos inferiores hizo que Hannah se acercara a la ventana. Había idas y venidas en el estudio. Vio cómo Jolene sacaba sus cuadros y los amontonaba en la parte trasera del coche. Marshall la seguía con unas cajas. Hannah supuso que contenían las carpetas del archivo. Cerraban el estudio y transportaban su contenido a otra parte.

No habían mencionado las vacaciones desde la noche anterior, así que, presumiblemente, Florida no sería su destino. Con Jolene al volante, el coche cargado se alejó.

Volvió una hora después. La actividad continuó sin pausa toda la tarde.

Judith Kowalski hizo su entrada en la habitación de Hannah al caer la tarde, mientras el pálido sol comenzaba a descender detrás del horizonte. Encendió la luz, pulsando el interruptor instalado junto a la puerta.

—Está oscureciendo. Deberías dar la luz —le dijo—. ¿Vas a cenar con nosotros esta noche?

Hannah se había dicho que debía actuar como si no ocurriera nada extraordinario. Tenía que parecer normal, al menos hasta el día siguiente al mediodía, cuando al fin podría alejarse de aquella gente. Irritarlos o provocar sus sospechas, entretanto, no servía para nada.

—Creo que sí, gracias —dijo, vivaz—. Me encontraba un poco mal esta mañana. Lo siento. Pero he logrado dormir una buena siesta esta tarde y ahora me siento mucho mejor.

—Cenaremos en cuarenta y cinco minutos.

—Déjame que me arregle y bajo —dijo con una sonrisa.

Se puso una blusa limpia, se recogió el pelo en una coleta y se lo ajustó con una goma. Un poco de colorete en las mejillas eliminó la palidez. Mientras bajaba las escaleras, escuchó a Judith dando órdenes. Un plato cayó al suelo en la cocina y se hizo añicos.

—Tranquila, sígueles el juego. Tranquila, sígueles el juego.

Nadie habló gran cosa durante la cena. Apenas unas palabras sobre lo que comían, o alguna petición de tal o cual condimento. Sin las comedias del pasado, no tenían mucho que decir. Habían caído las máscaras, y el sentido de cohesión que solía caracterizar las comidas en otro tiempo quedó en el recuerdo como lo que siempre fue: una ficción.

Jolene iba y venía de la cocina al comedor, pero ahora lo hacía por puro nerviosismo. Marshall había abandonado el aire de autoridad benevolente con el que solía presidir la mesa. A Hannah siempre le había parecido un hombre de cierta elegancia, incluso sofisticado. Ahora le tenía por poco más que un ratón, parapetado tras sus gafas metálicas.

Fue Judith, sentada frente a Hannah, quien provocó una palpable tensión en la mesa. Los Whitfield parecían mirarla constantemente para saber cómo reaccionar, mientras la fría mujer se concentraba, como un halcón, sobre Hannah, su presa. Durante el día había salido de la casa y había regresado con alguna ropa. Luego se instaló en la habitación libre del primer piso.

Judith dejó los cubiertos sobre el plato y se limpió la boca con la servilleta, señal de que se aprestaba a tratar algún asunto importante.

—¿Cómo fue tu encuentro con el doctor Johanson esta mañana, Hannah?

La chica tragó el último bocado de comida.

—Bien. Él fue quien lo dijo todo.

—Ya. ¿Y qué piensas de lo que te dijo?

La sala pareció quedarse sin aire. Jolene se acomodó en su silla, la cual crujió, rompiendo el tenso silencio.

Estaba claro que habían hablado de su encuentro con el médico. Hannah sabía que tenía que elegir sus palabras con cuidado, y que cuantas menos fueran, mejor. Trató de no parecer desconcertada.

—Fue mucha información de golpe.

—¡Por supuesto que lo era, pobrecita! —dijo Jolene, hablando por primera vez—. Nosotros nos hemos estado preparando para este momento durante años y años, y de repente, tú...

—Es suficiente, Jolene —cortó Judith. La otra mujer, obediente, agachó la cabeza y dirigió su mirada al plato de comida.

Judith apenas había quitado los ojos de Hannah. Era como si tratara de atravesar el cráneo de la muchacha para llegar hasta los confines más íntimos de su mente.

—¿Y tú? ¿Pudiste asimilar esa información, la comprendiste?

—Lo mejor que pude —Hannah vio que la mandíbula de Judith se tensaba y por ello supo que su respuesta era insatisfactoria. Esperaban más. ¿Qué querían que dijera? ¿Qué estaba entusiasmada por el modo en que la habían tratado? ¿Qué la emocionaba su plan? ¿Tenía que parecerle excitante aquella locura? Sólo acertó a decir unas vaguedades—. Espero... tener la fuerza... para cumplir... mi parte adecuadamente.

No fue mucho. Jolene y Marshall miraron a Judith de reojo, intentando descifrar su reacción. Durante largo rato, el rostro de la mujer no indicó nada. Finalmente, su tensa boca pareció relajarse.

—Yo también lo espero —dijo—. Estaríamos todos terriblemente... decepcionados si no lo hicieras.

Hannah fue directamente a su habitación después de la cena, arguyendo que necesitaba dormir bien. El doctor Johanson le recordó esa misma mañana que no había sustituto para el sueño, especialmente en las últimas semanas. Se retiraba, si no había inconveniente. Nadie se opuso.

Se controló hasta que llegó al descansillo del primer piso y estuvo fuera de la vista de los demás. Entonces cedió a la presión bajo la que había estado durante toda la cena. ¿Cómo había sido engañada tan fácilmente, todos esos meses, por Jolene y Marshall? Y por Letitia. Ahora incluso su nombre resultaba falso. ¿Tan desesperada había estado, tan necesitada de afecto?

Apretó los labios para no llorar. El llanto era inútil e infantil. Lo que tenía que hacer ahora era resistir hasta el mediodía siguiente. Menos de veinticuatro horas. Lo conseguiría. Por la mañana tomaría el desayuno en su cuarto, y a eso de las once y media bajaría. No llevaría nada consigo, para evitar sospechas.

Trataría de actuar amistosamente con todos, sobre todo con Judith. Pero en cuanto el coche de Teri apareciera en la entrada, saldría corriendo. Antes de que se dieran cuenta de lo que estaba sucediendo, Teri se la llevaría lejos. Incluso no le importaba ir a casa de Ruth y Herb...

Se adormeció pensando en su viejo barrio y el Blue Dawn Diner, y no oyó la llave de la cerradura de su puerta.

XXXVIII

EL ECO DE LOS PASOS DEL ÚLTIMO FELIGRÉS RE-
sonó en las naves de Nuestra Señora de la Luz
Divina. Después de esperar un tiempo prudencial, el padre
Jimmy entreabrió la cortina del confesionario y vio que
la iglesia estaba vacía. Miró su reloj y vio que le quedaban
quince minutos de su turno. Cualquier otro día habría
dado por terminada su jornada, visto que no quedaban
almas que aliviar.

Pero se quedó.

Era él quien necesitaba consuelo.

¿Tenía razón monseñor cuando decía que el diablo
se vale de los débiles para hacer su trabajo? Nunca se
había considerado débil, pero ahora no encontraba fuerzas
para entender sus propios sentimientos. Apenas pasaba
un momento del día sin que pensara en Hannah y su situación. ¿Estaba poniendo su vocación en peligro al hacerlo? ¿Estaba entrando en la trampa del diablo?

Por otro lado, creyera lo que creyera monseñor,
Hannah no era una muchacha neurótica en busca de atención. Sus miedos eran reales. Alguien tenía que ayudarla
a salir de la terrible situación en la que se encontraba.

Las palabras de monseñor resonaron en su mente. «Eres un sacerdote, James, no un policía».

Pero de eso se trataba exactamente, de ser sacerdote, lo que siempre deseó. Pero un buen sacerdote, no uno más. Un cura compasivo, firme, que no se retirara frente a las dificultades ni se acobardara ante un desafío.

Tal vez el problema fuese que últimamente pensaba demasiado y no rezaba lo suficiente. Estaba confiando demasiado en la razón para resolver su conflicto interior, en vez de recurrir al único que podía ayudarlo verdaderamente: Dios. No había problema que el Señor no pudiese solucionar. El padre Jimmy tenía que confiar en su sabiduría para seguir adelante.

Gracias a ese pensamiento, su corazón empezó a calmarse, y se sintió invadido por la paz. Se sentó, cerró los ojos y respiró con calma, intentando, sencillamente, experimentar la presencia de Dios. Monseñor Gallagher tenía razón al recordarle cuál era su verdadera misión.

Corrió la cortina una vez más y miró por la ventana para asegurarse de que no hubiera feligreses de última hora. Entonces, preparándose para salir, hizo girar el picaporte del confesionario. La puerta estaba atrancada. Lo intentó nuevamente, pero sin éxito, igual que la primera vez. Inexplicablemente, se resistía a abrirse. En la tenue luz, se agachó para inspeccionar el picaporte.

Según lo hacía, se oyó un ruido repentino. Era algo que nunca había escuchado antes en la iglesia, un ruido metálico, acompañado del sonido de monedas agitándose. Se incorporó tan rápidamente que se golpeó la cabeza con la repisa del confesionario. ¿Qué era ese ruido? Entonces escuchó otra cosa que le hizo contener la respiración: los pasos de alguien que se alejaba a la carrera.

—¡Hola! —gritó—. ¿Hay alguien ahí?

El portón de la iglesia se cerró estruendosamente.

—¿Quién va, qué quiere?

Después percibió el olor, que cosquilleaba en su nariz. No le pareció desagradable hasta que se dio cuenta de lo que era. Las volutas de humo trepaban por el suelo del confesionario. A través de la rejilla pudo ver brillos amarillentos. Con horror, se dio cuenta de que las pesadas cortinas situadas a cada lado del confesionario estaban ardiendo. En pocos momentos las llamas llegarían hasta la misma estructura de madera.

El padre Jimmy sacudió el picaporte con desesperación, dándose cuenta ahora de que la puerta había sido atrancada adrede y que estaba atrapado en un cubículo apenas más grande que él mismo. Intentó abrir la puerta con el peso de su cuerpo, pero el espacio era demasiado reducido para que pudiera conseguir suficiente impulso. El sólido confesionario había sido construido para resistir asaltos más fuertes que el suyo.

La ventanilla era su única vía.

Recostándose en el banco, alzó los pies y golpeó con ellos el entramado, hasta que la madera comenzó a astillarse. Cuando el agujero fue lo suficientemente grande, salió por él, desgarrando su casulla y haciéndose un profundo corte en el brazo izquierdo. A cada lado, las llamas ardían furiosas.

Cayó al suelo y se alejó del confesionario a gatas, justo en el momento en que el fuego mordía ya la madera. Fue entonces cuando descubrió la causa del incendio. Una mesa de velas votivas se había caído, volcando muchas de ellas en la base de las cortinas del confesionario.

¿Había caído la mesa o alguien la había empujado? Recordó los pasos apresurados, el portazo.

Casi como un autómata, corrió hacia la parte frontal de la iglesia y se lanzó contra las puertas, que también estaban cerradas. Quitó los cerrojos y las abrió de par en par.

Fuera, bajo el techo del atrio, con expresión sorprendida, estaba monseñor.

—¡Por todos los cielos, James! ¿Qué te ha pasado? ¿Quién atrancó estas puertas?

Sin responder, el padre Jimmy hizo sonar la alarma de incendios. El ruido fue ensordecedor.

CUANDO VOLVIÓ A MIRAR EL RELOJ EN LA ME-
silla, Hannah se sorprendió al ver que eran ya
las ocho y media. No recordaba haberse levantado durante la noche, y eso era inusual a esas alturas de su embarazo. Se preguntó si le habían dado algo con la cena.

No se sentía mareada, pero sí pesada. Le extrañaría que
hicieran algo que pusiera en peligro la salud del bebé. No,
mientras siguiera gestando estaría a salvo. Pero después...

Esperó en la cama a que se oyeran los pasos de todas
las mañanas, cuando la llevaban el desayuno, pero Jolene
se demoraba más de lo habitual. Cuando sus ojos se ha-
bituaron a la claridad, se sentó, miró a su alrededor y se
llevó una sorpresa. La bandeja del desayuno ya estaba
sobre la cómoda. Alguien la había dejado y se había ido
mientras ella dormía. Se acercó y la examinó. Una cam-
pana plateada cubría un plato de huevos revueltos y dos
tostadas de pan integral. Las tostadas estaban frías. La tetera aún conservaba algo de calor, así que se sirvió una taza
y se alegró al ver el vapor saliendo del líquido ambarino.

La bandeja debía de llevar allí unos quince o veinte
minutos, lo cual era extraño. Habitualmente, el más mínimo

ruido la despertaba. Notó que el té estaba más amargo que de costumbre, por lo que le agregó dos cucharaditas de azúcar. Probó un poco más y luego se detuvo. No quería volverse paranoica, pero el sabor era otro. O habían cambiado de marca o...

Llevó la tetera al baño y vació su contenido en el inodoro. Después rompió las tostadas en pequeños trozos y también los tiró, junto con los huevos.

Daba igual. De todos modos no tenía hambre.

Intentó abrir la puerta del dormitorio y no le sorprendió demasiado encontrarla cerrada.

Fue a la ventana, corrió la cortina y miró hacia el jardín. El cielo estaba blanquecino. El bebedero se había congelado y los pinos, llenos de escarcha, parecían frágiles, a punto de partirse. Mientras contemplaba el gélido paisaje, apareció Jolene, procedente de la cocina, y comenzó a esparcir grano para las aves alrededor del bebedero.

Al parecer, seguía dispuesta a transformar el jardín en un santuario de vida natural. Hannah recordó las salidas nocturnas de la mujer durante el otoño y los extraños trances en los que caía. En ellos hablaba de peligro, un peligro que se presentaría «en mi nombre». Jolene había señalado repetidamente hacia la calle Alcott, en dirección al centro de East Acton, como si fuera de allí de donde vendría el peligro. De pronto, Hannah se dio cuenta de que Jolene no temía al pueblo. Era la iglesia. Había señalado hacia Nuestra Señora de la Luz Divina. El padre Jimmy era el peligro, lo que la mujer temía.

Recordó que Jolene había aparecido en la iglesia en diversas oportunidades, aduciendo que estaba buscándola. Siempre en la iglesia, nunca en la biblioteca ni en la heladería. Parecía no gustarle que Hannah conversara con el sacerdote. Hannah deseaba llamar al padre Jimmy, pero eso no sería posible hasta que estuviera a salvo en casa de Teri. Era lo primero que haría una vez que llegara allí.

Jolene acabó de esparcir las semillas y volvió a entrar.

El resto de la mañana transcurrió sin novedad. Hannah vio el coche de Jolene desaparecer por la calle. Más tarde, Judith salió a hacer un recado en su coche, para volver al poco tiempo. Fuera lo que fuera lo que estaba pasando, nadie informaba a Hannah. Tal vez pudiera enterarse de algo antes del almuerzo. A medida que avanzaba la mañana, un nuevo temor comenzó a crecer en su mente: podían dejarla encerrada en su habitación todo el día.

Hacia las once y media, ya no podía quedarse quieta e iba y venía por el cuarto, como una fiera enjaulada. Teri llegaría en media hora y no había señal de vida alguna en el piso inferior. Golpeó en la puerta, hasta que escuchó pasos en la escalera.

Era Judith, vestida con ropas de trabajo, que contrastaban fuertemente con su habitual elegancia. Sin joyas ni maquillaje, sus facciones parecían más toscas.

—¿Sí? —dijo secamente.

—Yo..., yo temía que se hubieran olvidado de mí —bromeó Hannah.

—¿Es todo?

—No vi a nadie esta mañana. Quiero decir, bueno, pensé que tal vez podía ayudar con la comida.

—Jolene todavía no ha empezado a prepararla. Comeremos a la una —Judith se dispuso a cerrar la puerta. Hannah se las ingenió para reclinarse contra el marco, impidiéndolo—. Estoy segura de que le vendrá bien mi ayuda.

Judith aflojó la mano con la que apretaba el picaporte.

—Supongo que sí —dijo después de pensarlo un momento—. Puedes bajar ahora. Me ahorrarás un viaje más tarde.

Dejó pasar a Hannah y luego la siguió por las escaleras, tan de cerca que la joven podía sentir la respiración de la mujer casi en su nuca.

Varias maletas habían sido colocadas cerca de la puerta de entrada, y los estantes del recibidor estaban vacíos, sin objetos, libros o adornos.

Jolene se encontraba en el fregadero, lavando verduras.

—Buenos días, Hannah, ¿has dormido bien? —preguntó al tiempo que se daba la vuelta.

—Sí, gracias, ¿puedo ayudar en algo?

Hannah captó la rápida mirada que Jolene lanzó a Judith.

—Es sólo un pastel de pollo. Si quieres pelar y cortar algunas zanahorias y rábanos, no estaría mal, creo yo. ¿No es cierto, Judith? Pela también unas remolachas —le señaló una tabla de cortar, sobre la que había un cuchillo de acero inoxidable. Sin esperar a la reacción de Judith, Hannah se acercó a la mesa y cogió el cuchillo con su mano derecha.

—Un buen día para hacer pastel de pollo —dijo, por hablar de algo—. Mi tía Ruth lo hacía de vez en cuando. Bueno, en realidad lo compraba congelado en el supermercado. A tío Herb le gustaba mucho.

—Es uno de los platos favoritos de Marshall —comentó Jolene, mientras volvía a su trabajo.

Satisfecha de que los asuntos de la cocina estuvieran en orden, Judith dio media vuelta y salió. Sus pasos se alejaron rápidamente. Hannah no sabía adónde iba. Todo era un gran secreto ese día. No pasarían mucho más tiempo en esa casa, eso parecía claro.

El reloj de la cocina marcaba las once y cincuenta y cuatro. Si miraba hacia su izquierda, la ventana de la cocina le ofrecía una vista parcial de la entrada de la casa. Teri llegaría en cualquier momento. Peló una zanahoria, tratando de concentrarse en su trabajo. El cuchillo estaba muy afilado y no quería cortarse.

Jolene había encendido el horno y estaba colocando cuatro porciones de masa de pastel en una bandeja metálica.

—¿Dónde está Marshall? —preguntó Hannah.

—Ha salido. Le he dicho que comeríamos a la una. Volverá pronto.

—No estás enfadada conmigo. ¿Verdad, Jolene?

—¿Enfadada? —la mujer pareció pensar en la pregunta antes de responder—. No, enfadada no. Enfadarse es pecado. Decepcionada, creo que sí. Esperábamos que mostraras más entusiasmo por lo que estamos haciendo.

—Pero si estoy entusiasmada. De veras.

—Bueno, tal vez lo estés. Judith piensa lo contrario.

—Desde luego, me sorprendí cuando me lo contaron. Pero eso es lógico, ¿no? Sin embargo, ahora que me he acostumbrado a la idea...

—¿Te das cuenta de la gloriosa tarea que te ha sido encomendada?

—Sí, es un honor muy especial.

—Eso creo yo también —con Judith fuera de la cocina, Jolene estaba mucho menos tensa—. Se te ha dado sólo a ti, Hannah. Entre todas las mujeres. Había tantas que esperaban ser la elegida...

—¿Hay muchas personas buscando lo mismo que ustedes?

—Oh, sí. «Tantos que los ejércitos lo rodearán y cumplirán Su voluntad» —recitó, con un brillo exaltado en sus ojos—. «Pero cuando llegue la hora, sólo los devotos serán admitidos en sus filas. ¡Nadie entrará, salvo los fieles!».

El reloj marcaba las once y cincuenta y nueve.

—¿Y el resto? —preguntó Hannah.

—¿El resto...? Al resto se le permitirá languidecer y morir. Así debe ser.

—Ya veo. —Jolene hizo una pausa. Sus ojos repasaron los ingredientes—. Ay, querida, nos hemos olvidado del apio. Hay un poco en la nevera. ¿Te importaría cortarlo?

—Sin problemas —el cuchillo golpeó rápida y repetidamente la tabla.

Había pasado la hora y Teri no aparecía.

—Bueno, así vale —dijo Jolene, contemplando con aprobación el trabajo de Hannah—. ¿Por qué no vas al salón y descansas un rato? Estos pasteles tardarán cuarenta minutos en cocinarse.

—¿No necesitas que te ayude con otra cosa?

—No creo. Ve a sentarte.

El sonido de un coche circulando sobre la grava de la entrada hizo que Jolene alzara la vista.

—Ah, debe de ser Marshall. Ha llegado temprano —estiró el cuello y miró por la ventana—. No, no es él. Ésa no es su camioneta. Me pregunto quién podrá...

Se dio la vuelta justo a tiempo de ver a Hannah luchar con la puerta de la cocina.

—¿Qué demonios haces? ¡Hannah! Está helando ahí fuera.

Cuando la joven abrió la puerta, su corazón se encogió. Frente a ella, de pie en el escalón, bloqueando su paso, estaba Judith Kowalski. Un gesto adusto parecía grabado a fuego en su rostro.

—¡Ya es suficiente! —espetó—. Hasta aquí has llegado. Volvamos adentro, ¿te parece?

Hannah trató de resistirse, pero estaba ya demasiado torpe para moverse con agilidad. Su cuerpo parecía ir en cámara lenta. Parecía un oso a punto de hibernar. Judith la cogió con fuerza por el codo y la hizo girar. Parecía una maestra irritada con su alumna revoltosa.

—¿Quién es, Judith? —preguntó Jolene.

—No lo sé. Una mujer. Dile que se vaya.

Hannah la empujó hacia un lado y se agarró a la mesa con su mano libre. Sobre la tabla de cortar, donde lo había dejado, estaba el cuchillo. Se estiró para alcanzarlo, llegó a tocarlo con la punta de los dedos, logró sujetarlo un poco; pero Judith dio otro tirón a su cuerpo y tuvo que soltar el cuchillo, que acabó en el fregadero.

No podía hacer nada, salvo gritar. Si gritaba lo suficiente Teri podría oírla y acudir en su ayuda. Era su única oportunidad. Respiró hondo y expulsó el aire de los pulmones con toda la fuerza que pudo.

—¡Teriiiiiiiiiii!

Un trapo violentamente colocado en su boca ahogó el grito. Hannah se quedó sin respiración. Su visión se nubló y comenzó a agitar los brazos, que se movían como si tuvieran voluntad propia. Se iba a desmayar.

—Respira por la nariz —le ordenó al oído Judith—. Estarás bien si respiras por la nariz —cuando aumentó la presión en la boca de Hannah, dejó por fin de resistirse. Sus piernas se debilitaron y cayó al suelo.

—Pensaste que eras muy lista, ¿no? —murmuró Judith, de pie ante ella.

Fuera, Teri apagó el motor, se levantó el cuello del abrigo y se preparaba para enfrentarse al frío cuando vio a Jolene Whitfield acercarse al coche. Bajó la ventanilla.

—Es un placer verte —dijo Jolene—. Teri, ¿no es así? La amiga de Hannah, de Fall River. ¡Qué agradable sorpresa!

—¿Cómo está usted, señora Whitfield?

—No me puedo quejar. Excepto por el frío, claro. Supongo que vendrás a ver a Hannah. Ojalá nos hubiera avisado. No está.

—¿Cuándo volverá?

—Se fue hace un ratito y dijo que no la esperáramos hasta la cena. Alrededor de las siete. Puedes quedarte con nosotros, si quieres.

Jolene sonrió, mientras daba saltitos y se frotaba los brazos, en un intento por entrar en calor. Parecía sincera.

—Qué raro. Quedamos en que vendría a buscarla hoy, a esta hora. Lo convinimos hace un par de días.

—¿De veras? No me dijo nada.

No, claro que no, pensó Teri. Eres la última persona a quien se lo diría.

—¿Se van a ir de vacaciones mañana?

—Me gustaría. Pero a Hannah no le apetecía viajar en su estado, así que lo pospusimos. No la culpo.

¿Eso era todo? Se preguntó Teri. ¿No le apetecía? Tal vez con el cambio de planes simplemente Hannah se hubiera olvidado de la visita. Parecía algo incoherente por teléfono. Desde luego, Jolene no era exactamente una influencia tranquilizadora.

—¿Todo marcha bien? —preguntó.

—Por Dios, claro que sí. A Hannah le gusta estar sola de vez en cuando. Se ha vuelto más reservada. Pero a menos de un mes del nacimiento del bebé, me imagino que tiene mucho en que pensar. Así que la dejamos sola y le seguimos la corriente... ¿Cómo están tus chicos? Son dos varones, ¿no?

—Sí. Los delincuentes, los llamamos. Incansables como siempre. Mire, señora Whitfield, me encantaría esperar, pero tengo que trabajar esta noche. Si Hannah no vuelve hasta la caída de la tarde...

—Es lo que dijo.

—Bueno, entonces dígale que me llame mañana por la mañana.

—Así lo haré. Lamento que hayas hecho el viaje en vano.

Jolene vio cómo retrocedía el coche, se detenía al llegar a los arbustos y luego viraba hacia la calle Alcott. Antes de perderse de vista, alzó la mano y saludó.

Teri vio el acceso a la carretera 128, e iba a enfilarlo cuando sintió un impulso. Disminuyó la velocidad, se detuvo en la orilla y dejó el motor en funcionamiento. Luego, sin saber exactamente por qué, dio la vuelta y se dirigió hacia East Acton.

Aparcó al lado de Nuestra Señora de la Luz Divina y permaneció sentada en el coche por un momento, ordenando sus pensamientos. No podía recordar cómo se llamaba el joven sacerdote. Era un nombre común. Algo así como «padre Willy», o una cosa parecida. En cualquier caso, algo que sonaba un poco tonto para un sacerdote.

Hizo sonar varias veces el timbre de la rectoría. Se abrió la puerta y asomó su cabeza una mujer mayor, de pelo cano.

—¿Qué desea?

—Buenos días. O mejor dicho, buenas tardes. ¿Podría ayudarme? Estoy buscando a un sacerdote joven, atractivo —la puerta se abrió por completo, dejando ver a la encargada de la rectoría, con su gastado delantal de algodón sobre un vestido negro y levemente s rprendida—. Me temo que no me expresé como debía —se excusó Teri—. Lo que quería decir es que estoy buscando a un sacerdote de esta parroquia. No puedo recordar su nombre. Sólo sé que es joven y, ya sabe, apuesto. ¿Hay aquí alguien así? Es importante que hable con él.

—Se refiere al padre Jimmy, supongo —dijo la mujer, mientras retrocedía para permitir a Teri entrar al recibidor—. No es que monseñor no tenga buena figura, para un hombre de su edad. Siéntese, voy a ver si puede recibirla.

Señaló con un gesto hacia la recepción y subió las escaleras.

Jimmy, pensó Teri. No iba tan desencaminada. Apenas tuvo tiempo de examinar lo que a su parecer era un mobiliario imponente, porque enseguida escuchó que alguien bajaba las escaleras. Definitivamente, Hannah no había exagerado sobre el atractivo cura. Agradable sonrisa, piernas largas, delgado, con unos ojos oscuros muy seductores. Qué desperdicio, pensó.

—¿Quería verme? Soy el padre Jimmy —dijo.

—Hola, padre. Mi nombre es Teri Zito. Soy amiga de Hannah Manning.

—¿Ha ocurrido algo?

—Esperaba que usted lo supiera. Esto va a sonar tonto, pero acabo de ir a la casa de la calle Alcott y ella no estaba. Habíamos quedado en que hoy la recogería para llevarla a mi casa. Vivo en Fall River. Cuando llegué, la señora Whitfield dijo que se había ausentado para el resto del día.

—Y está preocupada por ella.

—Es que no es propio de Hannah. Y yo sé que últimamente estaba incómoda allí. Me habló de usted y yo pensé que tal vez tendría idea de dónde está. La verdad es que quería hablar con alguien.

—Entiendo que esté preocupada, señora Zito —la orden de monseñor volvió a su ánimo, clara y categórica—. Desearía poder ayudarla, pero no he hablado con Hannah en los últimos días. Tiene que haber una explicación. Si me entero de algo, no tendré inconveniente en...

—No, no se preocupe. Estoy segura de que es un malentendido. Le advertí que probablemente era una tontería. Lamento haberle molestado.

—No es ninguna molestia.

El sacerdote la acompañó a la puerta y vio cómo bajaba los escalones del porche. Al llegar abajo se volvió hacia él.

—Quiero que sepa que Hannah me ha hablado con mucho afecto de usted, padre. Gracias por ser bueno con ella. Usted es el único amigo que tiene aquí. Y bueno... ella es joven y... yo no sé si inocente es la palabra adecuada. Nadie es inocente en estos tiempos. Pero ella es... una buena persona. ¿Sabe lo que quiero decir?

Asintió. Con cierta añoranza, pensó Teri.

UANDO EL VEHÍCULO DE TERI DESAPARECIÓ, Hannah fue llevada a su habitación por las dos mujeres, que caminaban a su lado, cada una sujetándola de un brazo. Se sentía como un reo conducido al cadalso.

—Lamentamos tener que hacerte esto, Hannah —explicó Jolene al llegar al segundo piso—. Hemos compartido contigo información muy confidencial y nos hiciste creer que apreciabas la importancia de tu papel. No esperábamos que te comportaras así. Ahora tenemos que proteger lo que es nuestro. Espero que lo entiendas.

—No pierdas el tiempo con ella —dijo Judith.

La puerta se cerró y Hannah volvió a encontrarse sola durante el resto de la tarde. Su única preocupación era cómo escapar de la casa cuanto antes. De acuerdo con todos los indicios que había percibido, no pensaban retenerla allí mucho más tiempo. Y después del último incidente, ¿quién sabía dónde podía terminar?

Podía abrir la ventana y ponerse a gritar nuevamente, pero la vista apenas alcanzaba la casa vecina. Nadie la oiría, y corría el riesgo de que volvieran a taparle la boca. También podía forzar la cerradura del dormitorio, pero no sabía cómo hacerlo, y las herramientas disponibles, un par de tijeras, unas pinzas de depilar y los cubiertos del desayuno, no parecían las adecuadas. Al menos para ella.

Tampoco se veía capaz de subir al tejado. Fuera el cielo era sombrío y había comenzado a caer una leve lluvia. Con el descenso de la temperatura, el agua no tardaría en ser aguanieve y el tejado se pondría resbaladizo, muy peligroso.

Tenía que pensar otra cosa.

Cuando Marshall le llevó la cena, le preguntó si se encontraba bien.

—Sí. Estoy bien.

—¿No te hicieron daño?

—No.

—Me alegro.

Al salir del cuarto se detuvo un momento, como si fuera a decir algo más, pero cambió de idea. Salió y cerró la puerta con llave.

Hannah se fue a la cama con la mente embotada, aparentemente incapaz de pensar o hacer cualquier cosa. El gran plan de fuga no se le había ocurrido y posiblemente no se le ocurriría. ¿Qué rival podía ser ella para tres adultos sanos? Cuatro, contando al doctor Johanson. ¡Embarazada de ocho meses, torpe, cansada, alterada! Y, encima, otra vez tenía que hacer pis. Últimamente la cabeza del bebé había comenzado a apretar su vejiga y la frecuente necesidad de orinar le estaba complicando la vida.

Salió de la cama, fue hasta el baño y luego volvió a acostarse.

Dos horas después, se despertó de nuevo con la misma urgencia. Era la una y media. Otra vez se dirigió cansinamente hasta el baño. Fue entonces cuando se le ocurrió la gran idea. No era un plan perfecto, pero si hacía las cosas bien... Además, ¿qué alternativa tenía?

Encendió la lámpara de la mesilla. En el cajón de la cómoda encontró un par de viejas medias de lana. ¿Qué más necesitaba? Sus ojos recorrieron la habitación. ¡La agenda!

Arrancó varias páginas y las convirtió en bolas de papel.

Ahora necesitaba un trozo de madera. Vio un paraguas. Tendría que servir. Llevó todo al baño y levantó la tapa del inodoro.

Primero dejó caer la media, empujándola por el desagüe todo lo que pudo. Después, utilizando la punta del paraguas, la empujó todavía más. Envolvió las bolas en papel higiénico y también las empujó. Finalmente, para rematar la faena, selló lo que quedaba con el resto del rollo. Satisfecha con su trabajo, tiró de la cadena.

El nivel del agua se elevó lentamente y se detuvo justo al borde. Esperó para ver si rebosaba. Cuando vio que no era así, volvió a tirar de la cadena y esta vez el agua comenzó a caer sobre el suelo embaldosado. Otro tirón y las baldosas quedaron cubiertas de agua.

Ahora tenía que despertar a alguien. Jolene y Marshall dormían en la habitación que estaba justo debajo de la suya, mientras que Judith ocupaba la de invitados, al otro lado del vestíbulo.

—¡Hola! —gritó—. ¡Tengo un problema! ¡Necesito ayuda! —el sonido de los golpes en la puerta resonaba por toda la escalera. Ya empezaban a dolerle las manos cuando finalmente escuchó movimientos—. ¿Hay alguien despierto?

—¿Qué sucede? ¿Pasa algo? —era Marshall. Abrió la puerta y asomó la cabeza.

—Es el inodoro. Está atascado. Hay agua por todas partes. Tengo que orinar ya o voy a explotar —saltaba alternativamente sobre uno y otro pie, como si bailara en un lecho de brasas ardientes.

Marshall observó la absurda danza con ojos abotargados, no acostumbrado aún del todo a la luz, y se encaminó al baño a echar un vistazo.

—Déjame ver qué puedo hacer. Usa el baño de abajo.

—Has llegado justo a tiempo.

Los Whitfield tenían su propio cuarto de baño, pero había uno para las visitas al final del pasillo. Jolene estaba sentada en la cama cuando Hannah pasó de puntillas por su puerta. Se quedó en el baño lo menos diez minutos, tiró de la cadena, abrió un poco el grifo y luego volvió a subir.

Marshall había secado la mayor parte del agua con toallas, pero no conseguía desatascar el inodoro. Su frustración aumentaba por lo tarde que era y por la falta de herramientas adecuadas.

—¿Qué demonios has echado al inodoro? —masculló.

—Demasiado papel higiénico. Es una de esas noches que tengo que usar el baño a todas horas —dijo Hannah con tono de disculpa.

—Tendré que arreglarlo mañana por la mañana.

—¿Y qué hago hasta entonces?

Se encogió de hombros, sin querer enfrentarse al problema.

—No lo sé. Creo que tendrás que seguir utilizando el baño de nuestro piso.

Sus chanclas mojadas dejaban huellas en el suelo del dormitorio.

—Gracias —le dijo Hannah cuando se iba. Contuvo el aliento, esperando el familiar sonido de la cerradura.

Pero lo único que escuchó, o creyó escuchar, fue el ruido de sus pisadas, casi chapoteos, al bajar las escaleras.

¡La puerta estaba abierta!

Había contado con el hecho de que conocían su necesidad de usar el baño y que lo aceptaban como una inevitable consecuencia de su embarazo. Hasta ahora, el plan había funcionado, a menos que Marshall no hubiera vuelto a la cama y estuviera al acecho en algún lugar, en la oscuridad, esperándola. Lo dudaba. Eso era cosa de las películas de terror, no pasaba en la vida real.

Esperó cuarenta y cinco minutos. Luego bajó las escaleras y desapareció en el baño del primer piso. Tiró de la cadena y abrió el grifo. Si alguien estaba despierto, pensaría que ella hacía otro obligado viaje al baño. Tuvo cuidado de cerrar con fuerza la puerta cuando volvió a su habitación, para que la oyeran en el piso inferior.

Eran casi las cuatro cuando volvió a levantarse, esta vez haciendo el menor ruido posible. Por la quietud de la casa, parecía que todos estaban durmiendo profundamente. La escarcha ya había caído y el cielo estaba parcialmente despejado. El césped brillaba, como si hubiera sido rociado con polvo de vidrio. Sin encender la luz, Hannah se puso unos pantys y varios pares de medias. Siguieron dos suéteres, una chaqueta, los pantalones y la bufanda. Se levantó las perneras de los pantalones, de modo que cuando se puso la bata sólo se veían los zapatos. Esperaba que nadie fuera a mirarle los pies. Con suerte, nadie le miraría nada.

Se guardó el monedero en un bolsillo y rezó una breve plegaria.

Había planeado descender por etapas. Llegar hasta el baño era sencillo, pues el bebé siempre le podía servir como excusa si la veían. Sin embargo, cuando alcanzó el primer piso, sudaba copiosamente y su corazón latía con tanta fuerza que temía despertar a todo el barrio. Permaneció de pie en el baño, con la oreja pegada a la puerta, y escuchó los ruidos de la casa. Sólo se oían los crujidos y gemidos de las vigas y del entarimado, ya centenario. No había sonido humano alguno.

Se dio otros cinco minutos de tregua, para asegurarse, y luego, como quien pone un pie en las aguas heladas del océano, dio un primer paso, muy quedo, hacia el último tramo de escaleras. Se dijo a sí misma que ya no debía detenerse, sino concentrarse en su objetivo, la puerta principal. Ahora o nunca.

A mitad de camino, un escalón crujió bajo su peso. Se detuvo. Un escalofrío le recorrió la espalda. Reunió valor para continuar. Las alfombras del recibidor amortiguarían sus pasos, una vez que llegara allí. El perfil de la puerta principal era visible gracias a la lechosa luz que provenía de las ventanas, dibujando ataúdes de plata en el suelo. Cruzó el vestíbulo y corrió el cerrojo de la puerta principal sin apenas hacer ruido. La de la cocina, testigo de su anterior intento de fuga abortado, necesitaba engrasarse y debía evitarla.

Con cuidado, entreabrió la puerta y se preparó para recibir la bofetada de frío. Cuando tuvo espacio suficiente para poder salir, es decir, a causa de su estado cuando estaba muy abierta, salió al aire nocturno.

Entonces una mano la sujetó por el pelo.

—¡Marshall! ¡Rápido! —Judith Kowalski gritaba y tiraba de Hannah hacia atrás, hacia la casa. Tiró con tanta fuerza que Hannah creyó que le arrancaría la cabellera. La estridente voz de la mujer y el dolor por los tirones del pelo provocaron una gran descarga de adrenalina en su cuerpo. No la encarcelarían otra vez, no la iban a amordazar y atar como a un animal. No tenían derecho a tratarla de ese modo.

Se dio la vuelta, sacudiendo los brazos, y golpeó a la mujer en el rostro. La sorpresa del golpe, más que su fuerza, desconcertó a Judith, que aflojó la presión sobre el pelo de Hannah. La joven pudo volver a moverse, pero Judith, sujetándola por detrás, la inmovilizó de nuevo. Le pasó un brazo alrededor de la garganta, ahogándola, mientras con el otro procuraba mantenerla quieta.

Hannah intentó respirar. El esfuerzo duró sólo un par de segundos. A causa del forcejeo, los dos cuerpos dieron varias vueltas. Hannah se desorientó y no se dio cuenta de que llegaba al borde de los escalones. Sus pulmones luchaban por tomar aire. En un último esfuerzo por liberarse, clavó su codo en el estómago de Judith. El golpe, ayudado por el hielo que había en los escalones, lanzó a la mujer, trastabillada, de espaldas. Rodó por los escalones, hasta pararse en el sendero con un ruido sordo; se había estrellado contra los adoquines.

Hannah no comenzó a correr hasta llegar al helado césped. A toda prisa, se encaminó hacia los bosques cercanos a la casa. Cuando llegó a los pinos miró hacia atrás, únicamente para ver a qué distancia se encontraba Judith.

Las luces de la puerta de entrada estaban encendidas y Marshall permanecía de pie en el umbral, en bata. Judith yacía inmóvil sobre el camino adoquinado, con el camisón levantado hasta los muslos y una pierna doblada hacia dentro, en un raro escorzo. Parecía una muñeca de trapo, tirada por una niña caprichosa que hubiera recibido un juguete más interesante.

Hannah se mantuvo dentro de las arboledas que bordeaban las casas de la calle Alcott, consciente de que no debía salir al descubierto hasta llegar a la intersección de Alcott con la calle principal. El suelo no estaba tan resbaladizo bajo los árboles y se podía mover velozmente. Su bata se enganchó con unos arbustos y tuvo que pararse a desenredarla.

Nadie parecía estar persiguiéndola.

¿Estaban preocupados por Judith? Probablemente la habían llevado adentro y habían llamado a una ambulancia. Hannah no oyó ninguna sirena, así que tal vez la mujer sólo se había quedado conmocionada por la caída. Todo sucedió tan de repente: la fuga en la oscuridad, el tirón de pelo, la lucha. Hannah se esforzó en concentrarse en el momento presente, que era lo importante.

Siguió su camino. Los árboles de los bosques dieron paso a una pradera en la que los chicos practicaban deportes en verano. El viento había derribado parte de la alambrada que la rodeaba, ahora cubierta de hielo. Al otro lado de la calle, la torre de Nuestra Señora estaba bañada por la luz de la luna.

Hannah estaba atravesando el desierto cruce de calles cuando escuchó el ruido de un coche que se acercaba por la avenida Alcott. Agachada, corrió hacia la parte posterior de la iglesia, por el jardín de la rectoría, esquivando el banco de piedra en el que el padre Jimmy había oído su primera confesión el pasado verano. Una gran mata de hortensias le ofreció refugio temporal. A pesar de las capas de ropa que llevaba, el frío había comenzado a calarle los huesos.

En ese momento la camioneta paró frente a la rectoría y Marshall se apeó de un salto. Golpeó repetidamente la puerta, luego retrocedió y se limpió nerviosamente los zapatos en el felpudo de la entrada. En el piso superior se encendió una luz, y luego otra en el vestíbulo. Finalmente, monseñor Gallagher abrió la puerta y tuvo lugar una breve conversación.

En un momento de la charla, monseñor pareció invitar a Marshall a entrar, pero el hombre negó vigorosamente con la cabeza, señalando su reloj. Parecía cada vez más agitado.

Monseñor le palmeó paternalmente en el hombro. La chica sólo pudo oír palabras sueltas.

— ...mis ojos y oídos abiertos... Cuente con ello...

— ...de su parte. Muchas gracias.

Después de un apresurado apretón de manos, el anciano sacerdote se retiró y Marshall volvió a su coche. Hannah se quedó observando, hasta que las luces traseras desaparecieron en el camino. Luego salió de su escondite en las hortensias. A través de una ventana lateral, podía ver a monseñor conversando con alguien en el vestíbulo. Se dio cuenta de que el padre Jimmy también se había levantado. Después el vestíbulo se oscureció.

Instantes más tarde se encendió una luz en la parte trasera de la casa, donde estaba la cocina. Con cuidado, se acercó. El padre Jimmy estaba buscando comida en la nevera. Atrajo su atención golpeando suavemente en la puerta. Primero pareció sorprendido, y luego aliviado.

—¿Puedo entrar? —dijo lo más bajo que pudo, a través del vidrio.

El padre Jimmy se llevó un dedo a los labios y señaló hacia arriba. Ella interpretó que monseñor se encontraba justo en el piso superior y tenía que guardar silencio para no alertarle.

Sus mejillas estaban rojas de frío, la luz de la cocina destacaba el tono dorado de su pelo. Tenía la respiración tan agitada que se diría que venía de patinar sobre hielo. Tardó poco en comprender que tal euforia era consecuencia del miedo. Iba vestida de calle y la bata que llevaba en vez de abrigo estaba rasgada.

—Tuve que escapar —susurró—. ¿Puedes ayudarme?

La cogió de la mano y la condujo a través de la cocina. Bajaron las escaleras que llevaban al sótano, donde se almacenaban muebles usados, viejos bancos de iglesia y algunas estatuas rotas. El aire frío olía a humedad.

El padre Jimmy habló por primera vez.

—¿Qué ha sucedido?

—¿No te lo ha dicho monseñor?

—Todo lo que ha dicho es que el señor Whitfield había venido en tu busca. Hubo una discusión en la casa, te enfadaste y saliste corriendo. Al ver que no volvías, se preocuparon.

—¿Preocuparse? No les importo. Me matarían al instante, si no fuera porque llevo este bebé. Me encerraron en el dormitorio. Como a un rehén.

—Cálmate, Hannah. La exageración no ayuda —incluso mientras la reprendía, se preguntó por qué estaba siendo tan duro. En realidad le creía.

—Deja de tratarme como a una muchacha confundida y voluble. Tenía razón al sospechar de ellos. Ahora no tengo que probarlo. Lo sé a ciencia cierta. Me lo dijeron todo ayer.

El sacerdote sintió que se le encogía la garganta.

—¿Qué te dijeron?

—Vas a pensar que estoy loca. Sé que lo harás. Nadie va a tomarme en serio, pero no me importa. Tengo que irme de aquí y proteger a mi bebé. Van a venir a buscarme dentro de poco. Esperaba que me ayudaras.

El cura se colocó frente a la escalera para impedir que se marchara.

—Sólo cuéntame qué te dijeron. Por favor.

Hannah se sintió repentinamente incapaz de pronunciar palabra. Se sujetó el estómago y comenzó a balancearse, con un leve quejido en la boca. Sus ojos se humedecieron. El padre Jimmy se acercó y le cogió ambas manos. Ella recostó la cabeza sobre su pecho y lloró abiertamente.

—¿Qué te dijeron? —murmuró, sintiendo la suavidad de su pelo bajo los labios.

—Me dijeron... que había sido elegida —Hannah alzó la cabeza, angustiada—. Elegida como cáliz para el segundo advenimiento.

Más tarde, el padre Jimmy sería incapaz de describir la sensación física que se apoderó de su cuerpo. Fue como si una inmensa ola a punto de romper, una fuerza brutal que lleva al nadador de un lado a otro, atravesara su cuerpo. No había experimentado nada similar hasta entonces. Se sintió mareado, y el sótano desapareció por un instante.

Cuando pasó la tremenda sensación y se recuperó, vio la cara de Hannah, dos ojos azules clavados en los suyos. Era, pensó, el rostro más luminoso que jamás había visto.

 RISTO HA MUERTO, CRISTO HA RESUCITADO. Cristo regresará.

Con las manos tendidas hacia el cáliz, el padre Jimmy recitó el misterio de la fe, y la escasa cantidad de feligreses que había conseguido despertarse para la misa de la mañana lo recitó con él. Había menos gente de la habitual ese domingo, ya que el tiempo era desagradable y los caminos estaban muy resbaladizos por la escarcha caída la noche anterior.

Desde sus tiempos de monaguillo, se había dicho a sí mismo, y a todo el mundo, que su casa estaba en la iglesia. Era su vocación. La reconocía como reconocían las suyas el artista, el médico o el maestro. Daba gracias a Dios a diario por concederle esa certeza.

Y ahora se encontraba con todo aquello.

Sus ojos examinaron los rostros que le miraban, algunos aburridos, otros interesados, y otros más que parecían limitarse a cumplir con una rutina de años. ¿Cuántos reaccionarían, se preguntó, si diera un paso adelante y anunciara que la segunda venida de Jesús estaba próxima? ¿Qué harían si les dijese que Cristo volvería nuevamente a caminar por el mundo y a llevar a los humildes y a los caídos hacia la salvación? ¿Cambiarían sus vidas en un instante o se persignarían, temerosos, y volverían a sus estériles trabajos, o a sus casas, a ver insulsos programas de televisión?

Cuando terminó la misa, encontró a monseñor Gallagher en la sacristía.

—Qué sorpresa anoche —dijo, mientras retiraba sus vestiduras del guardarropa y el padre Jimmy se quitaba las suyas—. Mentiría si dijese que no se veía venir. ¿Has sabido algo de la muchacha?

—¿Perdón? —preguntó el joven cura, con el alba a medio sacar sobre la cabeza.

—La joven Manning. ¿Has oído algo sobre ella?

Se tomó su tiempo para responder, alisándose el pelo con las manos.

—No. No he oído nada.

—Un asunto desagradable. No necesito decirte que te mantengas alerta.

—No, no hace falta, monseñor —así es como comienza, pensó, la caída, el deterioro. Empieza con la primera mentira. Con un «no he oído nada». La primera grieta en el cemento que sujeta el muro. Apenas se nota. Después de todo, la pared sigue en pie, ¿no? Pero la siguiente brecha será mayor, y después vendrán otras, y otras...

Entregó sus vestimentas blancas y doradas al monaguillo, que las colgó en el guardarropa.

—Eso es todo, Miguel —dijo monseñor, despidiendo al niño—. ¿Sabes que el señor Whitfield ha vuelto a la rectoría esta mañana?

—No, no lo sabía.

—La joven sigue sin aparecer. Ha estado ausente toda la noche, ¡en su estado! Le sugerí que avisara a la policía si no vuelve pronto. ¿Qué puede haberla hecho salir de ese modo en mitad de la noche?

—Yo..., yo no puedo decírselo exactamente, pero ya le conté lo que ella cree que ha sucedido. Usted me ordenó que no volviera a hablar de ello.

Monseñor tomó aire, asintiendo con la cabeza.

—Sí, lo hice. Pero a la luz de las presentes circunstancias, es posible que haya errado.

—Bueno, ella estaba... terriblemente confundida. Teme por el bebé que lleva en el vientre. Ha tenido fuertes deseos de quedarse con él desde el principio. Y ahora, tras lo sucedido, no quiere que el niño caiga en sus manos.

—¿Y qué crees tú que sería lo mejor para esta muchacha?

—Honestamente, no lo sé.

—¿Tiene pruebas de lo que dice o es, cómo dijiste...? ¿Teorético?

—¿Teorético, monseñor?

—Sí, es una manera de preguntar si se lo está inventando —la brusquedad de la respuesta evidenció que se había terminado su paciencia. La sacristía estaba demasiado caldeada, la reseca atmósfera le producía congestión en la nariz.

—No, no lo creo. No se lo ha inventado. Ellos mismos confirmaron sus sospechas.

No era la respuesta que monseñor esperaba escuchar. Afrontar los delirios de una chica inestable ya era suficiente problema. Si resultaba que no eran delirios, la situación tenía graves implicaciones. Recordó la explicación que el padre Jimmy le había dado la última vez.

—¿Pero cómo obtuvo esa gente la sangre de Jesús, el ADN, o lo que sea?

—Yo sólo puedo hacer hipótesis, basándome en lo que he leído. El Sudarium está guardado bajo llave en la cripta de la catedral de Oviedo. Se saca sólo en raras ocasiones, se muestra brevemente a los fieles y se vuelve a guardar en el relicario. Hace siete años, un Viernes Santo, en una de esas ocasiones, ocurrió un extraño incidente. El sacerdote que lo llevaba a la cripta, de regreso, sufrió un ataque cardiaco fatal y el Sudarium quedó sin vigilancia durante varios minutos. Pudo ser tiempo suficiente para que alguien tomara una muestra de la sangre.

—Pero si faltara un fragmento de la tela, lo habrían denunciado.

—No haría falta cortar un fragmento. Bastaría una hebra. Una mínima cantidad es todo lo que hace falta. Los científicos usaron una cinta adhesiva para tomar muestras de sangre del Sudario de Turín. ¿Por qué no podrían haber hecho en este caso lo mismo? Sería un robo indetectable.

—Entonces, ¿estás convencido de que esto es científicamente posible?

—Más que posible. Creo que ya ha ocurrido.

Monseñor Gallagher se pasó el dedo por el cuello de la camisa. ¿Por qué mantendrían tan alta la temperatura? La sacristía era un horno. Una molesta gota de sudor le bajaba por el pecho.

—Incluso si lo que dices es cierto, eso no significa que el segundo advenimiento sea inminente. No tenemos pruebas concretas de que ese paño esté manchado con la sangre de Cristo. Ésa es la historia que nos han contado. Es la tradición. Es lo que nuestros corazones quieren creer.

—El mismo Papa ha rezado ante ese paño —objetó el padre Jimmy.

—¿Y por qué no iba a hacerlo? Nunca está de más rezar. Pero ¿y si no es la sangre de Cristo? ¿Y si es, no sé, la sangre de un soldado romano muerto en una batalla, o la de un aventurero medieval? ¿Y si es la sangre de un criminal común? ¿Qué es lo que esa pobre muchacha lleva en el vientre? Dos ladrones fueron crucificados junto a Jesús, ¿no es así? ¿Por qué no podría ser uno de ellos el que volviera a nacer? —vio cómo crecía el horror en el rostro del joven. Empalidecía por momentos. No había querido ser tan duro con él. El padre Jimmy era impresionable, todavía demasiado inocente en muchos aspectos—. Sólo por discutir, demos por bueno que la tradición, en este caso, coincide con la realidad, que el rostro de Cristo estuvo cubierto por ese mismo paño en la hora de su muerte. Lo que esa gente estaría resucitando es su persona física, el vehículo que él ocupó durante su corta estancia en la Tierra, el cuerpo al que él se sobrepuso. No su espíritu, su alma, su divinidad.

—A menos que esas personas estén divinamente inspiradas, como dicen.

—¡Ah, la inspiración divina! ¿Cuántos la han invocado y a cuántos ha llevado a la perdición? —esa reflexión lo sumió en profundos pensamientos. Agachó la cabeza, e inconscientemente se frotó las sienes con los dedos. El padre Jimmy esperó, incómodo, temeroso de interrumpir el pesado silencio que cubría la sacristía. Finalmente, el viejo sacerdote habló de nuevo—. Si es la voluntad de Dios, nada de lo que tú, o yo, o nadie pueda hacer impedirá que suceda. Si no es así, tú tienes una tarea sagrada que llevar a cabo, James.

—¿Qué tarea?

—Creo..., yo creo que tienes que encontrar a la muchacha.

—¿Por qué yo?

—Ella confía en ti, ¿no es verdad?

—Sí, pero yo me niego a entregarla a esas personas.

—No he dicho nada de entregarla a esas personas. Dije que la encuentres. De hecho, si tienes éxito, te prohíbo que se lo digas a los Whitfield. Ahora éste es un asunto de las autoridades de la Iglesia. Ellas se harán cargo.

—Entonces, ¿usted me cree, la cree a ella?

—Lo que yo creo es que unos fanáticos se han embarcado en una misión que puede causar un daño imposible de predecir a la Iglesia, y eso es suficiente. El mundo no necesita en este momento otro falso profeta, sobre todo uno nacido de la ciencia. Piensa en las consecuencias si se corre la voz. Cada alma perdida y solitaria de aquí a Tombuctú vendría corriendo a adorar a este niño, quienquiera que sea. Los medios de comunicación se encargarían de que la historia llegara a cada rincón del planeta. ¡Imagínate la histeria general! ¿Qué sucedería con la Iglesia, en medio de todo ese caos? La mayoría de nosotros, en el sacerdocio, llevamos vidas muy corrientes, James. Cuidamos nuestros pequeños jardines y recogemos nuestras modestas cosechas. Pero tú has sido llamado a hacer algo importante. Dios ha traído a esta muchacha hasta ti para que puedas evitar que surja el caos. Ahora lo veo claramente. Tú también debes verlo. Esto es obra del demonio. Así que encuéntrala, James. Detén esta herejía. Protege a la Iglesia, a la que tanto amas.

Abrumado por el tono imperativo, de urgencia, en la voz de monseñor y agobiado por los secretos que no compartía con él, el padre Jimmy sintió que las lágrimas se acumulaban en sus ojos.

—Lo intentaré, padre. Haré lo que pueda.

Monseñor puso su mano sobre la cabeza del sacerdote.

—Eso es todo lo que Dios nos pide, James.

La confundió el entorno. Así se lo explicaría Teri a sí misma más adelante. Allí, en el Blue Dawn Diner, era lógico que no hubiera reconocido a la mujer aquella a primera vista.

Estaba de pie, detrás de la caja registradora, con un grueso abrigo de lana azul y un gorro ruso, y trataba de llamar la atención de Teri. Quizá el ridículo sombrero también contribuyó a confundirla. Era una mañana de domingo más concurrida de lo habitual. El ayudante de cocina no había ido a trabajar alegando que estaba enfermo, aunque nadie le creyó. Como sucedía tantas veces, estaría durmiendo la mona tras una noche de juerga con sus amigos.

En cualquier caso, Teri tenía que ocuparse de todas las mesas. La nueva camarera todavía no era capaz de trabajar al ritmo adecuado, aunque ya no era realmente nueva. ¡Hacía siete meses que trabajaba ahí! Y Bobby volvía a ser el mismo gruñón de siempre.

Ahora, para añadir más dificultad a lo que ya era una locura sin control alguno, la mujer que estaba al lado de la caja registradora chasqueaba los dedos en dirección a Teri cada vez que pasaba a su lado.

—Estaré contigo en cuanto pueda, preciosa. ¿No ves que hago lo que puedo? —todas las mesas estaban ocupadas. ¿Dónde creía la buena mujer que se iba a sentar? ¿En las piernas de alguien?

Rápidamente, Teri retiró los platos sucios de una mesa de cuatro, anotó el pedido de los postres y luego, con los platos balanceándose precariamente en la mano y el antebrazo derechos, fue hacia la cocina. Esta vez la mujer no se contentó con chasquear los dedos y la empujó un poco, sobresaltándola hasta tal punto que se le cayó un plato al suelo.

—Lo siento muchísimo —dijo la señora, mientras se agachaba a recoger los pedazos. Fue entonces cuando Teri reconoció a Jolene Whitfield.

Bobby apareció a la carrera, desde la cocina, con una escoba y un recogedor.

—Yo me ocupo de eso, señora. No quiero que se corte y luego nos demande y pierda hasta la camisa que llevo puesta —Bobby no llevaba camisa, sólo su habitual y grasienta camiseta, pero dejó escapar una carcajada que pronto se disolvió en un acceso de tos típico de fumador.

—Ha sido un accidente —se disculpó Jolene, mientras Teri, temerosa por la integridad del resto de los platos, desaparecía en la cocina.

Bobby se lo tomó con filosofía.

—Está bien. Si espera un minuto, le conseguiremos mesa.

—No necesito una mesa. He venido sólo a hablar con Teri.

El hombre barrió los pedazos rotos y los llevó en el recogedor a la cocina.

—Oye, Teri, no es la mejor hora para reuniones sociales. Estamos un poco ocupados.

—No me digas, Bobby. No me había dado cuenta. Me he estado limando las uñas en el baño durante las últimas dos horas.

—Vamos, muévete, ¿quieres? ¡Hay clientes esperando desde el martes pasado!

Teri cogió cuatro hamburguesas especiales del pasaplatos, se metió una botella de tabasco en el bolsillo del delantal y salió con el paso seguro de quien, a esas alturas, podía servir las mesas con los ojos cerrados.

Una vez que sirvió la comida a una madre de ojos apagados y a sus hijos de ojos igualmente inexpresivos, se acercó a Jolene.

—¿Qué la trae por aquí, señora Whitfield?

—Estoy buscando a Hannah.

—¡Qué gracioso! Ayer yo buscaba a Hannah en su casa. Ahora usted hace lo mismo en mi lugar de trabajo. ¿Qué está sucediendo?

—Nada serio, espero. Hannah se ha enfadado conmigo esta mañana y se ha marchado.

—¿En serio? Pobrecita. ¿Por qué se ha enfadado?

—No lo sé. Es un desequilibrio emocional. Lleva un tiempo tan alterada que no se puede predecir su comportamiento. ¿Has sabido algo de ella?

—No, pero me gustaría. ¿Me disculpa un segundo?

Teri recorrió las mesas y llenó algunas tazas de café. Para dejar claro que no tenía prisa, Jolene se quitó el gorro ruso y se sacudió el pelo.

Que espere un poco, pensó Teri. Había visto a Jolene mirando por la ventana hacia el estacionamiento. Un hombre de edad mediana y cabello cano estaba sentado al volante de una camioneta. «El señor Jolene», supuso Teri. ¡Que los dos esperen un poco!

Pasaron diez minutos antes de que volviera a la barra.

—Mire, dudo que Hannah vaya a aparecer por el restaurante. ¿Puedo hacer algo por usted?

Jolene parecía deprimida.

—Tal vez sí. Su tía y su tío viven en Fall River, ¿no es así? ¿Tiene su dirección? No la encuentro. Quizá no conozco los nombres auténticos. Nunca se me ocurrió que tuvieran otro apellido. Pero, claro, es lógico.

—Si Hannah necesita tiempo para estar sola, creo que usted debería dárselo. Se habrá ido sólo por unas horas. Probablemente la llamará en cuanto se calme. Son todas esas hormonas alborotadas, que la vuelven loca. Usted sabe cómo es el embarazo. Además, si necesita algo de paz y tranquilidad, la casa de Ruth y Herb es el último lugar adonde iría. Allí no sería bienvenida, no sé si me entiende.

—¿Qué puedo hacer entonces? No sé dónde buscar. Pensé que serías capaz de ayudarme —Jolene hizo un último esfuerzo por mantener la compostura—. Hannah tiene unas cuantas ideas locas en la cabeza. Ni siquiera puedo explicárselas. No sé de dónde salieron. Son... ridículas, francamente. Pero no quiero decir nada malo de su amiga. Quiero a Hannah, como usted, pero..., pero...

La mujer dejó de luchar contra las lágrimas, que ahora le corrían por las mejillas, dejando un reguero de maquillaje que le daba a su rostro aspecto de máscara. Buscó un pañuelo en el bolso. Viendo que la búsqueda era inútil, Teri le alcanzó una servilleta de papel.

—Gracias. Lamento dar este espectáculo, pero estoy muy preocupada por Hannah. Se encuentra en un estado tan alterado que le podría pasar cualquier cosa.

Los sollozos eran tan fuertes que se sobreponían al ruido del local, y algunos clientes miraban hacia donde se encontraban. Olvidando cualquier atisbo de decoro, Jolene cogió a Teri del brazo, desesperada, como si estuviera a punto de ser arrastrada por la corriente de un río.

—Por favor... ayúdeme... Ella tiene a mi bebé, y yo tengo tanto miedo... No deje que le suceda nada..., se lo ruego...

Teri estaba muy incómoda, en parte porque la gente empezaba a mirarlas. Pero también le molestaba otra cosa.

Empezaba a sentir simpatía por la pobre mujer que le apretaba tanto el brazo y, desde luego, parecía sufrir mucho.

L A CASA ESTABA FINALMENTE EN CALMA.

Hannah se recostó en la cama de matrimonio, pero estaba tan cansada que no podía dormir. Su mente trabajaba a toda velocidad. Había tantos problemas que resolver: dónde tener al bebé, dónde vivir después, cómo encontrar un buen abogado... Para quedarse con el niño, su niño, necesitaría un abogado.

Además de Teri y el padre Jimmy, no había mucha gente en quien pudiera confiar. El sacerdote la había sacado de East Acton en medio de la noche, pero tuvo que volver enseguida para la misa matutina. Teri estaba trabajando en el restaurante. En cuanto a los demás... No olvidaba a Judith Kowalski, a la que una y otra vez imaginaba caída sobre el camino escarchado, y a Marshall observándola con mudo horror. Había sangre en la nieve y, cuando él se agachó a levantarla, se manchó las manos. Parecía que llevaba guantes rojos, como un personaje diabólico. Tenía un sombrero de copa y bailaba en la nieve, exhibiendo una sonrisa grosera y sacudiendo sus manos rojas...

Sonó el teléfono y Hannah se incorporó, sobresaltada. Se había quedado dormida, después de todo.

Dudó antes de contestar. Podía ser el padre Jimmy. Atendió el teléfono, que estaba al lado de la cama.

Era Teri.

—¿Estás bien, preciosa? Nunca adivinarás quiénes están sentados ahora mismo en el estacionamiento del restaurante, buscándote desesperadamente.

—¿Jolene?

—Y un hombre. Su marido, supongo.

Hannah sintió que se ahogaba.

—¡No pierden el tiempo! ¿Qué puedo hacer?

—Nada. Por ahora quédate allí. Sólo quería avisarte.

—No les has dicho que estoy en tu casa, ¿verdad?

—¿Por quién me tomas? He fingido que no tenía ni idea de dónde estás. Esa mujer es un caso. No me extrañaría que me siguieran hasta casa. Espera, se marchan.

—¿Y si ahora vienen aquí?

—No abras la puerta. Que Nick se encargue. Él meterá el temor de Dios en sus cabezas.

—Nick no está, Teri.

—¡Claro! Olvidé que hoy llevaba a los chicos al baloncesto. ¡El bueno de Nick! Nunca está cuando lo necesito.

—No me puedo quedar sola —Teri percibía cómo aumentaba el miedo de Hannah. Su voz parecía firme, pero la respiración la delataba; se volvía cada vez más agitada, y cada poco tenía que pararse para tomar aire.

—Sí puedes. Cierra bien todas las puertas, incluida la del sótano. Los chicos han estado jugando en el jardín esta mañana y pueden haberla dejado abierta.

—Echarán la puerta abajo, Teri, sé que lo harán.

—No lo creo.

—Teri, hay muchas cosas que no te conté anoche sobre esta gente y el bebé. Es peor de lo que crees. Necesito protección.

—Entonces llama a la policía.

—Preferiría no..., no hacerlo.

—Más misterios, ¿eh? Mira, estás cansada y eso hace que reacciones mal. Cálmate, que todo saldrá bien. Lo importante es que te quedes dentro y no abras. ¿Entiendes?

El ruido de la puerta de un coche al cerrarse atrajo la atención de Hannah. Los Whitfield no podían haber llegado tan pronto, pensó. Ni siquiera había tenido ocasión de revisar las puertas.

—¿Me has oído, Hannah? ¿Hannah...? ¿Estás ahí?

—Sí —dijo, y tomó aire.

—Iré corriendo en cuanto salga de trabajar.

Hannah colgó el teléfono y miró hacia la ventana del recibidor justo a tiempo de ver al vecino entrando en su domicilio. Había sido una falsa alarma. Pero los Whitfield la encontrarían, era cuestión de tiempo. Cerró de golpe las cortinas. Se sentía muy pesada. Había corrido mucho y dormido muy poco. Casi se sentía demasiado cansada como para seguir luchando.

Pero debía seguir. Por el bien del bebé, tenía que ir a un sitio donde hubiera más gente. Sola estaba indefensa. Con el padre Jimmy se sentía segura. ¿Por qué no estaba a su lado? Impulsivamente, cogió de nuevo el teléfono, llamó a información y pidió el número de un servicio de taxis.

Mientras el taxi la llevaba entre las conocidas y viejas casas, Hannah se preguntaba si debería haber llamado antes. Prácticamente no se había comunicado con Ruth y Herb en los últimos meses. Recordaba haberles enviado unas postales para sus cumpleaños, y les llamó un par de veces para hacerles saber que todo iba bien. Ninguna conversación propiamente dicha.

Si la recibían con hostilidad, pensó, recogería la ropa que aún tenía allí y podía valerle y se marcharía en el taxi hasta uno de los moteles de la carretera. Tomada esta decisión, su respiración recuperó el ritmo normal. Ya se sentía mejor.

Herb estaba en la entrada, quitando enérgicamente el hielo de las ventanillas del coche. Al principio no la reconoció, pero cuando al fin lo hizo, Hannah creyó detectar una leve sonrisa en el duro rostro de su tío. Era buena señal.

Le dio al conductor un billete de diez dólares y, mientras esperaba el cambio, miró a su alrededor, por si anduvieran cerca Jolene o Marshall. No vio nada sospechoso. Una de las cortinas del salón estaba entreabierta, de lo que dedujo que Ruth estaba mirando.

Herb no ocultó su sorpresa.

—Dios mío, ¡cómo te has puesto! —no imaginaba que un embarazo pudiese producir tal cambio físico—. Ten cuidado, el camino está resbaladizo.

Le ofreció su brazo y la acompañó hasta la puerta. No recordaba que su tío la hubiera tratado nunca con tanta solicitud.

—¿Crees que a tía Ruth le molestará mi visita?

—Todo es agua pasada. Si quieres saber la verdad, creo que lamentó pedirte que te fueras, aunque es probable que nunca lo admita. Cuando llamabas, me agotaba con preguntas sobre todo lo que habías dicho o dejado de decir. Yo insistía en que cogiera el teléfono y hablara contigo, ya que tenía tanta curiosidad. Pero ya conoces a Ruth. Es muy orgullosa.

Como si las confidencias del tío fuesen una especie de señal, Ruth abrió la puerta. La primera impresión de Hannah fue grande: estaba envejecida. Guardaba en su memoria la imagen de una mujer dura y seria, pero no tan mayor. Las facciones de Ruth parecían haberse ablandado, como si se derritieran lentamente. La boca estaba comenzando a hundirse y los ojos parecían haber perdido su antiguo brillo, un poco fiero.

—¿Es un abrigo nuevo? —fue lo único que se le ocurrió decir, a modo de saludo a su sobrina.

—No, es de Teri. Me lo ha prestado. No me queda bien, ¿verdad? —se rió nerviosamente.

—No me pareció de tu estilo. Demasiado vistoso. No te vestías así cuando vivías aquí. Has cambiado mucho.

—Supongo que tienes razón.

—Demasiado rojo —cogió el abrigo y lo colgó en la percha de la entrada.

—Entonces, ¿cómo te ha ido? —preguntó Herb, terminando con el incómodo silencio que se había impuesto.

¿Por dónde debía empezar? ¿Cómo podía explicarles su situación de forma comprensible? No había necesidad, por ahora, de entrar en detalles sobre el doctor Johanson, Judith Kowalski o Letitia Greene, el ADN, o las reliquias que contenían la sangre de Cristo.

—Físicamente estoy bien... Muy gorda y muy pesada, pero me siento bien... Por lo demás, qué podría decir, bueno, no siempre es fácil convivir con gente a la que una no conoce... Me pareció que necesitaba unas vacaciones, eso es todo..., así que cuando Teri me sugirió que viniera a visitarla...

—¿Teri tiene sitio para que te quedes a dormir? —interrumpió Ruth.

—El sofá.

—¿En tu estado? —preguntó con algo de su antigua indignación—. ¡Eso es ridículo! ¿Por qué no duermes en tu habitación?

—No sabía si os parecería bien. De todos modos, no me quedaré mucho tiempo.

—Tonterías. Es tu habitación. Puedes usarla cuanto quieras.

No era exactamente una invitación, pero Hannah pensó que era lo más cariñoso que podía salir por la boca de Ruth. Decidió comportarse como si no hubiera pasado nada, como si fuera un domingo cualquiera y todas las peleas estuvieran enterradas en el pasado. Los dos se esforzaban por agradarla y eso la conmovió.

—¿Quieres un poco de té? Puedes tomar té, ¿verdad?

—Sí, por favor.

—Entonces ven a la cocina.

—No irás a decirme que ya no te acuerdas de dónde está la cocina, Hannah —bromeó Herb.

Sentados a la mesa de la cocina, tomando té y comiendo lo que había quedado del desayuno, se pusieron mutuamente al día. Herb y Ruth escucharon las historias sobre East Acton, el padre Jimmy y la iglesia. Y Hannah oyó relatos sobre el nuevo vecino, el que vivía a dos pasos de allí, que había pintado su casa de color azul celeste, irritando a todo el vecindario por romper la armonía estética del barrio.

Ruth contó que últimamente le dolían las piernas y que los médicos no encontraban la causa. Herb dijo que, mientras ninguno de ellos se las cortara, se podía considerar afortunada.

No hablaron del bebé. Pero a Hannah no le importó. Ya lo harían. En cambio, disfrutó de una sensación de comodidad que le resultaba extraña por novedosa. ¡Allí, en casa de Herb y Ruth! Le dio muchas vueltas a esta sorprendente circunstancia.

Su infancia no fue feliz y no podía pretender que tenía lazos estrechos con sus tíos. Pero eran su familia, para bien o para mal, y aquél era su hogar. No había manera de cambiar eso. Una podía deshacerse de su pasado, como había hecho ella, pero era imposible borrarlo. Ruth y Herb eran parte de su vida, y ella parte de la existencia de ambos. Tal vez ellos también se dieran cuenta. Quizá su marcha dejó un vacío en sus vidas, y eso explicaría el buen recibimiento. Estaba muy aliviada, pues desde luego esperaba otra cosa...

—Pareces agotada, Hannah —comentó Ruth—. ¿No quieres acostarte un rato y dormir una siesta antes de la cena? Aunque has llegado por sorpresa, podemos preparar algo bueno. ¿Sigues alguna dieta especial? Por el bebé, digo.

Ruth había mencionado por fin al bebé.

—No, tía Ruth —respondió suavemente Hannah—. Lo que hagas estará bien.

Su habitación estaba intacta, seguía exactamente como la había dejado. El pingüino de peluche continuaba junto a la ventana y los libros que había leído el invierno anterior seguían en la mesilla. Los cajones de la cómoda que había vaciado aún estaban vacíos.

¿Habían esperado su regreso, en el fondo, durante todo aquel tiempo?

Se dejó caer sobre la cama, disfrutando de la sensación de poder relajarse por completo, después de tanta tensión. Se dio cuenta de que sus nervios habían estado al límite durante las últimas veinticuatro horas, y que le dolían los músculos. Intentó apartar los pensamientos sobre manipulaciones genéticas y planes descabellados, y se centró en el bienestar que sentía en esa cama en la que había dormido durante tantos años.

La presencia de su madre parecía flotar sobre la habitación, murmurando con voz cantarina: «Buenas noches, duerme bien, que no te piquen los bichos, y si te muerden, pégales en el hocico...».

En pocos instantes, Hannah cayó en la profunda oscuridad del sueño.

Su madre estaba todavía allí, cantando, pero ahora lo hacía desde muy lejos, desde otra habitación, más allá de la ventana. «Buenas noches... duerme bien... buenas noches... duerme bien...», decía su voz, suave como la melodía de una cajita de música, reconfortante e hipnótica.

Después su madre se fue y ocuparon su lugar Jolene y Marshall. Estaban de pie al lado de su cama, mirándola y sonriendo. Marshall ya no tenía los guantes rojos en las manos. Los había cambiado por otros blancos. No eran de tela, sino de plástico. Y no era Marshall quien los tenía puestos, sino el doctor Johanson. ¿Qué estaba haciendo el médico en su sueño?

Intentó llamar a su madre, pero no le salían sonidos de la boca. Podía mover la lengua y los labios, pero permanecía en silencio. Tendría que hacer gestos con las manos para llamar a su madre y que volviera. Pero sus manos estaban pegadas, le resultaban demasiado pesadas para levantarlas, como si las hubiera sumergido en cemento.

«Buenas noches, duerme bien..., que no te piquen los bichos...», la canción era un mero eco en la distancia. Y luego se transformó en otra cosa.

«Buenas noches, sujétala bien... No dejes que se levante... Esto la hará dormir bien...».

¿Estaba en un hospital? Miró más allá de los tres rostros que la observaban en un esfuerzo por dilucidar dónde estaba, y vio que había otra gente. ¡Allí estaba el tío Herb! Y también tía Ruth. El rostro de tía Ruth estaba deformado por la ira, como siempre, con la desaprobación grabada en sus ojos. Ésa era la verdadera Ruth, no la que la había recibido hoy. ¿Qué estaba pasando?

Si pudiera dormirse, esa gente desaparecería y la dejaría en paz. Pero eso no tenía sentido, porque estaba dormida. Dormida en su viejo dormitorio de Fall River. Reconoció el pingüino al lado de la ventana.

Sintió un pinchazo en el brazo, seguido de un fuerte ardor, y se dio cuenta de que le había picado una avispa. Siempre le picaban las avispas. Eran atraídas por las flores del jardín. Una y otra vez, la tía Ruth le decía a Herb que tenía que quemar el avispero o nunca se irían. Pero tío Herb nunca hacía nada al respecto.

Y ahora la habían atacado nuevamente.

Tal vez por eso habían llamado al doctor Johanson. Estaba allí para tratar la picadura de avispa y hacer que el dolor desapareciera.

Le miró agradecida y vio que tenía una jeringa en su mano derecha. Y, por un momento, Hannah supo que no estaba soñando.

POR UNA VEZ EN SU VIDA, ESA MUCHACHA VA a pensar en alguien que no sea ella misma. No va a eludir sus obligaciones como hizo aquí.

Teri no podía creer lo que estaba oyendo. Hannah no estaba. Herb y Ruth la habían entregado a los Whitfield, y a juzgar por su tono de regodeo, evidente incluso a través de la línea telefónica, Ruth se sentía orgullosa de ello.

—Hannah no se escapó. Usted la echó de su casa —respondió Teri, consciente de que sus palabras no tendrían buena acogida. Nadie era tan categórica como Ruth Ritter sobre lo que estaba bien o mal, excepto, quizá, ese sujeto odioso, Jerry Fallwell, y en aquel momento Ruth le llevaba ventaja.

—¿Eso te dijo? ¡Mentiras, mentiras! Todo lo que rodea a esa chica es mentira.

—No es Hannah la que miente. ¿No se da cuenta de lo que esa gente le está haciendo?

Ruth no estaba de humor para historias.

—Ella no hará daño a esa pobre mujer. Yo sé cómo se siente por no poder tener un hijo propio. ¡No me voy a quedar quieta mientras Hannah añade más dolor a sus vidas con su egoísmo!

—Esa gente está abusando de ella.

—Le pagaron treinta mil dólares, la alimentaron, la vistieron y le dieron un lugar donde vivir. ¿Llamas a eso abusar de alguien?

—Pero la encerraron. ¿No se lo dijo?

—Mentiras y más mentiras.

—¡Bueno! No quiero discutir. Dígame dónde están.

Se produjo un gélido silencio.

—No se lo he preguntado. No me meto en los asuntos de otras personas, señora Zito, si puedo evitarlo.

—¿Ni siquiera cuando se trata del bienestar de su sobrina?

—Mi sobrina es una criatura egoísta que ahora tiene que cumplir los compromisos que ella misma se buscó. Eso es todo lo que tengo que decir sobre este asunto.

—¿Sabe lo que es usted? ¡Una mujer completamente estúpida! ¡Y podría decirle mucho más, créame! —Teri colgó el teléfono con furia. Tuvo que ir a la cocina a por un vaso de agua para calmarse. Quince minutos después, estaba en su coche, circulando hacia el norte.

Cuando llegó a East Acton, la adrenalina aún la estimulaba lo suficiente como para emprender una pelea. Pero en cuanto estuvo en la entrada de la casa, en la calle Alcott, el espíritu de lucha se evaporó. No había automóviles, la puerta del garaje estaba cerrada y la casa tenía un aire desierto. Apagó el motor y salió del coche, pero nadie vino ni a recibirla o ahuyentarla. Sólo la acompañaban unos gorriones, que salieron volando cuando la vieron aproximarse.

Acercó la cara a las ventanas del jardín de invierno. Aunque estaba oscuro, le pareció ver indicios de que los

Whitfield estaban de mudanza. Había paquetes, cajas y alfombras enrolladas. Cruzó el jardín hasta el estudio de Jolene y no se sorprendió al ver que estaba vacío. No sabía qué hacer. Acababa de asaltar un castillo en el que no había enemigos.

Sola y furiosa, sin nadie a mano para descargar su ira, la dirigió contra sí misma. Qué buena amiga había demostrado ser recomendando a Hannah que se quedara sentada sin hacer nada. Le había fallado por completo. Volvió a su coche y golpeó, frustrada, el volante.

Por segunda vez en dos días, Teri se encontró golpeando la puerta de la rectoría de Nuestra Señora de la Luz Divina y preguntando por el padre Jimmy. Esta vez no tuvo que convencerle de la gravedad de la situación.

—Es Hannah, ¿verdad? ¡Algo ha pasado! —dijo el sacerdote antes de que ella abriera la boca.

—Ha desaparecido. No sé dónde está.

Teri le puso rápidamente al tanto de lo que había sucedido el día anterior, después de que el cura dejase a Hannah en Fall River.

—Cuando supo que los Whitfield estaban en el pueblo buscándola, se aterrorizó, y no quería estar sola. Traté de calmarla por teléfono. Tendría que haberme ido de mi trabajo. ¡Mierda! ¡A la mierda con Bobby, a la mierda con el restaurante y a la mierda con cada uno de los platos que sirven!... Lo siento, padre. Es que me odio por no haberla tomado en serio. Me dijo que yo no sabía lo peligrosa que era esa gente y que me contaría los detalles después. ¿Es verdad? ¿Son peligrosos?

—Están muy desequilibrados.

—¡Fantástico! ¡Dejo a mi amiga a merced de unos chiflados, así puedo servirle hamburguesas a la señora McLintock y a sus tres críos con ojos de besugo!

—No había modo de que usted supiera lo que iba a pasar... No se culpe.

—¿De qué está hablando, padre? Yo adivino que mi marido Nick estuvo mirando a otra mujer. Y sé cuándo uno de mis mellizos le pegó a una niña en el colegio. Tengo un sexto sentido. ¿Comprende? Si eres madre, lo tienes. Pero ¿por qué no supe que mi mejor amiga estaba en peligro? ¿No deberíamos ir a la policía?

—No, todavía no. Tenga fe en mí. Mientras esté embarazada, tenemos que confiar en que no sufrirá daño alguno, pues necesitan al niño. Eso nos da un poco de tiempo. Los Whitfield tienen que aparecer tarde o temprano. O Hannah encontrará la manera de ponerse en contacto con alguno de nosotros. Entretanto...

—¿Qué?

—Seguiremos buscando, y rezando —agregó el cura en voz baja.

El joven sacerdote hizo ambas cosas. A horas intempestivas, vigiló la casa de la calle Alcott, en busca de signos de actividad. Una noche, tarde, creyó ver luz en una de las habitaciones, así que estacionó el coche y trató de descubrir algo durante horas, hasta que un policía se le acercó, a media mañana, para preguntarle si todo estaba en orden. Un vecino había denunciado que una persona sospechosa merodeaba por la zona. El padre Jimmy dio una torpe excusa, referente a ciertos problemas de uno de sus feligreses. El policía se fue, aunque no muy convencido.

Un día fue a la oficina de correos y preguntó si los Whitfield habían dejado una nueva dirección. El empleado le dijo que no. Sus llamadas a las líneas aéreas pidiendo información sobre una pasajera llamada Hannah Manning, que podía haber volado a Miami en los últimos días, encontraron frías negativas. El día de Acción de Gracias llegó y pasó, las decoraciones navideñas aparecieron en los comercios de East Acton, y nadie sabía ni una palabra de Hannah.

Él era incapaz de quitarse su imagen de la cabeza. No la luminosa Hannah que conoció al principio, sino la agotada y asustada mujer a la que había conducido a Fall River la noche de su huida. Todavía podía verla, la cabeza apoyada contra la ventanilla del coche, más frágil que nunca.

¿Qué querría hacer esa gente con el bebé? Como le había advertido monseñor, el potencial demagógico y manipulador del asunto era inmenso. ¡Olvídense del viejo Cristo, pues está aquí el nuevo Mesías! Las antiguas profecías se han cumplido. Dejen las iglesias y vengan a adorarlo. ¡Nos hará entrar triunfantes en el nuevo milenio! ¡Sigámoslo!

¿Cómo había sucedido todo aquello? Volvió a mirar la carpeta con la información que había reunido sobre el Sudarium, Oviedo y el ADN. Estaba hojeando distraídamente los papeles cuando cayó en la cuenta de algo que antes se le había escapado. ¡La Sociedad Nacional del Sudarium! Con el corazón palpitante, buscó otra vez en el montón de papeles, hasta que encontró la hoja impresa con la foto de Judith Kowalski.

¡No sólo estaba la foto de la señora Kowalski, sino también su dirección!

La avenida Waverly, en Watertown, era una calle como cualquier otra, flanqueada por casas de dos pisos como tantas otras. La número 151 no era distinta de sus vecinas: una residencia de sólida estructura de madera, con un pequeño porche, un espacio para estacionamiento y un jardín al fondo, rodeado de una verja de hierro no muy alta.

No tenía nada que llamase la atención, pensó el padre Jimmy, mientras pasaba lentamente frente a la casa.

Seguramente era lo que deseaban. Al final de la calle, una gasolinera, una pequeña cafetería y un supermercado cubrían las necesidades básicas del vecindario. Detuvo su coche frente a la cafetería y entró. Un par de mesas de formica y varias sillas de plástico constituían todo el mobiliario. El padre Jimmy pidió una taza de café y se sentó en la mesa más cercana a la ventana. Le brindaba una buena vista de Waverly 151.

Al poco rato la puerta se abrió y alrededor de treinta personas bajaron los escalones de la entrada, hablando en voz baja. Parecía que había concluido una reunión. Examinó los rostros, esperando ver a alguien conocido. Le pareció un grupo vulgar, excepción hecha de una mujer de rubias trenzas enrolladas sobre la cabeza y de otra señora, mayor, que llevaba al hombro un florido bolso demasiado grande. Los demás podrían ser anodinos empleados de cualquier edificio de oficinas de Boston. Tenían la palidez típica de quienes pasan muchas horas bajo tubos fluorescentes.

Se dispersaron rápidamente, deteniéndose sólo para intercambiar unos saludos tan tristes que más bien parecían propios de un velatorio. Algunos se abrazaron. Otros parecían llorar. La calle volvió a quedar sumida en la quietud. El cura se preguntó si ahora la casa estaría vacía.

Veinte minutos después, cuando estaba a punto de abandonar la vigilancia, se abrió la puerta de nuevo y salió una mujer. Después de echar la llave en las dos cerraduras, se subió a un coche. Cuando pasó conduciendo frente a la cafetería negocio, el padre Jimmy pudo ver que era Jolene Whitfield.

Dejó un billete de un dólar bajo la taza de café, cruzó la calle y caminó rápidamente en dirección a la casa. No había nadie a la vista. La mayoría de la gente del vecindario estaba todavía en su trabajo, y los que no lo estaban se encontrarían pegados a las pantallas de sus televisores o durmiendo la siesta. Cuando llegó a la entrada de la casa, se agachó y corrió hasta el fondo del jardín. Parcialmente oculto por los arbustos, se asomó a una ventana.

Sentado en una silla de madera, dando la espalda a la ventana, había un hombre de pelo entrecano. Leía en voz alta. El padre Jimmy pudo oír suficientes palabras como para saber que el libro era la Biblia. De vez en cuando, el hombre alzaba la vista para mirar a una mujer acostada en un sofá. El rostro de ella estaba vuelto hacia la pared, pero su cabello rubio, aunque apelmazado, era fácilmente reconocible.

El sacerdote miró angustiado aquel cuerpo, hasta que pudo distinguir signos de respiración en el lento subir y bajar del hinchado vientre. Hannah estaba viva. No sabía nada más, pues no podía apreciar su estado. La fecha del parto debía de estar muy cercana. De pronto se dio cuenta de que habían pasado varios minutos. Sintiéndose un intruso, se apartó de la ventana y volvió sobre sus pasos.

Una robusta mujer italiana, con una leve sombra sobre el labio superior, le saludó alegremente en la acera.

—Feliz Navidad, padre.

Hasta que no estuvo dentro del coche con el motor en marcha, no se dio cuenta de que no había respondido al saludo navideño.

IOS MÍO, SIEMPRE HE ESTADO SEGURO DE QUE tu mano guía mis pasos. Ahora necesito una señal. Dame una señal —la oración del padre Jimmy era poco más que un susurro.

Monseñor Gallagher se acercó al altar frente al que estaba arrodillado. Sin aliento y agitado, no se percató de la angustia en el rostro del joven.

—¡Aquí estás, James! Vi tu coche y te busqué por todas partes en la rectoría. Es gracioso, ¡pero éste era el último lugar en el que esperaba verte! ¿Has encontrado a la muchacha?

—Sí. Está en Watertown. Creo que la tienen allí.

—¿Watertown? ¿Querrá irse contigo?

—Sí, si tengo la oportunidad de hablar con ella.

—Tienes que hacerlo. He hablado sobre el caso con algunas autoridades de la Iglesia, en Boston. Como puedes imaginar, ha causado bastante alarma. Pero todo está arreglado —buscó dentro de su casulla y sacó un pedazo de papel—. Ésta es la dirección a la que puedes llevarla cuando esté lista.

El padre Jimmy miró el papel que monseñor tenía en sus manos.

—¿Llevarla?

—Sí. Están al tanto de la situación. Sabrán qué hacer.

—No entiendo, padre.

—Cuidarán de ella y del bebé.

—¿Qué significa eso? ¿Dejarán que se quede con el niño?

—James, baja la voz. Sabes que eso no es posible. Así deben ser las cosas.

—¿Pero quién cuidará del niño?

—El niño tendrá un hogar adecuado y será criado por una buena pareja, que nunca sabrá nada de sus orígenes.

—Hannah no lo permitirá, padre.

—Entonces tienes que convencerla. A menos que creas que los Whitfield deben criar a ese bebé y el resto de nosotros sufrir las consecuencias.

—Claro que no.

—Hazle ver que es lo mejor para el pequeño, lo mejor para ella y lo mejor para la Iglesia. Tú crees que es así, ¿no es cierto, James?

El viejo sacerdote miró fijamente el rostro del padre Jimmy.

—Sí, lo creo.

—Bien. Iremos mañana.

—No, padre. Será mejor que vaya yo solo —cogió el papel con la dirección de manos de monseñor y se lo guardó en el bolsillo—. Le veré en Boston.

—Como quieras. Tengo toda mi confianza depositada en ti, James.

Desde el teléfono de la rectoría, el padre Jimmy llamó a Teri. Hablaron en voz baja durante quince minutos. Después, preparándose para lo que vendría, fue a su habitación y cogió una bolsa del estante superior del armario. Estaba tan pensativo que parecía hallarse en otro mundo.

***

Hannah estaría prisionera en la casa de Letitia Greene, coordinadora de Aliados de la Familia, si no fuera porque no existían ni tal persona ni tal organización. Habían sido inventadas con el único propósito de encontrar la madre de alquiler ideal, y una vez que ese objetivo se cubrió, desaparecieron. Aliados de la Familia no era más que un membrete impreso en unas hojas. Letitia Greene había vuelto a ser Judith Kowalski. Ricky, el pecoso hijo de Letitia, la luz de sus ojos y la inspiración para su cruzada reproductiva, nunca había existido.

Ahora Hannah sabía todo eso.

También sabía que había mucha más gente involucrada. En el sótano tuvieron lugar varias reuniones bastante concurridas. Encerrada en su cuarto, Hannah fue incapaz de averiguar de qué hablaban, aunque pudo captar algún «amén» colectivo. Pero mientras observaba por la ventana, cuando el grupo salía por la puerta principal, se dio cuenta de que todos habían estado en la inauguración de la exposición de Jolene. Aquella lejana noche no se trataba de mirar las pinturas de Jolene, sino de verla a ella, a Hannah, «el cáliz». Todo iba encajando.

La casa era estrictamente utilitaria y no tenía toques personales. El sótano estaba destinado a las reuniones y demás actividades de la Sociedad Nacional del Sudarium. En la planta baja había oficinas. Las habitaciones del primer piso estaban amuebladas al estilo de los moteles modernos. Eran funcionales y frías.

Hannah permanecía en el dormitorio la mayor parte del tiempo, y Jolene y Marshall se turnaban para vigilarla. Sospechaba que la mantenían levemente sedada. Su espíritu rebelde parecía haberla abandonado y se sentía aletargada.

Dormía y comía, y dormía de nuevo. A veces caminaba de un cuarto a otro, nunca lejos de la mirada de sus captores, y atisbaba por las ventanas.

Las calles le resultaban desconocidas. Recordaba hallarse en Fall River, en casa de Ruth y Herb, y, sin saber cómo, de repente estaba aquí. ¡Dondequiera que fuese! La casa de enfrente tenía luces navideñas colgadas en el porche, lo que le hacía preguntarse cuánto tiempo había transcurrido desde que la capturaron. El bebé nacería dentro de poco. Noches atrás había escuchado al doctor Johanson y a los Whitfield hablar sobre la posibilidad de provocar el parto.

—Cuanto antes esté fuera, mejor —había dicho Marshall.

—Pero ¿y si el bebé sufre algún daño? —preguntó Jolene.

El doctor Johanson les había asegurado que no había peligro.

—Así y todo, no está bien provocar el parto —continuó Jolene—. No está escrito que suceda de ese modo.

Y entonces la respuesta de Marshall la dejó helada.

—Desde la primera visión, supimos que habría una lucha. Ahora no tenemos alternativa. Hay que acabar cuanto antes. La chica es un riesgo para nosotros.

¿Un riesgo?

Hannah se estremeció.

El cielo llevaba cubierto todo el día, amenazando con una nevada que ahora comenzaba a caer. La penumbra se estaba apoderando de la calle, que ya casi no tenía más luz que la de los faroles de la gasolinera. Uno de sus empleados, observó Hannah, ya estaba retirando la nieve con una pala, y dos clientes, de pie bajo la marquesina de los surtidores, parecían escudriñar el cielo.

De pronto la joven pensó que la nieve y la escasa luz le estaban jugando una mala pasada. Desde lejos, la pareja parecía estar formada por el padre Jimmy y Teri.

¿Era posible? El hombre tenía el pelo negro y Teri solía llevar un sombrero similar al de la mujer. Su primer impulso fue abrir la ventana y gritar, pero se contuvo. Fue con calma hasta la cama y apoyó la cabeza en la almohada. Si de verdad eran el padre Jimmy y Teri y estaban tan cerca era porque sabían que estaba allí y tenían un plan de rescate.

QUÉ QUIERE DECIR CON ESO DE QUE NO TIENE un plan?

Teri dio unas patadas al surtidor de aire comprimido de la gasolinera, para sacudirse la nieve de las suelas y también para aliviar su frustración. No había viajado hasta allí para quedarse esperando la inspiración divina. La calma del padre Jimmy le ponía nerviosa.

—Vamos a sacar a Hannah de allí —dijo el cura.

—Conforme, pero ¿cómo?

—Supongo que tendré que hablar con ellos.

—¿Qué? —exclamó, asombrada y preguntándose si había oído bien—. Va a dirigirse hasta allí, dirá que ha venido a por Hannah y esa gente le responderá: «Por supuesto, padre, ¿por qué ha tardado tanto?». Disculpe la pregunta, pero ¿se ha vuelto usted loco?

—Dios nos guiará.

—Ah, ¡fantástico! Puede que Dios le guíe a usted, pero no creo que tenga pensado echarme una mano a mí.

—Lo menos que pueden hacer es hablar con nosotros.

—No me gusta ser aguafiestas, pero ¿es verdaderamente necesaria una visita social a esa gente?

—A veces tienes que confiar en que las cosas saldrán bien.

—Más lo creería si tuviéramos un plan. Pero, en fin, habrá que creer.

Condujeron sus coches hasta pararlos frente a la casa de Waverly 151.

El timbre sonó con fuerza en toda la vivienda. Hannah levantó la cabeza de la almohada, Marshall se puso de pie y bajó las escaleras y Jolene se reunió con él al pie de las mismas, con la sorpresa dibujada en su rostro.

—Quédate quieta y no abras la puerta —le ordenó el hombre.

Volvió a sonar el timbre.

—¡Hola! —gritó el padre Jimmy—. ¿Hay alguien ahí? Quiero hablar con Hannah Manning —no hubo respuesta—. Sé que está dentro —sacudió el picaporte varias veces. Percibía la presencia silenciosa de gente al otro lado, igual que se puede presentir a veces que hay un ladrón en la oscuridad—. Escuchen, no me voy a ir hasta que tenga la oportunidad de hablar con ella, así que abran la puerta ahora.

Una voz apagada le preguntó:

—¿Quién es?

—El padre James Wilde. He venido a ver a Hannah Manning.

—Me temo que le han dado una dirección equivocada.

Teri dio al sacerdote un codazo en las costillas, manifestando su indignación.

—Si no me dejan entrar, llamaré a la policía inmediatamente y les diré que tienen retenida a una persona contra su voluntad.

Hubo un pesado silencio, y luego se oyó el chasquido de una cerradura. Se abrió la puerta.

Marshall Whitfield apareció en la entrada.

—En ese caso, pasen. El teléfono está en la cocina. Utilícenlo con toda libertad —el anfitrión se hizo a un lado para dejar vía libre al padre Jimmy, que pasó al vestíbulo. Teri, completamente perpleja, le siguió—. Es por ahí —indicó, señalando una estancia brillantemente iluminada al final del pasillo.

Al ver a Jolene, Teri la saludó con una inclinación de cabeza que la mujer ignoró. Ni ella ni Marshall dieron ninguna explicación ni intentaron bloquearles el paso. Por alguna razón, Marshall parecía muy tranquilo y seguía dispuesto a dejarles usar el teléfono. Nada de aquello tenía sentido para Teri. ¿Estaban cayendo en una trampa?

—Usted sabe por qué lo hacemos —dijo el padre Jimmy mientras avanzaba por el pasillo.

—Por favor, padre. Haga lo que tenga que hacer.

—No pueden retener a la gente.

—Tiene toda la razón —replicó Marshall con voz cansada—. Tendría que haber llamado yo mismo a la policía hace tiempo. Ya no sabía si podría protegerla durante mucho más tiempo.

El padre Jimmy se detuvo.

—¿Protegerla? —dijo Teri—. ¿Usted llama protección al secuestro de una persona en mitad de la noche?

—Si es por su propia seguridad, sí.

—¿Qué quiere decir? —preguntó el sacerdote.

—Es muy sencillo. Una mujer ha muerto por culpa de Hannah. ¿No se lo contó? Ya imaginaba que no lo habría hecho —Marshall parecía disfrutar viendo la expresión de asombro en los rostros de sus dos visitantes—. Hemos estado tratando de protegerla desde entonces, porque...

bueno, es un asunto privado. Como usted sabe, Hannah es una muchacha muy caprichosa, y su comportamiento durante el embarazo se ha vuelto más y más errático. La otra noche, lamento decirlo, rebasó todos los límites y se internó en el terreno de lo criminal.

Un grito de angustia y furia llegó desde el piso superior, donde Hannah había estado escuchando la conversación.

—¡Eso no es verdad! Lo he oído. No tuve ninguna culpa en lo de Judith. Tropezó con los escalones.

—¿No deberías estar en tu habitación? —la reprendió Jolene.

—No les creas, padre Jimmy —dijo Hannah mientras corría hacia el sacerdote.

—Entonces, ¿por qué te escapaste? —preguntó Marshall—. ¿Por qué no te quedaste a ayudarla?

—Sabes muy bien por qué.

—¿En serio? ¿Quieres decir que no fue como parece? ¿Y qué va a creer la policía? Una mujer es atacada en medio de la noche y, justo después, su atacante se da a la fuga, dejando a la víctima sangrando sobre la nieve. Eso es muy sospechoso.

—¡Pero ella me atacó!

Marshall sonrió.

—Eso es lo que dices tú. Pero ¿qué pasaría si hubiera un testigo que asegurara lo contrario? Un testigo ocular que estaba demasiado asustado para denunciarte, porque su mayor preocupación era que nuestro bebé corría peligro de nacer en una cárcel. Un niño por el que lo hemos dado todo, ¿tiene que nacer tras los barrotes? Puedes entender lo intolerable que se hacía esa idea. ¿Qué pasaría si, finalmente, esa persona comprendiera cuál es su deber y creyera que tiene que decirle a la policía todo lo que vio esa noche?

—¿Y qué pasaría si les dijera por qué quieren tan desesperadamente a este bebé?

—¿Quién te creerá? —preguntó Marshall—. Pensarán que estás completamente loca... o que eres una joven inestable, aterrada por el inminente parto —Marshall se dirigió directamente al padre Jimmy—. Esto es lo que propongo: Hannah se quedará con nosotros y tendrá nuestro bebé. Y ustedes dos se irán ahora. Si lo hacen, pasaremos por alto esta intromisión. Nadie molestará a la policía. De ese modo, todos podremos continuar nuestras vidas sin más alteraciones.

—Vamos arriba —dijo Jolene agarrando a Hannah del brazo.

—¡No me toques! —Hannah se soltó y corrió a la cocina. Jolene la persiguió y comenzaron a pelear cerca de la mesa, golpeándose y agitando los brazos como si fueran molinos enloquecidos.

—Marshall, ¡haz algo! —gritó Jolene. Marshall y el padre Jimmy intentaron intervenir, pero más que a restaurar la calma, sus esfuerzos contribuyeron a la confusión y la reyerta pareció generalizarse.

El verdadero peligro, comprendió Teri al instante, era el que corría el bebé. Observaba la pelea con alarma creciente. Un golpe al azar o una patada mal dirigida podían causar un daño incalculable. ¡En qué estaban pensando!

—¡Déjenla en paz! —gritó, intentando imponerse al tumulto.

Nadie le prestó atención alguna, hasta que Jolene exclamó:

—¡Marshall! ¡La mujer está armada!

La pelea cesó instantáneamente y un silencioso manto de temor, roto sólo por el sonido de las respiraciones agitadas, cayó sobre la cocina. Cuatro pares de ojos estaban fijos en Teri, que recorrió la habitación lentamente, arma en mano, hasta colocarse de espaldas a la puerta.

—¿De dónde has sacado eso? —preguntó Hannah, confundida por el asombroso giro de los acontecimientos.

—No hay un camionero en todo el país que no tenga una pistola. Nick tiene dos. Una para la carretera y otra para casa. El mundo es peligroso —se volvió hacia el sacerdote—. Sé que dijo que Dios nos guiaría, padre, pero pensé que necesitaría una pequeña ayuda —hizo un gesto con el arma, señalando hacia las sillas de la cocina. Quería que Marshall y Jolene se sentaran—. Éste es mi plan. El padre Jimmy y Hannah se van ahora. Yo me quedo y converso un poquito con los Whitfield. Una charla de unos quince minutos. Eso será suficiente. ¿Por qué no vas a buscar tu abrigo, Hannah? Está helando fuera. Y cuando Jolene, Marshall y yo no tengamos nada más que decirnos, iré detrás de ustedes.

Como escolares castigados a quedarse después de terminar las clases, Marshall y Jolene hicieron lo que se les ordenó, mientras el padre Jimmy cogía un abrigo de la percha de la entrada y ayudaba a Hannah a ponérselo.

—Dénse prisa —les dijo Teri. Sus ojos estaban fijos en los Whitfield. Una ráfaga de aire helado le hizo saber que el padre Jimmy había abierto la puerta. Pasaron unos instantes interminables. La camarera interpretó mal la sorpresa que iluminó fugazmente el rostro de Marshall Whitfield. Teri creyó que pensaba en la marcha de Hannah. Su amiga ya estaba fuera, en efecto, pero no sospechaba que una figura había aparecido detrás de ella, en la cocina.

Tampoco oyó moverse el picaporte de la puerta.

Pero sintió que se quedaba sin aire cuando la puerta se estrelló contra su espalda y la lanzó hacia delante. El arma rodó por el suelo de la cocina. Por un segundo, se le nubló la visión y las imágenes de Jolene y Marshall parpadearon en su cabeza, como si las viera en un viejo aparato de televisión. Cuando se recuperó, el doctor Johanson había entrado a la cocina y empuñado el arma. Le apuntaba directamente al pecho.

—¿Qué tenemos aquí? ¿Causando problemas? Eso no es bueno. Es muy poco inteligente.

Teri echó una rápida mirada hacia el salón, que conducía a la puerta de entrada, y salió corriendo.

—¡Quieta!

Ignoró la orden y siguió su fuga.

Furioso, el doctor Johanson alzó el arma y apretó el gatillo. No pasó nada. Volvió a apretarlo una segunda vez, y una tercera, con los mismos resultados. Sacudió con violencia el arma, toda su furia parecía concentrada en su mal funcionamiento.

Antes de salir por la puerta principal, Teri gritó:

—¡Lo lamento! No tiene balas. No quería que nadie saliera herido.

Llegó corriendo a la acera. A través de la nevada pudo ver las luces del coche del padre Jimmy desapareciendo en la esquina. Se puso al volante de su coche y arrancó. Las ruedas traseras patinaron cuando salió a la calle, decidida a no perder de vista a Hannah.

Junto a la casa, Johanson y los Whitfield se subían a otro vehículo.

A INTENSIDAD DE LA NEVADA AUMENTABA, LO
que le dificultaba a Teri mantener contacto visual con el Ford blanco del padre Jimmy. Aunque la calle principal era transitable por el momento, las carreteras pronto se volverían demasiado resbaladizas. No tenía ni idea de adónde se dirigían el padre Jimmy y Hannah, y no quería perderlos de vista. Pero tampoco tenía ganas de estrellarse.

Vio por el retrovisor las luces de varios coches. No pudo discernir si entre ellos estaba la camioneta de Marshall.

«Ve directamente a la comisaría», rogó mentalmente al coche de sus amigos. «Por lo menos, allí Hannah estará a salvo. Esa gente está loca».

Pero el Ford pasó de largo la comisaría de Watertown. ¿En qué estaba pensando el padre Jimmy? Cuando vio que ponía el intermitente para entrar a la autopista de Massachusetts, respiró aliviada: quería volver a la rectoría. Giró hacia el este, lo que quería decir que iba en dirección a Boston.

¿Por qué Boston? ¿Qué se les había perdido en Boston a esas horas de la noche?

El tráfico en la autopista era moderado, y se circulaba con fluidez. Pero el viento empezaba a empeorar las cosas. Teri pudo acercarse lo suficiente al Ford como para ver la nuca del sacerdote y, acurrucada en el otro asiento, a Hannah, que debía de estar aterrorizada. Si pudiera aguantar un poco más... El problema era que, a unos diez coches de distancia, Teri estaba casi segura de haber reconocido el coche de sus enemigos.

Cuando la extraña caravana se aproximó al cruce con la carretera I-93, Teri comprendió que el cura planeaba llevar a Hannah a Fall River. Probablemente a su casa. Sabiendo que Nick estaba allí con los niños, se sintió aliviada. Nick era un bruto, resistente como el cuero, fuerte como un caballo, y nadie se atrevía con él. Él sabría cómo manejar la situación.

Pero una vez más, el padre Jimmy la sorprendió ignorando la salida al sur. Por algún motivo, había elegido seguir hacia el norte.

La cortina de copos de nieve que caía sobre el parabrisas tenía un efecto hipnótico sobre Hannah. Cerró los ojos, sin querer mirar más la nieve, ni la carretera que pasaba veloz, ni los coches que seguían adelante, como si atravesaran un túnel blanco. Deseó que el padre Jimmy saliera de la autopista y se detuviera debajo de un puente hasta que pasara lo peor de la tormenta. Pero sabía que no sería así. Los Whitfield y el doctor Johanson estaban detrás de ellos, en alguna parte. Sería una tontería detenerse.

Pero también era una tontería seguir adelante.

Un gran camión los pasó por la izquierda. Las enormes ruedas lanzaron una avalancha de nieve sobre el Ford. El ruido sobresaltó a Hannah, que abrió los ojos. No sabía qué la ponía más nerviosa, si mirar o no mirar.

Cuando miraba, veía la tormenta. Pero cuando cerraba los ojos, veía otra tormenta, siete años atrás, que fue hermosa hasta que comenzó a cubrir el coche y los adultos empezaron a preocuparse por el hielo y la escasa visibilidad. Aquella vez estaba en el asiento trasero, adormilada, despertándose de cuando en cuando para escuchar fragmentos de la conversación y maravillarse por los millones y millones de copos de nieve que caían.

«¿Cuántos millones habrá?», le había preguntado a su madre, y ella se había reído. «Suficientes como para llenar todas las almohadas del mundo». Hannah se había reído con ella, antes de volver a dormirse.

Después hubo un choque y la niña fue lanzada al suelo. Y su madre ya no se reía. Sólo rogaba: «No mires. Quédate donde estás. No mires». Porque la belleza se había transformado en horror. Su padre estaba muerto, al volante, y había sangre por todas partes. Su madre moriría en el hospital, pero no antes de coger la mano de su hija y decirle: «Lo siento, preciosa, lo siento mucho».

Hannah comprendió lo que le había querido decir. Sentía que su hija tuviera que crecer sola en el mundo, sin la protección de un padre y el amor de una madre. Era pedir demasiado a una niña. Incluso cuando se estaba muriendo, la madre pensaba sólo en su hija. De igual manera, ahora Hannah pensaba sólo en el bebé y su futuro, y sabía que si no le permitían cuidarlo, protegerlo y amarlo, prefería morir.

Sentía lo mismo que su madre había sentido.

—Por favor, más despacio, padre Jimmy —susurró.

—No creo que debamos. Están... —dejó la frase inconclusa.

—Entonces ten mucho cuidado.

El camión con tráiler les había pasado muy cerca. ¿Era otra noche de nevadas destinada a cambiar su vida para siempre?

A un lado, un cartel luminoso anunciaba que estaban cruzando el límite estatal y entraban en New Hampshire; pero apenas podía leerse a causa del temporal. Enseguida desapareció y ellos avanzaron hacia la creciente oscuridad.

Teri era consciente de lo absurdo de la situación: el padre Jimmy y Hannah en el primer coche, ella en el siguiente y detrás, ahora no le cabía duda, el automóvil de los Whitfield y el doctor Johanson. Si no fuera porque la tormenta les hacía ir a paso de cortejo fúnebre, parecería una persecución de película.

¿Cómo se las arreglaban aquellos enormes camiones para mantener tanta velocidad? Pensó que tenía que preguntárselo a Nick.

Llevar el arma no había sido tan mala idea después de todo. Lamentaba no tenerla ya. Por supuesto, Nick se pondría furioso cuando se enterase de su pérdida, pero no podía hacer nada al respecto. Lo que pensara su hombre era lo que menos la preocupaba ahora.

Los limpiaparabrisas empezaban a resultar insuficientes para mantener la visibilidad. La nieve se acumulaba en los cristales. Le dolía la cabeza de tanto forzar la vista. Sería un alivio saber hacia dónde se dirigía el padre Jimmy. Suponiendo que el propio sacerdote lo supiera.

Estaba muy bien depositar toda la confianza en Dios, pensó. Pero alguien tenía que hacer algo con el coche que les perseguía. ¿Qué harían cuando llegaran a su destino? ¿Discutir? ¿Volver a luchar? A esas alturas, ya no confiaba en oportunas intervenciones celestiales. El padre Jimmy era un hombre dulce y ella respetaba su fe. Pero la fe no siempre era suficiente; se necesitaba un plan. ¡Conducir hacia el norte bajo una nevada cegadora no era, en su humilde opinión, un buen plan!

Notó que el Ford estaba reduciendo la velocidad y echándose hacia el carril derecho. El cruce con la autopista I-89 estaba un poco más adelante. Era una zona de vacaciones. ¡Montañas! ¡Caminos escarpados! ¡Viejos graneros! ¡Justo lo más adecuado en medio de una desagradable tormenta, con la nieve azotándoles furiosamente y el hielo apoderándose del parabrisas!

«Bueno», se consoló Teri, «por lo menos el paisaje es bonito, aunque casi no se vea». ¿Pero no sería mejor ir donde hubiera gente, actividad, posibilidad de recibir ayuda?

El cruce estaba en una rotonda en forma de trébol, y la salida de la autopista hacía una curva descendente, trazando casi un círculo completo, antes de unirse a la segunda autopista.

Había quitamiedos metálicos a ambos lados. En condiciones normales, cabían dos vehículos, pero acababa de pasar un camión quitanieves y había abierto sólo un carril, flanqueado por montículos blanquecinos.

De repente, Teri supo lo que tenía que hacer. Levantó el pie del acelerador y, con suavidad, fue pisando el freno. Su velocidad se redujo a 50 kilómetros por hora. Al principio, parecía que estaba tomando la curva con precaución. Después, el velocímetro marcó 40, luego 30. El coche de los perseguidores se le echaba encima, pero el Ford blanco se alejaba a cada segundo.

Redujo la velocidad de su coche a 20 kilómetros por hora y entonces pudo ver al doctor Johanson reflejado en su espejo retrovisor. Se había dado cuenta enseguida de la estratagema. Incapaz de adelantarla, se agachó sobre el volante y, sin previo aviso, pisó el acelerador. El coche del

médico saltó hacia delante y chocó contra la defensa trasera de Teri. Ésta escuchó el ruido del impacto y sintió
la sacudida al mismo tiempo. Su cabeza fue lanzada hacia
el frente y el pecho se golpeó contra el volante.

—¡Mierda! —gritó. El doctor Johanson intentaba sacarla de la carretera. ¡Nick se iba a poner muy contento
con esto! ¡Ella lesionada y el coche destrozado!

El Ford era todavía visible, así que tenía que aguantar
otro poco, retenerles más tiempo. Otro minuto, o dos, darían a Hannah y el padre Jimmy más posibilidades de escapar. Paró el coche completamente y se agarró con fuerza
para recibir el siguiente impacto.

Fue más fuerte que el primero. El ruido de vidrios
rotos indicó que las luces traseras habían sido destruidas.

—¡Esos hijos de puta quieren matarme! —murmuró—. Voy a morir en un acceso a una autopista, en medio
de Mierdalandia, en New Hampshire.

El doctor Johanson ya estaba dando marcha atrás
para embestir por tercera vez. Su endeble coche no era
rival para la pesada camioneta, pero no había tiempo para
salir del coche y correr. Cerró los ojos y se preparó lo
mejor que pudo para soportar el impacto.

El crujido del metal plegándose fue todo lo que escuchó antes de que el coche fuera impulsado como si lo lle-
vara una ola gigante. Sintió que la parte trasera se deslizaba hacia la derecha, por lo que, por un momento, el
vehículo estuvo patinando de costado. Después, la parte
delantera del coche se clavó en la nieve. Teri abrió los ojos
y se dio cuenta de que estaba mirando en la dirección
opuesta al sentido de la carretera.

Apenas había quedado espacio para que pasara el
coche de Johanson. Por un segundo, pudo ver con claridad al doctor, apenas a unos centímetros, separado sólo

por un delgado panel de vidrio. Se sintió como si estuviera en un acuario, mirando a un monstruo. Su rostro estaba encendido de odio.

Y entonces la camioneta pasó por el hueco y continuó su marcha.

Lo único que pudo hacer fue rezar para que el cura y Hannah hubieran sacado la ventaja que necesitaban. Después la emoción se apoderó de ella y estalló en un llanto imparable.

E L PADRE JIMMY NO SE ATREVIÓ A QUEDARSE en la autopista mucho más tiempo. Por el momento, no veía a nadie en el espejo retrovisor, pero con la nieve su vista no llegaba muy lejos. Aunque no fueran visibles, los perseguidores podían estar cerca.

—¿Cuánto falta? —preguntó Hannah.

—Normalmente, son unas dos horas y media desde la casa de mis padres hasta la cabaña. Con este tiempo, es difícil saberlo.

La cabaña, construida por su bisabuelo y arreglada por su padre, estaba frente a un lago, cerca de Laconia. Las urbanizaciones habían cubierto gran parte de la zona, pero su familia, muy apegada a su intimidad y amante de la tranquilidad, conservó intacta la parcela de veinte hectáreas. Nadie pensaría en buscar allí a Hannah, se dijo el padre Jimmy, y el pueblo estaba lo suficientemente cerca como para conseguir comida y otras cosas necesarias, por ejemplo un médico cuando llegara el momento.

—Tengo miedo.

—No tienes nada que temer. Nadie nos sigue.

No había necesidad de compartir sus miedos con ella. Lo importante era salir de la autopista y entrar en un camino secundario que sólo los habitantes locales y los veraneantes más veteranos conocían y usaban. Pero el clima le estaba haciendo difícil al padre Jimmy reconocer un paisaje que, en los meses de verano, se sabía de memoria.

Más adelante vio una formación de rocas y, más allá, la angosta carretera de dos carriles que se internaba en el campo y terminaba unos pocos kilómetros al sur de Laconia. Dobló a la derecha e inmediatamente se sintió más seguro. La nieve cubriría rápidamente sus huellas. Los perseguidores seguirían la carretera principal y tendrían que darse por vencidos. Esperó hasta que la carretera se hizo recta y pudo conducir utilizando una sola mano.

—Ahora te puedes relajar —dijo, palmeando tranquilizadoramente a Hannah en el hombro—. Esto es un atajo. En verano es precioso. Ahora no puedes verlo, pero toda la zona está cubierta de lagos. De niño recorría cada sendero de la comarca.

La carretera trazaba ahora una serie de curvas pronunciadas y el sacerdote volvió a sujetar el volante con las dos manos. Aquellos caminos perdidos siempre eran los últimos en ser despejados de nieve. Notaba que los neumáticos patinaban. A cada lado de la carretera, las ramas de los pinos comenzaban a doblarse bajo el peso de la nevada. Las luces del coche alumbraban cada vez menos. Tuvo que confiar en su instinto y su conocimiento del terreno.

Bajaban una pendiente pronunciada, pero afortunadamente el Ford se mantenía bajo control. Su memoria le dijo que había una granja y un campo de maíz algo más adelante, a la derecha, y que luego la carretera se nivelaba, y entonces sería más fácil conducir.

—¡Alto! —La voz de Hannah interrumpió bruscamente sus pensamientos.

Automáticamente pisó el freno y el coche comenzó
a patinar.

Una barrera cortaba el paso de lado a lado de la carretera. Clavada en el centro, había una señal roja octo-
gonal, difícil de leer por culpa de la nieve.

—¿Qué es lo que dice? —preguntó la chica.

El padre Jimmy secó el parabrisas por dentro.

«Prohibido el paso de vehículos más allá de este punto».

Confundido, abrió la puerta del coche y salió. Al
otro lado de la barrera se extendía un gran prado. ¿Había
pasado de largo la granja sin verla? No lo creía. Era un edificio de dos pisos, cercano a la carretera, muy visible. ¿Qué
había pasado?

—¿Hay obras en la carretera? —le preguntó Hannah.

Lo más probable, pensó el sacerdote, es que, simplemente, la carretera terminara allí. Algo no encajaba. ¿Había
salido de la autopista demasiado pronto, confundiendo un
montículo de rocas con otro? En esa tormenta, cualquier
cosa era posible. En todo caso, nada podían hacer, salvo dar
marcha atrás.

Procuró que Hannah no se asustara.

—Me pasé de largo, eso es todo. No es nada grave.
Una simple distracción.

—Entra, que te vas a resfriar.

Cuando se dio la vuelta, vio primero un brillo ama-
rillento, un débil punto de luz en la cortina de nieve que
se hacía más brillante a cada momento. Después se fue haciendo visible la ominosa silueta de la camioneta. Las
sienes comenzaron a latirle salvajemente. Detrás de los rít-
micos limpiaparabrisas podía ver ya al conductor, con una
sonrisa confiada en su rostro.

El coche se detuvo y el doctor Johanson y Marshall Whitfield salieron al helado camino.

—Qué suerte encontrarnos aquí —gritó el doctor—. ¿Se quedó atascado, tal vez? ¿Necesita que le echemos una mano? —comenzó a avanzar por el irregular camino en dirección al padre Jimmy, con una expresión triunfal en el rostro.

El sacerdote no lo pensó dos veces. Se lanzó a su puesto en el volante, dio marcha atrás violentamente y casi atropelló a los dos hombres, que se echaron a un lado. Después metió primera y pisó el acelerador. Las ruedas giraron con furia, levantando una nube de nieve y tierra.

Esquivando la barrera, dirigió el coche hacia campo abierto. En verano, el maíz estaría crecido, pero ahora el terreno era casi plano, libre de grandes obstáculos. La parte trasera del coche saltaba, como un caballo encabritado. El padre tuvo que dar volantazos, hacia un lado, luego hacia el otro, para poder controlar el vehículo. A lo lejos, atisbó un claro entre los árboles. Supuso que sería allí donde continuaba la carretera. En caso contrario, ya vería. No había alternativa, iría hacia allí.

Habían llegado a la mitad del prado cuando Hannah se volvió en su asiento para mirar hacia atrás.

Con un poco de dificultad, la camioneta, más grande y torpe, se las había ingeniado para cruzar la barrera. Ahora también circulaba por el campo, y las huellas que el padre Jimmy había dejado en la nieve, trazando un camino, le permitían ganar terreno sobre ellos.

El padre volcó todo su peso en el acelerador y notó que las ruedas traseras patinaban. Sin tracción en las cuatro ruedas, cualquier intento de aumentar la velocidad estaba destinado al fracaso.

El otro coche se echaba encima.

En ese momento oyeron un estruendo espeluznante. Era un ruido distinto a cualquier otro. Comenzó como el retumbar de un lejano trueno y luego se transformó en una serie de estampidos, claros y nítidos. El sonido parecía provenir de todo el campo, rebotar en las colinas lejanas y regresar, primero por un lado, luego por el otro, como si estuvieran rodeados y el ruido mismo los atacara por todas partes. Un escalofrío de terror recorrió el cuerpo del padre Jimmy. Comprendió al instante lo que ocurría.

Ningún granjero araría esa tierra la próxima primavera, porque no se trataba de tierra. No estaban cruzando un maizal, sino un lago helado, y el hielo había comenzado a resquebrajarse.

De joven había patinado sobre esos lagos, y el mismo sonido que ahora oía hacía que él y sus amigos salieran a toda velocidad hacia zonas seguras.

Puso su atención en el claro abierto en el bosque frente a ellos. No era una continuación de la carretera, sino un embarcadero del lago, usado en verano. Se dirigió hacia allá ciegamente, los oídos alerta, procurando localizar las grietas por el sonido del deshielo.

Detrás de ellos, apareció la primera fisura, haciendo un terrorífico zigzag en la nieve, como un relámpago dibujado en un papel. Segundos después, el agua se hizo visible en la brecha. Hacia delante, la nieve era prístina, la superficie parecía intacta. Pero el padre Jimmy sabía que las grietas se producían en cadena. Una daba origen a otra, y ésta a la siguiente, a veces a gran velocidad. Sólo era cuestión de tiempo. En cualquier momento el peso del Ford rompería la capa de hielo, haciéndoles caer a las heladas aguas.

A continuación llegó el estruendo más grande de todos, profundo, abismal. Parecía el sonido de la naturaleza misma, rebelándose. En el centro del lago, la superficie se abrió, dejando a la vista aguas agitadas por el viento, salpicadas por bloques de hielo. La camioneta, incapaz de detenerse, patinaba inexorablemente hacia el abismo.

Al rozar con el borde helado, el chasis del coche perseguidor hizo un ruido metálico, no muy distinto a un grito, mientras el vehículo y sus ocupantes se inclinaban lentamente hacia delante y luego caían en el agua. En cuestión de segundos, la parte trasera de la camioneta se elevó en el aire y el vehículo se hundió en la oscuridad, hacia las profundidades del lago, hasta posarse silenciosamente en el fondo, donde los lucios se agrupaban en apretados bancos en verano para escapar del calor.

El padre Jimmy calculó que el embarcadero estaría a unos treinta metros. Si tenían suerte, lo alcanzarían. El coche sufrió una violenta sacudida cuando finalmente hizo contacto con la superficie de hormigón. Las ruedas funcionaron de maravilla al no tener que luchar ya contra el hielo.

En la otra orilla del lago había un coche seriamente abollado. Teri estaba de pie junto a la barrera, mirando incrédula cómo se iba a pique el vehículo.

También vio que el vehículo de sus amigos alcanzaba la otra orilla.

—Y me había dicho que no tenía un plan —murmuró.

URANTE MUCHO TIEMPO, CONDUJERON EN silencio.

Finalmente, alargó el brazo y le cogió la mano. Estaba caliente y húmeda. Parecía enferma. Le preguntó si la carretera la estaba mareando y se ofreció a parar si era necesario.

—No, ya se me pasará. Suele suceder. Sigue conduciendo, por favor.

—Está bien, tranquila, ahora nadie puede hacerte daño.

—No pensaba en el presente. ¿Qué voy a hacer cuando te vayas? Estaré sola en mitad de la nada. ¿Qué sucederá si los otros miembros de esa secta me encuentran?

El padre Jimmy pensó en el grupo de fanáticos que frecuentaban la casa de la avenida Waverly. Buscarían nuevos líderes para su causa, su celo se redoblaría seguramente.

—No estarás sola —contestó—. Yo estaré allí.

—¿Cuánto tiempo?

—¿Cuánto tiempo te gustaría que me quedase?

—Para siempre —la risa tímida era una confesión de lo absurdo de su deseo.

—Pues para siempre, entonces —dijo el padre, con los ojos clavados en la carretera.

Aunque la respuesta la había sorprendido, también le pareció perfectamente natural. Era lo que ella quería que respondiese. No podía decir si amaba al padre Jimmy, pero desde luego amaba su gentileza y se sentía segura en su presencia. Y se preguntó si eso no era, después de todo, una especie de amor.

—¿Estás bromeando? —preguntó.

—No.

—¿Lo dices en serio?

—Muy en serio.

—Pero, padre...

—A partir de ahora llámame Jimmy.

Fue entonces cuando se dio cuenta por primera vez de que ya no usaba el alzacuello. Llevaba una camisa deportiva color caqui y un suéter de lana. Vestido así parecía distinto. Más joven. Más inocente.

—Quieres decir...

—No volveré.

Sólo el rumor del limpiaparabrisas perturbó el silencio que se hizo a continuación. Finalmente, habló ella:

—¿Puedo preguntarte una cosa, Jimmy?

—Por supuesto.

—¿A quién crees que pertenece verdaderamente este bebé?

—Creo que es tuyo.

—Yo también. No podría soportar que me lo arrebataran.

—No dejaré que eso suceda.

Aunque el Ford marchaba apenas a cuarenta kilómetros por hora, Jimmy redujo la velocidad. Se preguntó cuánto camino les quedaba. No habían visto otro coche en ninguna dirección desde hacía un buen rato. Se diría que habían llegado al fin del mundo.

—Jimmy, ¿crees que este bebé es realmente... ya sabes, quien los Whitfield decían?

—Es imposible saberlo.

—¿Pero tú que piensas?

—Yo pienso... —¿Qué pensaba, en realidad? Si la sangre del Sudarium era la de Cristo, tal vez el niño fuera divino. Pero el lienzo podía haber estado en la cabeza de un mendigo, o haber sido usado para restañar la herida de un centurión. ¿Qué sucedía si la sangre era la de un leproso que había acudido a Jesús pidiendo un milagro, o la de un charlatán que vendía baratijas en el Gólgota el día de la crucifixión? ¿O si procedía de otra época y de un lugar completamente distinto? No había manera de saberlo. Todo era posible. La fe era su única guía—. Yo pienso —dijo finalmente— que este niño será quien tenga que ser y que hará lo que deba hacer. Como cada niño que nace, tendrá la oportunidad de salvar el mundo o de destruirlo.

Hannah sintió la primera contracción, como si hubiera recibido un súbito puñetazo en el abdomen. Dejó escapar un grito. Pero el dolor desapareció y durante un instante dudó que lo hubiera notado realmente.

—¿Estás bien?

—Sí. ¿Cuánto falta para llegar?

Aunque la joven trataba de fingir que no pasaba nada, el sacerdote notó cierto tono de queja en su voz.

—No estoy seguro. Tal vez debamos detenernos en un motel. El temporal no hace más que empeorar.

Hannah se sintió aliviada por la sugerencia.

—¿No te importa parar?

Diez minutos más tarde se detuvieron ante un local presidido por un letrero que rezaba: «Motel Seis». Para el padre Jimmy fue un alivio descansar después de conducir tanto en condiciones tan desagradables. Se frotó los ojos, muy cansados. Hannah se inclinó hacia delante e intentó estirarse.

El encargado del motel estaba viendo una pequeña televisión detrás del mostrador de recepción. Algo irritado, tuvo que apartar la vista de un reportaje sobre los implantes de silicona en personas famosas.

—Necesito dos habitaciones para esta noche.

—¿Dos habitaciones? Amigo, ya sería afortunado si consiguiera una. Estamos llenos.

—¿Con este tiempo?

—Comenzaron a llegar esta mañana, antes de que empezara la nevada. Pero en cuanto se anunció la borrasca nuestro teléfono no dejó de sonar. Mañana la zona va a estar en condiciones ideales para esquiar.

—¿Dónde está el hotel más cercano?

—Hay uno siguiendo la carretera, pero le puedo garantizar que está repleto. Nos ha enviado gente.

—Creo que no tenemos más alternativa que seguir conduciendo —dijo Jimmy a la chica.

—Entonces iré mejor en el asiento trasero, si es posible.

Notaba que algo había cambiado en su cuerpo. El bebé estaba colocado más abajo en su abdomen. Tiempo atrás, habría hablado de estas cuestiones con el doctor Johanson, pero una vez que la relación comenzó a deteriorarse, dejó de hacerle preguntas, y después... sucedió lo que sucedió.

Recordaba que en un momento dado el feto tenía que bajar, y que cuando lo hiciera, estaría en las últimas semanas o días de embarazo. No quería alarmar a Jimmy. Pensaba que todavía no había llegado el momento, pues le quedaba una semana para llegar a término. El miércoles siguiente, según sus cálculos. ¿O era el martes? Y hoy era... ¿qué día era?... Los últimos días habían dejado en su mente un vacío, o como mucho un rastro de miedo y fatiga. En definitiva, había perdido la noción del tiempo.

Jimmy improvisó una almohada con su abrigo y ayudó a Hannah a recostarse en el asiento trasero. Luego reanudaron la marcha. No había prácticamente nadie en la carretera. Los faros apenas conseguían iluminar, pálidamente, unos metros por delante del vehículo. Ajustó el espejo retrovisor para poder ver a Hannah, que respiraba más agitadamente y cambiaba con frecuencia de postura, incapaz de encontrar una medianamente cómoda. De vez en cuando, un tímido quejido escapaba de sus labios.

El conductor nunca se había sentido tan inútil, tan impotente, tan solo en el universo. Comenzó a rezar.

A través de la oscura noche y la blanca nieve, entrevió el brillo rojizo de un cartel de neón. Cuando el Ford casi estaba a su lado pudo leer lo que decía:

«Habitaciones Montaña Colby».

—Por favor, dígame que tienen camas libres —dijo antes de que la puerta de la oficina se cerrara tras de sí.

Una mujer de unos sesenta años alzó la vista por encima del libro que estaba leyendo.

—Lo siento, querido, no hay nada.

Las esperanzas le abandonaron. No tenían adónde ir.

—Nos conformamos con cualquier cosa, no importa lo que sea.

—Es el comienzo de la estación invernal. La primera gran nevada atrae a la gente en masa. Debería haber reservado habitación.

—¿Qué voy a hacer? —se lamentó Jimmy, hablando para sí más que para la recepcionista. Vio un triste árbol

navideño sobre el mostrador. Las pequeñas luces de colores se reflejaban en las gafas de la empleada—. Creo que
mi..., mi... esposa... está a punto de dar a luz —balbuceó.

—¿Dónde está?

—En el coche.

—Santo cielo —el libro cayó del regazo de la mujer—. Tráigala inmediatamente.

En el breve rato que había pasado en la recepción,
el coche había quedado cubierto por una capa de nieve.
No pudo ver a Hannah hasta que abrió la puerta trasera.
Sus ojos estaban muy abiertos y su respiración era muy
agitada.

—Creo que se me rompió la fuente.

La mujer miró asombrada por encima del hombro
de Jimmy.

—Tenemos que llevarte adentro. Trata de ponerte de
pie, querida. Son sólo unos pasos.

—No puedo moverme —se quejó Hannah—. Ya viene.
Ahora.

—El garaje está ahí atrás —dijo la mujer a Jimmy—.
Pon allí el coche. Hay sitio al lado del mío.

Con agilidad insospechada en alguien de su edad y tamaño, la mujer desapareció por una puerta lateral de la oficina y abrió la del garaje, que estaba repleto de muebles
de jardín y herramientas de horticultura. Una lamparita desnuda iluminaba el lugar.

La recepcionista abrió la puerta trasera del coche y
miró.

—¿Puedes salir ahora, preciosa?

Hannah negó con un movimiento de cabeza. Las
contracciones llegaban en crecientes oleadas de dolor, que
la atravesaban y dejaban exhausta una vez que pasaban.
Estaba casi fuera de control. Su cuerpo parecía actuar

independientemente de su voluntad. Tenía una urgente necesidad de empujar.

—Enseguida vuelvo —dijo la mujer, y salió corriendo del garaje.

—¿Jimmy?

—Aquí estoy, Hannah —se sentó en el asiento trasero y recostó la cabeza y los hombros de la joven en su regazo. Cuando llegó la siguiente contracción, ella se aferró a su mano con fuerza.

—Calma —le dijo, acariciándole la frente con la mano que quedaba libre—. Todo va a salir bien.

Momentos después, la recepcionista estaba de regreso, acompañada de una mujer más joven, de poco más de treinta años, con el pelo ensortijado.

—Es médico —explicó—. Casi siempre hay alguno alojado aquí. Llamé a todas las puertas hasta que di con ella. —Estaba orgullosa de su capacidad para afrontar una crisis.

—¿Tienes contracciones? —preguntó la doctora.

—Sí.

—Déjame ver.

Los muslos y los pantalones de Hannah estaban empapados y la doctora no pudo quitárselos. Vio un montón de cojines apilados en un rincón y ordenó a la mujer que los pusiera en el suelo del garaje.

Mientras Jimmy sostenía el torso de Hannah, la doctora la agarró por las piernas. La dejaron sobre el improvisado lecho y la médica rasgó los pantalones rápidamente. Una vez más, Jimmy acunó la cabeza de la joven en su regazo. De rodillas, la doctora le abrió las piernas y vio que la cabeza del bebé comenzaba a salir. Estaban en pleno alumbramiento.

—Éste no va a esperar a nadie —dijo—. Está saliendo.

Una irresistible necesidad de empujar se apoderó de Hannah y empezó a hacerlo de forma rítmica. El sudor le empapaba el rostro.

—¡Vamos! Puedes hacerlo. Respira hondo. Vas muy bien.

Tras un empujón final, Hannah dejó escapar un grito y el bebé cayó en las manos de la doctora. Un chorro de sangre empapó los cojines.

Hubo un instante de silencio en el garaje. El viento había disminuido momentáneamente y los altos pinos estaban inmóviles, majestuosos. La doctora alzó al bebé y le frotó la espalda. El pequeño inhaló la primera bocanada de aire y se arrancó en un saludable llanto.

La médica lo puso sobre el regazo de Hannah y ató el cordón umbilical.

—Enhorabuena —dijo—. Tienen ustedes un hermoso niño —lo envolvió en una toalla con el logotipo del motel bordado en un extremo y lo depositó otra vez dulcemente en los brazos de la madre.

Lo primero que vio Hannah fue una mata de pelo negro; enseguida, los ojos azules y la manita cerrada en un diminuto puño... y después dejó de fijarse en los detalles y se dedicó, más que a ver, a sentir la totalidad del pequeño ser que estaba acurrucado contra su pecho.

—No importa el número de veces que haya sido testigo de algo así, siempre me parece un milagro —se maravilló la doctora.

—Es igualito a su padre, ¿no cree? —dijo la recepcionista.

Entonces Jimmy notó que había más gente en el garaje. Por las habitaciones se había corrido la noticia de que estaba naciendo un niño en ese momento, y la curiosidad llevó a muchos a presenciar el siempre asombroso hecho.

En la puerta que comunicaba el garaje con la oficina había una pareja con un niño de nueve o diez años. Un grupo de jóvenes universitarios observaba desde la entrada. Nadie dijo una palabra. Todos parecían satisfechos de ver a la rubia madre, al apuesto padre de cabellos oscuros y a su encantador hijo.

Un jovencito que se había acercado para ver mejor se aproximó aún más, tímidamente.

—Esto es para el bebé —dijo, y mostró una pelota azul adornada con pequeñas estrellas plateadas—. Tengo otra igual —puso la pelota al lado de Hannah, retrocedió y preguntó—: ¿Cómo se llama?

Hannah miró al bebé y los ojos brillantes del recién nacido parecieron devolverle la mirada. Después inclinó la cabeza para poder ver a Jimmy.

—¿Cómo vamos a llamarlo?

En el garaje, en las habitaciones del Montaña Colby, en algún lugar de New Hampshire, mientras la nieve caía silenciosamente, todos esperaron la respuesta.

El sudario se terminó de imprimir en septiembre de 2007, en Penagos, Lago Wetter 152, col. Pensil, CP 11490, México, D.F.